陈妙玲——著

你的苦痛与我相关

一位全科医生的平行病历

GUANGXI NORMAL UNIVERSITY PRESS
广西师范大学出版社
·桂林·

NI DE KUTONG,YU WO XIANGGUAN : YIWEI QUANKE YISHENG DE PINGXING BINGLI
你的苦痛，与我相关：一位全科医生的平行病历

图书在版编目（CIP）数据

你的苦痛，与我相关：一位全科医生的平行病历 / 陈妙玲著. —
桂林：广西师范大学出版社，2022.1
ISBN 978-7-5598-4431-6

Ⅰ．①你… Ⅱ．①陈… Ⅲ．①纪实文学－作品集－中国－当代
Ⅳ．①I25

中国版本图书馆 CIP 数据核字（2021）第 223233 号

广西师范大学出版社出版发行

（广西桂林市五里店路 9 号　邮政编码：541004）
　网址：http://www.bbtpress.com
出版人：黄轩庄
全国新华书店经销
北京盛通印刷股份有限公司印刷
（北京经济技术开发区经海三路 18 号　邮政编码：100176）
开本：880 mm×1 230 mm　1/32
印张：10.5　字数：208 千字
2022 年 1 月第 1 版　2022 年 1 月第 1 次印刷
定价：68.00 元

如发现印装质量问题，影响阅读，请与出版社发行部门联系调换。

序言 —— 风雨之后，阳光依然灿烂

　　我并没有见过陈妙玲医生，答应为她的书写序，是因为之前看过她写的一个平行病历，讲述了她为帮助一个四岁的回族女孩募捐，在质疑她的记者面前以自己的职业为赌注，使得他们最终相信这里只有一个需要帮助的孩子，没有他们想象的阴谋和不作为的故事（这个故事也收录在本书中，名为《阿依莎》）。我相信，这样一个为了病人的福祉而不怕牺牲自己利益的医生是一个值得尊敬的医生，是一个我愿意去更多了解的人。

　　收到陈医生的书稿，自己却淹没在了教学、行政、课题、审稿、开会等等工作中，迟迟不能沉下心来细读作品。等终于放假了，我也感冒了。在忍受着感冒带来的种种症状的同时，读着陈医生记录的各种病人故事和她自己对此的反思评论，感觉她

你 的 苦 痛， 与 我 相 关

好像就坐在我身边，对我娓娓道来。

　　看过书稿，最大的感慨就是：医生是这世界上活得最通透的人，他们阅尽人间百态，看遍人生疾苦，看惯生死，洞察人性，却依然执着，依然单纯。本书里的故事呈现给我们的就是各样的人间疾苦、幸福、期待和坚守。读过这些故事，就更好地明白契诃夫为什么会说"如果我不是医生，我也不会成为作家"，因为呈现在医生面前的人间悲喜实在是太多了，一个愿意思考人生的人实在难以抑制把它们记录下来并反思的冲动。

　　我们在阅读病人故事的同时，其实也是在阅读陈医生的人生：陪伴着她从"医生的女儿"成长为医学生、医生；再经历不同的医院、不同的专业，面对不同的患者；最后看她选择作为一名社区医院的医生，成为病人眼里的"好医生"。可以说这本书就是标准的"bildungsroman"，即"成长小说"，只不过这部"小说"的主人公就是这部"小说"的作者。

　　这是我读过的第一部由社区医生写就的纪实录，因此对我来说，本书另一个重要的意义在于，它记录了我国社区医疗卫生状况的改变。从作者小时候作为一名全科医生的女儿在西北观察到的因陋就简，到在江南成为社区医生时医联体为社区患者带来的便利、费用的报销、提供的服务等，陈医生从侧面描绘了我国基层医疗发展的"社会史"。

　　当然，我想陈医生找我写序可能是希望我能从叙事医学方面做一些点评。这本书的副标题是"一位全科医师的平行病历"，从平行病历的角度来说，本书中的大部分章节都是平行病历的典范。一篇合格的平行病历要包括三个方面的内容：说明（时间、地点、人物、情境）、故事的转折或危机（为什么要写这个故事）、结局及对此的反思。我认为反思是平行病历的灵魂，但大部分国内医生所写的平行病历在反思部分较弱，而陈医生的反思是随着故事自然而然出现的。譬如在讲到某重度烧伤患者的家属为什么放弃技术更好的大医院，而选择陈医生工作的 F 医院时，家属是这样说的："那些人极其高傲，没有同情心，一脸的不耐烦，让我们回去等，我话还没说完，他们就不理我了。我再问，他就和旁边的病人说话，根本不听我们。"陈医生的反思是："我这才明白他们不愿意去的原因，首先是医院没有空床可以让患者马上住进去；其次就是那些医院的门诊人满为患，接受询问的医生忙得要命，没有时间和他们多说话。但家属不这么想，他们统统把这些归结为医生没有同情心和责任心。他们奔波了一整天，碰了一整天的壁，突然遇到我，还能对他们的问题一一解答，并给了他们详细的分析和见解，就觉得我是一个十分了不起的好医生。几个人一阵感慨和赞叹，就决定把他们的病人转到我们这里来，并说如果万一病人来了之后真的会发生我说过的那些事，只要大家都尽力了，他们就绝不会抱怨。我再次跟他们表明，收治这样严重的病人，我毫无底气，经验也不足，但他们还是一致认为，我肯定是个负责任的好医生，他们愿意把病人托付给我们。"这让我想起韩启德院士曾说过：大医院人满为患，医生疲于应付，基层医生接触病人时间长，对病人更了解，他们应该知道并实践叙事医学。

书里类似的例子还有很多，虽然陈医生一再表示自己并没有做什么，甚至都忘了她为病人做过的事，但病人还是对她充满了感激，就是因为她关注到了病人和家属的需求，愿意倾听他们的故事，愿意为她的病人做事，帮他们理解他们还没有理解的人生和疾病的意义，这就是叙事医学的真谛。

从书中，可以看出陈医生观察力特别强，不论是对自然景致的观察还是对病人精神面貌的观察：写景，是为了烘托故事的气氛或与故事的气氛产生对比；写人的精神面貌，是为了判断病人的情绪，从而决定采取什么方式跟病人谈话。观察能力和关注细节的能力是非常重要的叙事能力，希望陈医生的写作能给读者，特别是医生读者带来启发。

北京大学医学人文学院副院长

北京大学医学部叙事医学研究中心主任

郭莉萍教授

二○二一年七月二十日于北京

自序

想让大家看一本书，总得给一个理由。北京大学医学部的王一方教授曾在《最好的告别》总序中这样说："如今的阅读多少带些偶像情结，让大家读读葛文德得给个理由先。"紧接着，王教授列举了作者葛文德一系列的头衔，这位医生含着金钥匙出生，拥有哈佛大学医学院教授、世界卫生组织（WHO）全球病患安全挑战项目负责人、克林顿和奥巴马两届美国民主党政府的医改顾问的头衔。他的履历金光闪闪，让人一看就想追偶像。当然读一本书不是读地位，而是读语言，读书中传递的价值。

葛文德影响了全世界，也影响了我。他给医者提过几点建议，其中有一段话，他这样说：

你的苦痛，与我相关

"做医生以前，我从未写作过。可是当了医生以后，我发觉自己需要写作。尽管医疗工作精密复杂，但所耗费的体力还是大于脑力。因为这是个类似理发行业的领域，医生只能每次为一个病人提供医疗服务，所以这是件苦差事。在日复一日的工作中，你可能会丧失自己更远大的目标，但写作能让你从琐事俗务中抽身出来，对心中的问题进行透彻思考。即使你写东西是为了发泄愤怒和激昂的情绪，也能获得一些感悟。最重要的是，通过把自己的感想告知一些读者，不管这个群体规模是大是小，你都能成为更广阔世界的一部分。就算只是在报刊上就一个话题发表一些想法，你也会发现自己内心惴惴不安：人们会不会注意到？他们会有什么看法？我说什么蠢话了吗？一群读者就是一个社会。发表文字就是在宣称自己是该社会的一员，表明自己愿意做一些有意义的贡献。所以，选择你的读者，写点儿什么吧。"

长久以来，我都觉得自己需要写作，但我能给大家带来什么呢？在我写这段文字前，我已经记录了几十个关于疾病的故事。有几次，当我写到那些病人的经历时，都会伤心难眠。没有什么人，比医生更能体会人间冷暖；没有什么地方，比在医院里所看到的死亡，更让人司空见惯。每当我回顾病人的疾病时，我都希望自己能把临床一线的所见所闻分享给更多人，因为在这世上，每个人都会经历生老病死，会遇到疾病和疼痛。

我写了一些关于从医、病人和疾病的故事，有一些故事跨越了时间，也跨越了地域，而有一些故事就发生在当下。我曾在网络上分享过数篇文章，有些阅读量超过了 10 万 +，评论成百上千，这让我意识到，在这个领域，社会是有需求的，我并不是在自言自语。

女儿上小学二年级，有天晚上，她突然要看我写的文字，我就让她从书柜里拿出几本《叙事医学》杂志，那上面有我发表过的平行病历，我找了一两篇，让她去看。那个时候，我正靠在床头用平板电脑写文字，而她则坐在书桌旁的台灯下看杂志。读书和写字都是安静活，我盯着平板没太在意她。可不知什么时候，当我抬起头时，却发现她不是在看杂志，而是将头埋在桌子上。我不知道她发生了什么事，就喊了一声。听到我喊她，她抬起头来。那时我看到她眼眶红红的，正在流泪。我问她怎么了，她说："妈妈，你为什么会遇到这样的事情？"

那时候她正在看《最后的夜晚》，那个故事里，我记录了一个患黑色素瘤的女人在世间的最后一个夜晚。我知道女儿被那样的生死离别吓着了，就安慰道："妈妈是医生，这样的事情对医生来说很常见。"她突然从椅子上跳下来，扑到我怀里，伤心地哭起来。

我有点后悔给她看那些记录，一个七八岁的孩子，应该看这世界上最美好的东西，但她却看到了疾病、挣扎、悲苦和生死离别。我怕她心里有阴影，就抚摸着她的头发不停地跟她讲其他事情。孩子果然心地单纯，她很快就不哭了，也笑着和我说起别的事情来。我以为她就此忘了我写的发生在医院的那些事，但过了一会儿，她又问起来。

第二天晚上，她做完作业，又把前一天晚上看过的故事重拿出来看了一遍。

女儿 7 岁，我料想，一个 7 岁的孩子对那些故事都有这样的感触，愿意一遍一遍地去看，那作为 17 岁、27 岁、37 岁、47 岁、57 岁、67 岁或者 77 岁的读者，看到这些文字时，又将会有什么样的感受呢？

第一章

女承父业

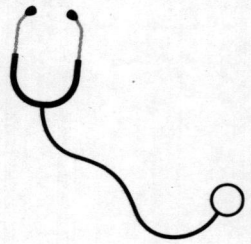

女承父业

这是我在夜班急诊值班室里做的一个梦：

北风呼啸着，从光秃秃的黄土高原上吹过，天空弥漫着黄沙，看不到太阳，看不到山川草木。我站在一座空荡荡的院落里，看着头顶上雾蒙蒙的天空和飞过的小鸟。黄土筑就的围墙，久经年月，长满了褐色的青苔，牢牢地把我圈在了里面。沙尘吹过，眼前一片模糊，嘴里沾满了黄沙。我想从围墙里出去，可是门却紧锁着。猛然，一阵响雷，空中开了道口子，露出半片蔚蓝的天空，我突然站在了长满绿色植物的山林里。可是一瞬间，我却又出现在悬崖上。我拽着一根藤条悬在半空中，悬崖深不见底，周围耸立着奇形怪状的青石。我憋着一口气，拼命往上爬。我用尽全力，四肢酸痛，全身是汗，可是怎么也爬不上去……

猛然，一阵铃响，我从梦中惊醒了。

门外有人说话，是凌晨两点的急诊，有人来看病，我连忙穿衣出去。

病人是个老太太，发着高烧，又吐又拉，老伴儿陪着，想要输液。

"医生，打扰了，这么晚把你喊醒来，我们真的是没办法了。"老太太晚饭后就肚子不舒服，但始终忍着，直到忍无可忍，老伴儿才开着三轮车把她送过来。

这里是江南长江里的一座小岛，我是这小岛上唯一一家医院里新来的家庭医生。现在是凌晨两点钟，我从一个焦虑不安的梦中，被病人惊醒了。

医生值班大多是 24 小时，这里也不例外。白天我看了八十多个门诊病人，但到了晚上，病人寥寥无几。岛上的人们大都知道这里的夜晚只有一位值班医生，也知道这里的夜晚药房不营业，挂号处不开门，医保卡用不起来，一些辅助检查也做不了，所以不到万不得已，他们是不会在深夜来医院的。

我从梦中醒来，看着苍白的灯，心跳得很厉害。我带着病人从走廊过去，穿过大厅，来到诊室。我让老太太躺到检查床上，给她做了体格检查。询问过一些情况后，初步判断是食物引起的急性胃肠炎。我怕她又吐又拉会脱水，就开了三瓶药，让她去二楼找护士输液，两个老人就相互搀扶着上了楼。

我又重新回到了值班室，此时已是夜间两点半。我又累又困，却翻来覆去再也睡不着。我回想方才的梦，也回想刚才送走的病人。

成为一个医生,已经数年。我不知道自己为什么总会做与童年有关的梦,以前每次回家,总有人问我做什么工作,我说我是医生。对方就会无比自信并有先见之明地说:"子承父业,果然不出所料。"以前我从来不认为自己做医生是受了父亲的影响,但后来,我渐渐明白,其实我选择从事医疗行业,是被父亲潜移默化影响,水到渠成的。

当我还是一个小孩子时,父亲风华正茂,记忆中他总是背着药箱,不是跟着病人的家属要出去,就是才从病人家里回来。那时候,他身后总是跟着几个病人。

我记得在那黑暗的房屋里,每天早晨,当我从梦中醒来,看到家里没有一个大人时,就会感到十分懊恼。我跑到院子里,一边叩门,一边哭喊,我希望通过哭喊能把大人唤来。但高高的院落围着一片小小的天空,没有人来开门,也没有人应答,只有呼呼的北风从指头宽的门缝里吹进来。我哭了好久,冷得发抖,仍不见人来,就擦干泪,抬起头看院子上面的天空。

我看到鸟儿从摇摆的树梢上飞起来,扑扇着翅膀划过天空。那是院子外面的白杨树,叶子很茂密,风吹过,总是哗哗地响,成群结队的小鸟叽叽喳喳叫着,一阵一阵从树上落下来,落到院子里吃地上的箍谷子。我跑过去,想在它们中间玩,也想跟着它们飞起来。可是,我刚一过去,它们就齐刷刷飞走了。

那是一个寂寞的院落,我听得见外面的狗吠,听得见外面的说话声,也听得见不远的校园里传来的琅琅读书声。我看得到隔壁人家的烟囱里飘起来的炊烟，也闻得见别人家厨房里飘出来的香味……一切离我都很近，但一切却都与我隔绝。那时候的天空永远都是灰蒙蒙的，永远都刮着北风，永远都黄沙漫天。我在院子里累了，就靠着小狗睡觉。外面传来说话声，有人敲门，我就醒了。

父亲回来了，他背着黑色的药匣子，那个药匣子上面有一个白色的圆圈，印着鲜艳的红十字。我打开门，父亲进来，后面跟着两三个人。父亲给我和妹妹一人一半把白砂糖，放在装过药的空纸盒子上，我就伸着舌头尖，几粒几粒地舔。父亲的病人看到我们静静地站在一旁，不哭也不闹，就说："你家的孩子真乖！"父亲默认，脸上笑了，嘴上却说："乖什么，淘气得很。"

那时候，父亲的诊室就在家里院子最西北的一个角落里，那是一间十平方米大小的房子，一半住人，一半放着药柜。药柜上有很多方格的小抽屉，每个抽屉里都装着不同的中草药；柜外漆着乳黄色的油漆，用红色的小字写着药名。偶尔有几个药架子上面摆着注射剂和口服的中成药，也有几个大的玻璃瓶子里装着黄色或者白色的、椭圆形的大药片。

父亲给乡亲们抓药，是用废旧的报纸将称好的草药，一包一包地裹起来的。如果是西药片，他就会将药片从玻璃瓶里倒出来，两片三片地数好，然后分开包装在裁好的旧纸片里。父亲是附近方圆二十里之内唯一接受过正规医学教育的医生。有时候几十里以外的地方，都会有人来叫父亲去看病。父亲翻山越岭，常常在清晨出发，深夜才回来。

乡亲们看病，大都是没有钱的，他们常常赊账。父亲有一个用麻绳钉起来的黄色麻纸小账本，密密麻麻记了几十页。有些人欠账，一年到头还一次，还有些人两三年还一次，而有些人，是永远都还不来的。

父亲的药卖出去，收不回本金，就把家里的粮食卖了用作进药的钱。母亲有些怨言，父亲就赔着笑脸不说话；母亲埋怨几句，就算过去了。等母亲的气消了，父亲就会讲一些"舍生取义"的大道理，母亲听不懂，我们几个孩子也听不懂，但我们都认为，父亲做的肯定都是对的，所以每次父母争吵，我们总会站在父亲一边。那时候，我觉得父亲很伟大：舍己为人，大公无私，毫不利己，专门利人，舍小家为大家……父亲在认真践行医生的价值观。我信他，认可他，支持他；但代价是，关于儿时的记忆总是空空的院子、高高的墙壁和寂寞无边的寒冷。

后来，我们的价值观发生了一些变化，让我对父亲有了看法。我渐渐地认为，在这个家里，他的责任是缺失的。我记得，父亲每次跟着来叫他的人出诊，临走前总会用手摸一摸我和妹妹的头，然后轻轻说："在家里乖乖的，我回来给你们糖吃。"然后锁上门，转身走了。我看着他的背影，很想跟着出去，但最后都是含着泪静静地站在门口，看着他锁上门转身离去。

父亲出诊去了，他翻山越岭，挨家挨户去给人看病。

乡亲们尊称父亲为"先生"，因为我是"先生"的女儿，在学校或者别的什么场合，常常会受到优待。那时候，父亲不仅仅是一名看病的医生，也是一个调节者。邻里之间，谁家发生了矛盾，有解不开的疙瘩，都会请父亲去说和。父亲一去，三言两语，两家就都看在父亲的面子上，握手言和了。

那时候，治好一个病人，常常只需要几块钱。但也有时候，钱花了，病没好，他们也不会埋怨父亲，因为大家都懂得生老病死的自然规律，也普遍能接受不可逆转的事实。

在我们渐渐长大后，父亲的诊所变得更加窄小了。家里的房子不够住，父亲就把诊室搬到院子外面。院子外面重新盖了一排房子，一间用来住人，一间用来看病。新房子前面，是个大园子，父亲种了很多花草树木：太黄、七叶花、牡丹花、芍药花、大理花、菊花、月季花、竹子、苹果树、李子树、杏树、柏树、松树……

我上小学后，走出了那个紧锁的院落，灰蒙蒙的天空好像突然变得明媚起来。父亲的诊所门前总是花香鸟语，蜜蜂和蝴蝶在花丛里飞来飞去。每天清晨，诊所门前的花园里、树底下、围墙边、小路上，都站着远道而来的乡亲，他们一边聊天，一边排队看病。父亲起得比较晚，如果不是十万火急的病，他们一般不会去敲父亲的门。他们静静等着，怕打扰父亲休息。

雨后的清晨，天空最为美丽，是蔚蓝色的，鸟儿清脆地叫着从我们头顶飞过，远方炊烟袅袅。我站在父亲的花园里，听他的病人说各种乡间趣事。湿润的泥土里钻出蚯蚓，我一边用树枝挑起，一边看旁边的七星瓢虫。父亲的病人愉快地聊着天，挨个去就诊。那美好的时光，就像潺潺的流水。有时候，母亲也会过来和病人聊聊天。若是有人想叫父亲去出诊，家属便会留下来给母亲帮忙。

有些健谈的乡亲，会问我："你今年几年级了？考了多少分？在班里第几名？"我就一一回答他们。他们一听我是班里的第一名，就猛夸父亲。也许父亲的心里是自豪的，但脸上却看不出丝毫喜悦，他只是淡淡地说："有什么行的，顽皮得很。"然后看着我说："出去玩吧！"我就默默地从他的诊室里出来。

那时候乡村的医疗条件十分有限，乡亲们从来不去医院。遥远的镇上，医院里冷冷清清。只有快死的人，才会去医院，但是即便他们去了那里，也仍然免不了一死。我常常听他们说："若是先生看不好的病人，到了哪里都看不好。"他们说的"哪里"是指街镇，但更远的"哪里"，比如县城或者省城，他们是从来都没有去过的，所以也从来不会想到那些地方。父亲的诊所里，永远都热热闹闹。

那时候，农民没有医疗保险，看病基本都在乡下的诊所里，因为只有乡下的诊所才可以赊账。那时候很少听过有医患矛盾，很少有病人会埋怨医生，医生也不会提防病人。哪怕有些病人的病情恶化了，父亲无能为力，他们也不会责怪父亲。乡亲们尊重父亲，也惦念父亲的好，逢年过节，常常会有人给父亲送来鸡蛋、猪肉、小米这些自家的土特产。

我上大学后，有一年暴发了"非典"。父亲的诊所又搬动过几次。大概就在那段时间前后，农民有了合作医疗保险。这对常年没钱看病、只能靠赊账在乡间诊所里看病的农民来说，简直是天大的喜事。当父亲告诉我这个好消息时，我正在操场边走路，激动得觉得雨天里都能看得到太阳。我想，从此之后乡亲们看病，就不用再欠着药费了。父亲说，党做了一件无比伟大的事情，我们都无比感恩。

日子一天比一天好了，父亲的诊所是医保定点单位。原本，我们都想，乡亲们有了医疗保险，日子肯定会比以前更好。事实是，物质方面的确比以前改善了，但有些方面，比如人情冷暖、是非曲直，却有了变化。

大学毕业时，我回到家，发现父亲突然老了很多，来他诊所看病的人也比以前少了很多。我看到偶尔来的几个病人，也都是陌生人。他们对我不再像从前那般热情，不再称呼我是"先生的女儿"。有一位乡亲，在我小的时候他常常来家里，那次我在路上遇见他，像小时候一样和他热情地打招呼，不料他却看着别处冷冷地说："不就是考了个大学，有什么了不起的……"

我回到家问父亲："月月爷爷为什么说话怪怪的？"父亲说："前几日深夜，他来敲门，说月月发烧了，让我去一趟。那天我正好也感冒发烧，全身酸痛起不来，就让他拿点药回去先吃吃，如果效果不好，第二天我再去。他就开了点药回去了，但没到第二天，他就把我投诉了，说我拿着公家的钱，报销着公家的费用，却不给老百姓去看病……"父亲说到这里，长长地叹了一口气，接着他又和我说了一些其他病人的事情：有些人来看病，希望每次都能报销，但报销有额度，不可能无限度，但他们不信，说电视上、报纸上都说了看病全报销，为什么到了父亲这里，就有时候能报销，有时候却不能。父亲解释，他们听不进去，认为之所以报销不了肯定是父亲在里面故意做文章。

那时候正是冬天，父亲的房间里生着火。他坐在我对面的椅子上，一边喝茶，一边和我说这些事。从前，他从未那样跟我聊过天，他总是匆匆地回来，又匆匆地出去。现在，找他看病的人少了很多，自从乡亲们有了医疗保险之后，他们就嫌弃父亲的诊所小、药物不全、不能做检查。他们变得一生病就想输液，父亲的诊所里是不允许输液的，他们就觉得父亲过时了。一旦生了病，无论轻重，就都想到更好的医院去挂水。

父亲跟我说这些时，我脑海里闪现的全是我还小时，他背着药匣子出诊的背影，还有他那一沓一沓用麻绳钉起来的写得密密麻麻的记账本……

我大学毕业后，到了江南，如今的我，也成了一名基层医生。父亲老了，退休了。但他总是对曾经的事业念念不忘，总是惦记着他那些病人。我们长大后，都离开了家，很少能回来照顾。后来，父亲多次生病，我回去过一两趟，但路途遥远，请假不便，就又匆匆回来了。父亲年纪越来越大，身体也大不如从前，他一个人生活在家里，总是会让大家不太放心。后来，在我和妹妹再三的请求下，他终于放下家乡的一切，跟随我们来了江南。

父亲来了后，我家里的事情，便基本都交由父亲打理了。我常常夜班，也常常加班。有时候，我回到家里孩子已经睡着了。父亲说："孩子一直问你什么时候回来，是白班还是夜班，我说你很快就来，她就听着故事睡着了。"

我回到卧室，看着熟睡的孩子，沉默良久。猛然间，像是回到了几十年前，仿佛这个小人儿就是当年的我，而我，就是那当年的父亲。

记忆中的女医生

夜班起来，拉开窗帘，外面一片银白。雪纷纷扰扰地飘着，落在地面上，落在窗外的水杉上，落在河岸边砖红色的护栏和干枯的垂柳枝条上，这是新年的第一场雪。江南的下雪天，地面总是渗着水，也许因为天气湿冷，和预料中的一样，病人不算多。快到中午时，雪变小了。外面扫出了一条路，铺着干草垫，一直铺到了医院的大门口；但街边的屋顶上仍铺着厚厚的雪，白茫茫一片，像极了北方的冬天。

二十年前，北方的小镇上，我下了长途大巴车，走在雪花漫天的空旷的街道上，遇见一个人，她站在临街的一座房子旁，老远地看着我。等我走近喊了声"婶婶——"，她才笑着说："原来是你呀，我还以为是烟雨回来了！"她有些失望，但仍然很热情地请我去她的诊所坐坐。

她是烟雨的母亲，那一年，我刚上大学。烟雨和我同年，是我的小学同学，长我三天，我常常去她家，和她同睡一个被窝。烟雨母亲年轻的时候在镇上的医院里工作，后来因为超生丢了工作。离开医院后，她开了家诊所。但很不幸，那个让她丢了工作的可爱男孩，在六岁时夭折了。

烟雨母亲是我们镇上唯一的女医生，在"男主外女主内"的边远山区，妇女们都是待在家里不出门的，烟雨母亲作为唯一的一位女医生，方圆数十里无人不知无人不晓，她的成就让很多男人都望而兴叹，女人们看她更是可望而不可即。她为人热情，乐善好施，人人都称赞她。因为烟雨的母亲是医生，烟雨和她妹妹也比大部分孩子都更受乡亲们厚待。

我跟着烟雨母亲进了她的诊室，诊室里烧着壁炉，房子里很温暖。她为我倒了茶，端来一盘油饼，放在火炉上："赶快烤烤，你看你鼻子都冻红了。"她让我暖好了喝点儿茶，吃点儿东西。我对她又敬又畏，不知道说什么好，只好摘下手套，抱着炉筒取暖。她在整理药架上的瓶子，有灰的地方，就用毛巾擦擦。过了一会儿，她转身问我："你叫什么名字，我怎么一时想不起来了？"我说："我叫妙妙。"她就笑起来："对对对，你看我这记性，怎么连你的名字都叫不出来了。"

那时候，我是烟雨最好的朋友，我常常去她家，也常常跟着她去她母亲的诊所。烟雨母亲的厨艺很好，做的菜很可口，我十分喜欢。我们每次去，她都会煮荷包蛋。烟雨带去几个小伙伴，她就煮几个荷包蛋。我是她家的常客，每次去她那里，她若是要给烟雨买什么，定会给我也买一份。十八岁之前，我几乎是隔三岔五就往她家里跑，但现在，我在外面上大学才不到一年，她怎么就突然想不起来我叫什么了呢！我看着她，心里默默想：她怎么记性突然就变这么差了，是不是发生了什么事？我心里这么想着，但却不敢问她。

那天逢集，街上人比平常多，时不时有人进来找烟雨母亲看病。她给人看病的时候，我就坐在旁边的板凳上。进来找她的人都以为我是烟雨。那时，烟雨在北京上学，还没有放假。烟雨母亲就跟他们解释说："这是陈大夫家的二女儿，烟雨还没回来。"那人就说："我还以为是烟雨呢！"烟雨母亲看着我，慈爱地笑一下："这俩姑娘还真有点儿像，我刚才都差点儿认错了。"她一边包药，一边看着我："你叫什么名字，我怎么又忘了？"

我说："我叫妙妙。"

她有点儿自责："你看我这记性，怎么总是忘！"

她将药包好后，一一交代对方。她记不住我叫什么名字，但她给病人交代用药时，交代得很清楚。

病人走了，我全身也烤暖了，想离开她那里赶快回家去。天空飘起雪来，天黑了山路会很不好走。烟雨母亲说："你这姑娘，这么急干什么。"她非要留我吃饭，"是不是烟雨不在，就不想多待一分钟？"我只好又乖乖地坐下。烟雨母亲做菜又快又好吃，我吃得暖暖的，有那么一会儿工夫，心里暗暗羡慕烟雨：要是我有这么一位既会做菜，又知书达礼、善解人意的母亲就好了。但不知为什么她的记性突然那么差，总是把我叫成烟雨。

我离开时，她给我装了很多东西，让我带回家。有位邻居家的店主过来，说年底要进货，资金周转不开，想跟她借点儿钱，她问："要多少？"对方说了个数字后，她就爽快地答应了："好，等孩子走了，我给你送过去。"

我从烟雨母亲的诊所里出去，踩着厚厚的积雪，走了几步后回过头去看，我本想看到她已经放下白色的门帘，将门关上。可是我回头看时，却看到她扶着门帘，靠在门框上。我朝她挥了挥手说："婶婶再见！"

她就冲我喊："路上滑，慢点儿走……"

我说："天冷，你赶快进去吧！"便回过头继续往前走。

"烟雨……"她在我身后喊了一声，我再次回过头，她就笑着喊："你叫什么名字来着，我怎么又忘了……"

我再次说："我叫妙妙——"

……

那时我才上医学院，还不知道有一种病叫阿尔茨海默，以为她只是记性变差了，她身边所有的人，包括她自己也和我一样想，都不知道她已经得了这种病。

我回到家里，把烟雨母亲记性变差的事告诉父亲，父亲说："这不太正常，她是不是受了什么刺激，精神出了问题？"我说："除了记性差，我没发现别的什么问题。"父亲便也不再追问。

大学期间，我回家的次数比较少。临近毕业的寒假，回到家里，问起烟雨母亲，父亲说："她现在很唠叨，见着人就说个没完没了，附近的邻居都躲着她，尤其是旁边的店主，骂她骂得很难听。有次她在人家的井边打水，人家就呵斥她，让她下来，说你一个女人家不干不净的，小便都在裤子上，谁让你站到我家的井口上。她刚放到井里的水桶，还没打上水，就被人家骂得硬生生地把一只空桶又提上来。"

我想起几年前那次见面时，那位店主跟烟雨母亲借钱的事，有些愤愤不平，跟父亲说："烟雨母亲以前对他们那么好，现在他们为什么这样对她……"

父亲说："这几年，她性情变化很大，去年有个女人生孩子难产死了，她给人接生，孩子才下来，女人就大出血，来不及抢救，上转的路上，还没到医院，人就死了。自从那次以后，她的精神就更加不正常了，渐渐地也就没人再去她那里看病了。"

我说："我想去看看她。"

父亲说："以后吧，她现在记性更差了，你去了她不一定能认出你来。"

大学毕业两年后的秋天，我回老家，再次问父亲："烟雨母亲怎么样了？"那时正是秋高气爽的天气，太阳很高、很黄，金灿灿地照在大地上。

父亲说："你如果想去看她，就去吧，要不下次回来，可能就见不到她了。"

烟雨母亲不当医生了，她已经完全成了一个病人。她从镇上回到了家里，生活早已不能自理，需要家人轮流看护。

那天，天气很好。我买了些营养品，沿着弯曲的小路，去了烟雨家，那是我小时候走过无数次的路。烟雨的两个小弟弟在院子里玩，他们太小，根本不认识我，我喊他们，他们也不理我。烟雨父亲和我打了声招呼后，就出去了。烟雨妹妹把我领到上房里，问我怎么有空回来，是不是请假的。

我说："我来看看婶婶！"

我跟着她进去，看到她母亲躺着缩在炕角里，嘴巴里正在嚼什么坚硬的东西。她已经瘦得变了形，牙齿脱落了一半，头发毛乱地竖着，眼睛黯然无光，我差点儿认不出她了。我将营养品放在桌子上："婶婶，我来看你了！"

她嚼着东西的嘴巴突然停下来，看着我问："你是烟雨吗？你来看我了？"

我说："我是妙妙，我来看您了。"

她突然从炕上翻起身来，跑到桌子跟前，把我拿来的营养品揣到怀里说："你是烟雨，这是你给我买的东西吗？"

我说："是的，这是我给你买的。"

她爬到炕角里，把东西压到枕头下，自言自语地说道："这是烟雨给我买的！"

烟雨妹妹无奈地笑道："好，好，你先放下，放到桌子上，是姐姐给你买的，我们谁都不会抢你的。"

烟雨母亲坐起来看着我："你是烟雨，这是你给我买的？"

我说："是，这是我给你买的！"

她又开始嚼东西，鼓着腮帮，像含了一颗糖。她动了一下嘴巴，窗外的阳光照进来，我突然看到有一束光从她的嘴巴里反射出来，就让烟雨妹妹看一下她嘴里含的是什么。

烟雨妹妹爬到母亲跟前，托起她的腮帮说："乖，嘴巴张开我看看。"

烟雨母亲不配合，躲着女儿缩到墙角里："不给你，不给你，这是烟雨给我买的……"她以为烟雨妹妹要抢她的保健品，就把它藏到身背后。烟雨妹妹说："我不抢你的东西，你张开嘴，我就看看你嘴里含的是什么。"

烟雨母亲就把嘴巴张开来：那是一块磨平了的碎玻璃。

烟雨妹妹让她把碎玻璃吐出来后，就从炕上下来了。

有邻居进来串门，看到烟雨母亲藏东西，就呵斥她："你这么小气干什么，下来！"

烟雨母亲吓得不动了。另一位邻居教训她："你一天脏兮兮的，是不是又把裤子尿湿了，你臭不臭，熏不熏人！"烟雨母亲一动不动地坐着。那邻居跟我说："你看，你婶婶现在这个样子了，家里全靠烟雨妹妹一个人撑着……真是造孽啊！"

那几位邻居，在烟雨母亲健康的时候，经常受她接济。我看向屋外：夕阳照在院子的墙上，一对天真无邪的双胞胎小男孩正在院子的花园里愉快地玩耍，他们的欢声笑语时不时从外面传进来，这是烟雨母亲四十五岁左右时生的孩子，比烟雨小了二十多岁，她母亲生那俩孩子时，她已经出嫁了。两个孩子还不到上学的年纪，成天在家无忧无虑地玩泥巴，只是，烟雨母亲再也不会关注他们了，她已经不知道他们是谁，她只是不停地问我："你是烟雨吗？你是来看我的吗？"

夕阳落下时，我离开了她家。走在回家的路上，经过一个小树林，我想起小时候她常常给我们做好吃的；想起刚上大学寒假回家下大雪的那天，在她的诊所里，她一边为我夹菜，一边叫错我的名字；想起我离开时她给我带很多东西，我走了很远，她仍靠在门框上目送我的样子。想起这些，我便泪流而下。

我工作后，有一年冬天母亲病了，我接她来我这边看病。就在母亲生病的那段时间，烟雨母亲去世了。母亲得知消息后哭了，"她还不到五十岁，那么能干的女人，就这样说没就没了……"

烟雨母亲，曾经是母亲仰望过的、可望而不可即的女人，也是我小时候最敬仰的女性和长辈，可如今，她已经到另一个世界好多年了。

不是每一位医生的成长都一帆风顺

在广袤的大地上，在医学殿堂的金字塔的最底端，曾经有一群医生，就像我的父亲和烟雨的母亲，他们在最基层以赊账、出诊的方式服务着当地居民，为当地的医疗事业撑起过半边天，但属于他们的时代已经过去了。如今的时代，是最好的时代，也是最坏的时代——说这是最好的时代，是因为我们不再物质贫穷，不再缺医少药缺乏教育，不再没有工作没有任何保障；说这是最坏的时代，是因为人与人之间比任何时候都缺乏信任，人们比任何时候都热衷于怀疑，比任何时候都缺乏对彼此的理解和包容。

在这个时代，人人都拥有了享受免费基础教育的权利。顶级医院里的医生，更是普遍拥有着常人不可企及的高学历，就算是最基层的医生，也都要经过正规的培训，并且必须得通过层层考试、拥有合格证书才能正式行医。但不是每一位医生的成长都会一帆风顺，也不是每一位医生的精进都能如哈佛毕业的葛文德那般光辉耀眼。

按理来说，我大学毕业后进入工作岗位的第一年，就应该成为一名医生，但好事偏偏多磨，直到我在社会的熔炉里铸造了四年后，我才成为一名真正意义上的医生。大学毕业的那一年，我正好是高校扩招后的第一届毕业生，旧的分配制度已取消，新的就业机制还未成熟，很多大学生"一毕业就失业"。我和很多难以就业的大学生一样，在经历了用人单位的层层挑选之后，远走他乡，从西北来到江南。

我的第一份工作是一家私立女子医院的健康管理员，主要职业是"和人打交道"。我的领导极具才华，"大医治未病"是他确立的办院理念。但在融资的过程中，他与政策打了个擦边球，引起了媒体的广泛关注和争议。为了平息这场舆论，他不得不引咎辞职。在他辞职后，医院一下失去了灵魂。没有灵魂的医院，就像一个空骨架，再也留不住有理想的人。

我在那里"磨练"了四年，在担任健康管理部主任和新院长的助理之后，也因看不见更大的希望，离开了那里。那四年，我没有真正地为病人看过病，我所有的时间都用在了如何"和人打交道"上。我具体的工作是：让成批的"患者"通过组织和协议，与医院签订合同。我负责把她们领进门，把她们的健康管理起来，但看病和写医疗文书这些具体的事，就全都交给退休返聘来的老专家，我只负责"和人打交道"，更确切地说，是主要负责和那些"患者"的领导打交道。

这份活计比较清闲，如果哪一天我不想"和人打交道"了，就可以坐在办公桌前一边喝茶一边看报。这样的生活很自由，但也很空虚。如果我老了，这样的工作倒是很理想，但我还年轻呢！所以有一天，当财务总监惯常性地"理解错公式"给我少算工资、少发奖金时，我生气了，就找她去问。选择性算错账是那位财务总监的拿手好戏。我们的三位副院长，就因她总是选择性少算养老保险金，最后忍无可忍，和她吵了一架后，先后辞职了。医院里没有了副院长，工作上的很多事情，院长通常只和我商量。那位财务总监就开始"算错"我的账目了。平时她少算，我都忍了，但那次她少算我一万多，我便不想再忍。经过一番周折，她挨了批评，补发了我的奖金。我本应该高兴才对，但我却一点儿都高兴不起来。细想，这都是些什么事儿呢，她的年龄都和我母亲的一般大了，我还年轻，我总不能把精力耗在她身上，于是，我也辞职了。

我离开女子医院后去了大学城，在 C 大学做了校医。

第二章

别样的大学生

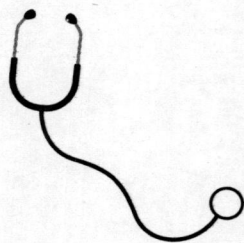

　　曾几何时，在所有人的印象中，大学校园是一方净土，但不知从什么时候开始，越来越多的调查结果显示，大学生已成为艾滋病的高发人群。这个现实令人疑惑，也令人诧异。近几年，随着社会的发展，学生的观念比以往更加开放，但是他们并没有提升与思想开放相匹配的性安全知识。如今这个时代，人们比任何时候都更容易获得信息，交通出行也比任何时候都更方便，网络给我们带来了诸多信息获得渠道，但也带来了一些负面的影响。学生思想开放的程度与他们所知道的健康防护知识完全不能匹配。大学生群体理应较大部分人群更见识宽广，但事实恰恰相反，在面对疾病和健康时，他们普遍缺乏医学常识，滞后的健康教育远远跟不上开放前卫的思想，导致悲剧时有发生。

　　我在 C 大学工作的时候，是我毕业后的第四年。在那里，我遇见了一些人，经历了一些事，现在我想把那些记忆深刻的故事分享给亲爱的读者。

闽南哥

一个晚上，刚过零点不久，有人敲开了值班室的门。我开门出去，看到一个清瘦的男生，个头不高，脸上的皮肤古铜色，典型的闽南人模样。他站在门口，用一种怪怪的腔调说："医生，我这里痛！"他用食指指着自己的脑袋，"我要看这里。"

我把他带进诊室，询问了一些情况，做了检查，初步判断他是受凉感冒，于是开了一些治发热的感冒药，让他先度过这一夜，若是明天头还疼，就再过来做个血象检查。那男生道了一声谢，就出去敲药房的门。

他出去后，我坐在诊室里，觉得身体有些不舒服。人猛然间在深夜被惊醒，大脑里就会突然一片空白，心脏也会跟着狂跳，像打鼓似的要从胸腔里跳出来。我在学校上班，24 小时一直都在校医院里。虽然白天学生上课时医院里比较清闲，但到了中午和晚上，学生们下了课，这里就会变得格外忙碌。学生断断续续来，我们就断断续续接诊。持续的工作，让人极度疲劳。尤其是在夜里，当人正在沉睡中被急促的敲门声惊醒时，就会觉得身体极度不舒服，有时候甚至会头晕和胸痛。

那个男生去敲药房的门时，我的心跳还没有平静下来。我坐在板凳上，看着雪白的墙壁和苍白的灯，木然发呆。他出去后大概不到五分钟，又回来了；但当他再次来时，充满了怨气。他站在门口，伸出一根手指头，指着我说："你们这还是医院，还是救死扶伤的地方吗？你们这些穿着白大褂的人，还有医德吗？你们的良心呢，被狗吃了吗？"他怒不可遏，让我摸不着头脑。他看我不说话，接着说："在你们眼中，是不是所有的一切都没有钱重要？你信不信我明天马上就可以让你们医院关门，让你们全都失业！"他站在门口，将一只手叉在腰间。

我有些愕然，不知道他出去后发生了什么事。我想问问缘由，但不等我开口，他就接着说："你们知不知道我是谁？"他愤愤不平地走来走去。

我小心翼翼地说道："我真不太知道你是谁，但发生了什么事，你可以告诉我吗？"

他停下来，站在我对面。"你们难道不上网、不看新闻吗？"他失望地教训我，"在这所大学里，谁不认识我？就连校长见了我，都要礼让三分，而你们——校医院里小小的医生和护士，居然都不把我放在眼里。我来看个病，买个药，都要跟我要钱，我说没有带钱，你们居然想要我留下学生证或者身份证，你们把我当什么人了，我会为了这么一点小钱，去赖你们的账吗？"

那男生越说越气，我总算听明白了他发火的原因，就忍不住笑了，问道："你是今年大一才来的新生吗？"他看到我笑，怒火就消了一半："我是大一的不错，但我很有名，在这所大学里，没有人不知道我！"我说："是我落伍了，是我有眼不识泰山，可是你现在能告诉你你是什么人吗？"他神气威风地说："我是闽南哥！"

我让他留下电话号码，先把药带走，等第二天再把钱送过来。他说："这还差不多，像个医生的样子，算你有点良心！"

第二天，有学生和老师来看病，我问他们闽南哥是什么人，他们意味深长地笑了："凤姐是什么人，芙蓉姐姐是什么人，闽南哥就是什么人！"我说："他说在这所大学里，他非常出名，无人不知。"对方笑了："的确，他是一个大红人，新生运动场上裸奔后，就一夜成名了。"

校园里常常举办文艺晚会，闽南哥很受追捧。有天，学生拿着海报，说晚上的演出有闽南哥的说唱舞蹈，隔壁大学的同学都闻讯赶来了，若是我有空，也去看一下。那天晚上，正好轮到我休息。晚上八点钟，下班路上经过活动广场的演播厅，我听到音乐响，就从那里走进去。那时，晚会才刚开始，但会场里已经坐满了人，只有最远处的边角旮旯才有两三个空位置。我沿着阶梯走上去，在那稀罕的两三个空位置旁，任意选了一个坐下来。

演出还没开始，会场里灯光通明，整个气氛闹哄哄的，大家都在说话。但很快，观众席上的灯光就熄灭了，舞台上闪起五颜六色的射灯，一束一束的光线变换着角度横七竖八地朝观众席扫过来。音乐响起，幕布拉开：一位穿着白衬衫的男生率先出现在舞台中央，顿时台下一阵热烈的掌声，紧接着响起一阵阵口哨声和呼喊声，闽南哥亮相了。他是领舞，带着几个瘦高个的男生，跳了一段强劲有力却又毫无章法的热舞之后，在口哨声中退场了。

我看了几分钟，觉得了无兴趣，便悄然退场回了寝室。我打开电脑，浏览了一下学校的网页，那里面正在热火朝天地播放闽南哥演出的新闻，有他跳舞的大量照片，有些镜头是特写。下面有很多留言，既是吹捧，也是讽刺和取笑，总之，他如愿以偿——火了。他不但在C大学火了，也火到了周边的其他大学，甚至火到了山西路的演艺俱乐部。同学们对此津津乐道，就像谈论凤姐和芙蓉姐姐那样。

又一天深夜，他来看病，那时候大概是冬天。那晚天气很冷，我早已穿上了厚厚的羽绒服，但他来时穿得很少，白衬衣外只套着一件单薄的黑风衣。那天，他来时仿佛换了一个人，和第一次来时的态度完全不一样。他低调了很多，礼貌地说："医生，给我开盒感冒药。"我问他怎么了，他说出去演出，受凉感冒了，有些头疼嗓子疼。他还没有卸妆，脸上铺着厚厚的粉，还涂了腮红，茅草窝般的头发里散落着金丝絮，全身散发着一股浓烈刺鼻的香水味。他说嗓子疼，我就让他张开嘴巴给我看看，他"啊"了一声，配合地张大了嘴。他咽部充血，两个扁桃体肿到了软腭弓，上面布满了脓液。我给他测了体温，发烧四十度。我说："你的扁桃体化脓了，得输点儿液。"他摇了摇头说："算了吧，我没钱输液，今天一整天，我只吃了一块干面包，我父母在闽南的乡下种田，他们也没有钱……"

我不知道说什么好，沉默了一会儿，就给他开了一盒八块钱的阿莫西林。他拿着处方，说了谢谢，就从诊室里出去了。那时候，已是午夜十二点，我看着他的背影从走廊上消失，就回了值班室。

那一整夜，再没来过一个病人。

思想开放的漂亮女生

江南多雨，常常滴滴答答。校园里的马路被雨水淋过后，格外干净。梧桐树的年龄和学校一般大，都很年轻，叶子不是很茂密，但在雨天显得格外柔媚。

周末的雨天，校医院比平时更加宁静。这份宁静，会让人充满幻觉，仿佛生活在故事里。这天病人比较少，一上午只来了三五个开药的学生。闲暇时间，我就坐在诊室里一边看书，一边做笔记。

中午，一个女生来买喉含片，她看到我独自坐着，便问："你这样从早到晚一个人坐着，会不会觉得无聊？"她长得极美，身材高挑，皮肤白皙，毛茸茸的大眼睛一闪一闪地让人过目难忘。她用的是新式手机，背的是看起来极昂贵的包包，她给我看她的手链和耳环，并告诉我她的那些物品值多少钱。她涂着淡绿色的眼影，擦着鲜红的口红，穿着破了很多洞的牛仔裤和针织衫。

"你现在一个月能挣多少钱？"她问我，"我猜你肯定不会超过一万吧，可是你知道吗？我的同学，有人养着她，每周只出去一次，一个月卡里就能有几万块零花钱。她随便一个包包，也都不下两三万。而你每天累死累活，从早到晚一直在这里忙，一年下来，你都不一定能挣二十万！"

这个极美的女生，从她大一入学后，就经常感冒嗓子疼，常来找我，所以，她对我已经是无话不谈，她觉得我做这样一份工作，吃力而无用，她认为女人就是要趁着年轻、趁着最美的时候轻松地赚笔钱，然后等将来老了，不好看了，才会有钱有资本再去做别的事。

她跟我发表完这番高见后，我想跟她也说点儿什么，但又觉得无论我说什么，她都不会听我的，因为我和她的价值观存在严重的分歧。对于一个已经读大二的学生，任何口头的说教都没有意义。更何况，我自己也明白我的那一套奋发图强、自力更生、自强自立的价值观，在她看来也不一定正确。所以她发表那些高见时，我既不赞同，也不去反驳。买了盒含片后，她就回去了。

晚上十点钟，她又来了，而且带着男朋友一起。她说草珊瑚含片不管用，还得开些消炎药。我帮她看完病后，时间已经不早了。他们到输液室的大厅坐了一会儿又过来了。

外面在下雨，滴滴答答响个不停。她看看黑乎乎的窗外，和我说："医生，我今晚能和你住在一起吗？我不想回宿舍了。"

我以为她只是一个人不想回去，就说："你们宿舍不就在对面吗？又不远，就几分钟的路，为什么不想回去呢？"

不料她说："哎呀，真讨厌，你又不是不知道，那个阿姨看门看得很紧，男生又上不去。"

我没听明白她想表达什么，就又问了一句："你说什么？"

她说："我们三个人一起住吧，你们值班室，我也看到过，床比较大，能睡得下三个人的。"

值班室在诊室的那一头，值班医生的床是由两张病床合并在一起的，所以看上去比较大。但当我听到她这样说时，有点儿惊呆了：她怎么能想得出三个人一起住这样的事情！我来不及思考，便直接和她说："不，你们必须回去，我不能留你们！"

她撒起娇来："这是我男朋友，我不介意啊，如果你觉得不好意思，我可以睡在中间，把你俩隔开，你俩睡在我两边！"

我简直无法相信她会这样说，便果断回答："不可以，你们不能住在我这里，我介意！"

她看求我没用，就失望地离开了。

那是春天的雨夜，滴滴答答的雨声从窗外落下，响了一整夜。

患宫外孕的女生

第二天，天晴了，又是一个周末。

一到周末，校园里就会变得空空荡荡，诊室里偶尔来几名同学，其中一人我问他要什么，他轻声说："我想开一盒避孕套。"那时候，校医院不像现在的社区医院有自助售货机，刷一刷身份证就可以掉落自己想要的东西。郊区的大学，离繁华的都市有些距离，外面的药店太远，想要安全套，还必须得来校医院。

周末，学生大多回家了，校医院格外清静。整整一上午，都没什么人来。我在图书馆借了套巴尔扎克的作品，看得有些入迷，遇到共情的部分，就忍不住也在自己的笔记本上写上几大页。

上午九点半，突然来了一个女生，说肚子疼，弯腰捂着小腹，被同伴搀扶着进来。我例行问了她例假的情况。女生说："时间还没到，才二十七八天，也许再过两三天就来了。"她小腹的右侧疼痛，我怀疑有阑尾炎或者卵巢方面的问题，让她先化验血象，再做B超。陪她来的同学，一听要查B超，就不悦地说："那个不是人家怀孕了、有了孩子才查的吗？她又没结婚，也没有男朋友，你为什么要给她查那个？"

我跟她们解释："卵巢上若是有什么变化，比如长了囊肿蒂扭转，或者黄体破裂时也会出现疼痛，所以得排除这种可能性。"她们这才极不情愿地接受。

周末，校医院里的工作人员比较少，我们医疗人员不足，轮到医技科室的同事休息，我就不但要坐门诊，还要兼做检验、B超和心电图。对于检验和B超，我虽然不是专业人员，但对于常规的操作和常见疾病的诊断，也都掌握一些。在校医院里，临床医生兼备这些能力，是可以派得上用场的。

那个女生没有发热的症状，血象检查指标属正常范围，没有明显的恶心呕吐腹泻等消化道症状，阑尾炎基本上排除了。但她到底是什么问题，单凭血常规是做不出初步诊断的。我把她带去B超室。我们的 B 超仪是个很小的老式手提机，是外院淘汰后低价买进来的二手货，分辨率很低，常常看得人眼花，很难判断病人肚子里的高回声到底是什么东西。但是那天，当我把探头放到那个女生的小腹上时，我看到她的卵巢旁有一小片液性暗区，如果说那是炎性的盆腔积液，又有点不太像，因为我从来没有看到过那么多的炎性积液。但是，那到底是什么呢？难道是宫外孕出血？也不可能，这个女生明明告诉我她才处在月经周期的二十几天，并且在我问她例假时，她也含蓄地表示，她是一个处女。但是，面对这样一片液性暗区，又该如何解释呢？

我让她的同学回避一下，她的同学出去后，我再次问她："你到底有没有和男生在一起过？"这一次，她告诉了我真相：一个月前，她网上认识了一位男生，那人在外地，十天前她去他的城市看过他，他们在一起了。听完这些，我让她验了小便，很不幸，试纸条显示是弱阳性，她怀孕了。

她的情况有些复杂，我建议转院，她不信自己怀孕了，也不信自己可能是宫外孕破裂，她不肯走。

我去找主任，把她的情况向主任做了汇报，主任听完后笑道："才二十八天，你就能看出来人家是宫外孕？"主任不信我，觉得我才不过学习了几个月 B 超，又不是正式的 B 超医生，判断一定有误。她让那位女生留观，女生正好也不想转院，所以就待在输液室。她的小腹越来越疼，脸色也越来越白。我问她有没有事，要是真熬不住，就赶快去上级医院，但她摇摇头，表示自己能坚持。我不放心，十一点左右，再次把她领到 B 超室。这次，我看到那片液性暗区比先前更大了。她的肚子里全是气体，整个屏幕上看上去白花花一片，我找不到胚胎，但看到越来越多的液体出现在盆腔里，就觉得那肯定是异位妊娠破裂在出血。

那位女生不愿意联系家人，也不愿意去任何上级医院，主任也对我看 B 超的能力半信半疑，他们谁都不信我，但又不敢全盘否定，怕万一真是宫外孕出血的话，一直不去处理女生会有生命危险。主任和那女生再次达成共识，让她继续待在留观室里观察。我对他们这样的决定感到愤怒，但却无能为力。那时候，我成为执业医师才仅仅半年，对于一个没有经验的年轻医师，病人和上级医师都不信任，也在情理之中。

午后，医院里静悄悄的，诊室里没有人来，我就伏在桌子上睡着了。我做着栀子花香的美梦，口水流到了写满字的本子上。我身后半开着的窗户吹进来阵阵微风，在我的后背上窸窸窣窣。我趴在桌子上，头压得手臂发麻，就从梦中醒来。我一醒来，就又猛然想起留观室的女生，赶紧去看。

到留观室时，那位女生正在吃东西，同学帮她买了泡面。我问她有没有什么不舒服，她说和早上来时差不多。但我看到她的脸色比早上更加苍白了，就再次建议她去上面的医院看一下。她没有说话，她的同学就替她做了主："医生，再等等看吧，若是真不行，我们再去。"劝说无效，我重新回到了诊室。

那天下午，再没有来一个病人，那位女生待在留观室里看电视，也没有来找我，我便一直坐在诊室里看巴尔扎克的书。

下午四点多，我想起她肚子里的那些暗液，放心不下，就再次去留观室喊她来 B 超室。我说："我不收你钱，我免费给你看，若是有变化，你就必须去上级医院。"她没有说话，但默许我再次帮她查看。我让她躺到床上，她照着上午检查时的样子躺下来准备好后，我再次将探头放到她的小腹上。这次，我看到她的肚子里全都是液体，我惊出一身冷汗，知道那肯定是持续不停地出血。我放下探头连忙去找主任。主任正在无聊地看电脑，看到我怒气冲冲地进来，抬起头问道："发生了什么事？"我气愤地说："你们非要等着人死了，才会信我吗？"

主任说："到底怎么呢？"

我说那女生肚子里现在全是液体，肯定是积血，若不是宫外孕破裂出血，还会有什么！主任看到我神情严肃，意识到可能真出大问题了，就赶快跟着我到留观室。那女生面色苍白，神情有些萎靡，不怎么说话。我当着主任的面再次说："我考虑你就是宫外孕破裂出血！"主任说："你们还是听陈医生的，赶快去上面医院吧。"那女生不说话，她的同伴见主任突然变得严肃了，就替同学做了主："那好吧！"

主任接替了我的门诊班，让我赶快打车送她去区医院。

到区医院后，我把她的大概情况跟妇产科医生描述了一番，急诊穿刺后，抽出了一管不凝血，那女孩马上被推进了手术室。她没有钱，也没有任何亲属在身旁，只有那位同学在手术室外等着。把一切住院手续都安排好后，我就返回了校医院。

第二天，那位陪她做手术的女生回来了，她是来向我道歉的："医生，我们真不应该不信你，昨晚做手术的医生说，若是再晚来一会儿，她就没命了。手术中，他们说肚子里吸出来足足有一盆血，她右侧的卵巢也被切掉了。她不许我告诉家人，只给男朋友打了电话，可是，她的男朋友也没有来，手术的钱，也是我帮忙去借的……"

至此，这个故事就结束了。

从那之后，我再也没有见过那个女生。

患卵巢肿瘤的女生

五月，和煦的风从山坡上吹过，校园里飘着阵阵花香。爱美的女生早早地穿上了裙子和短裤。有一天，一群学生进来，吵吵嚷嚷地要买草珊瑚含片。她们练声嗓子疼，说含草珊瑚很管用。我给她们开了含片，见她们个个穿着清凉，就说嗓子疼要注意保暖。她们看着我笑起来：“医生，你怎么这么不怕热，你看外面，人家都穿着裙子和短裤，你怎么还穿着长长的羽绒服！”我这才意识到自己和别人不一样，有点儿太怕冷了。

我记得自己以前不是这样的，以前的三月，我都只穿一件薄薄的打底衫，外面只套一件羊绒呢子大衣。以前在北方时的三九天，我也常常只穿一件毛衣和风衣……只是，从什么时候开始，我变得这么怕冷了呢？我一点儿都想不起来了。

送走同学，我回到值班室，将齐踝的羽绒服脱下，换上一件贴身的毛衣后，再次把白大衣穿好，回到了诊室。

我进去时，有位女生正坐在板凳上等我。她看到我进来，就礼貌地站起来和我打招呼。

我说：“你怎么了？”

她说便秘，肚子不舒服，想让我看看。说完，便坐回去。

这个女生读大三，很瘦，皮包骨头似的，几乎看不到一点赘肉。我说你把衣服拉起来，我帮你看看。她就起身将门关上，撩起她的前衣襟给我看：“医生，你看，不知为什么，我的小肚子越来越大了。”她一边看一边轻轻地按压。“你看看，这里面是不是有什么东西，之前我一直以为是自己吃多了，或者有宿便。我吃了很多排便的药，现在也是一天解一次大便。但不知为什么，我的肚子仍然一天天在变大。”我看了一眼，她的小腹高高地隆起，的确和那瘦弱的身体有些不相称。我就把她带到B超室一边查体，一边询问。她十分消瘦，高高鼓起的小腹像已经怀了五个月的身孕。我问她有没有男朋友，她说没有，我再问她的月经周期正常吗，她说正常，三十天来一次。我料想，再没有医学常识的女生，在小肚子越来越大、变成现在这副模样时，也应该知道自己有没有怀孕。所以当她说自己没有男朋友时，我相信她说的是实话。

她看上去很朴素，戴着一副黑边的眼镜，感觉属于那种学习型的女生。她说："我在准备考研，本科期间不打算找男朋友，所以您不用怀疑，我肯定不是怀孕。"我说："我相信你。"我让她躺下，把腿蜷起来。她就躺下半蜷着腿，把衣服掀起来。我触摸了一下她的腹部，那里面有一个硬邦邦的东西，我推动时，那东西会左右上下移动。这完全不可能是胀气或者宿便，我说："你肚子里鼓鼓的、硬邦邦的，这么硬、这么大的东西，怎么可能会是宿便啊！"

她说："我一直觉得这就是宿便，因为最近半年我常常便秘，现在我吃了很多泻药，每天都有大便，但仍不见肚子瘪下去，反而一天比一天鼓得高，所以有点担心就来看看。"我在她的小腹上涂了一些耦合剂，就把超声探头放上去查看。我看到她的腹腔里有一个很大的实性包块，移动探头时，可以看到那个实心包块里有不均匀的网格状回声，边界不清晰。我初步判断她可能患有卵巢肿瘤，但到底是良性还是恶性，得做手术、做病检。

我放下探头跟她说："你赶快去大医院妇科或者妇幼保健院去看看吧，你这里面长了一个东西，实质性的包块，我现在判断不出这到底是什么，但你必须明天就去更大的医院检查。"那位女生听了我的话有点害怕，她压根儿都没想自己的肚子里会长东西，她不敢相信这是事实："真的吗？真的不是宿便？""不是，这不是宿便，这是一个包块。"我让她留下电话号码，明天赶快去医院。

她走了，惴惴不安地离开了校医院。

一周后，我打电话去随访，她告诉我已经去过妇幼保健院了，那里的医生说她是卵巢肿瘤，得马上做手术。现在，她已经休假，回到了重庆的老家。她母亲在当地为她预约好了医院，准备下周二做手术。

患肺结核的男生

夏去秋来，又到了一个新季节，大学里，再次迎来新生季。人人都说南京是火炉，说秋老虎又来了，但我一点儿都不觉得热。学校在山脚下，长年累月都有窸窸窣窣的微风从山坡上吹来。

军训期间，常有人发热；军训过后，总有人咳嗽。有天下午，一个男生来看病，说他又咳嗽了，前几天军训时发热。另一个医生给他开了感冒药，一点儿没见效，这次他来是想让我给他挂头孢。

我给他量了体温，有点低热。他说："我经常这样，你给我挂点儿头孢就可以了。"我建议他查血象、拍胸片。他断然拒绝："没必要，我从来都不做这些，我妈就是医生。"我告诉他："你咳嗽的时间比较长，并且有持续的低热，得排除其他疾病的可能。"他戴着一副无框的透明眼镜，冷漠高傲地说："我妈就是呼吸科的主任医师。我咳嗽了这么久，每次都是挂挂水，要是我有别的什么问题，我妈能不知道吗！"

我说："那也不一定，有时候肺结核也有可能是这种表现。"他惊叫起来："怎么可能，我妈从来没有这样怀疑过，也没说让我去拍片，我妈是三甲医院的主任，你们这是什么级别！拍X线有辐射，你难道连这个都不懂吗？我只不过是咳嗽，你怎么就建议我去做这个！"

"正因为你是长期咳嗽，我才建议你做这个。"

"你就照我妈说的，给我开点头孢挂挂就行了。"他很不耐烦地打断我："如果要做这个，我妈难道会不知道？她怎么没跟我说！"

我又把拍胸片的必要性跟他解释了一遍，他显得很厌烦，再次重复他妈妈比我资历高，重复他妈妈所在的医院比我工作的校医院级别高，重复要我按照他妈妈说的就给他挂点儿头孢这样的话。我还想解释，他再次打断我："我妈是三甲医院呼吸科主任，难道还没你知道的多吗？"他说话时高高在上的语气和不屑一顾的神情，让我失去了耐心，觉得他不但傲慢，还缺乏教养，就毫不客气地说："如果你妈是个称职的呼吸科主任医师，那么当一个病人长期反复低热和咳嗽，她就应该至少查个血象、拍个片子，而不是一直反反复复挂头孢。难道发热咳嗽只会是感冒这一种吗？难道就没听说过肺结核也会这样吗？"他看到我态度比较坚决，语气顿时软了下来："那你稍等一下，我给我妈打个电话。"

他拨通了电话，把我的话转告给了那头，问要不要拍片子。那头听了，也许觉得我的考虑有道理，就说："那好吧，她非要你拍，那就拍一个吧。"挂了电话，这个男生就在同学的陪同下去做检查。

结果出来了，很不幸，他真的患上了肺结核。上报隔离后，老师带着他去胸科医院做进一步的检查。确诊的结果，仍旧是肺结核，他只得办理休学，离开了学校。

主任说："这个季节，流感比较多，我们在山脚下，风吹下来，附近的树木花粉就会飘过。有的人咳嗽，可能是感冒，有的人咳嗽，也有可能是过敏；但无论是什么性质的咳嗽，如果吃了药，过了一周仍不见好，就一定要记着给人拍片子。"

一位长期发热的男生

田空是一位大三在读男生。他跟很多同学都不一样。他的大部分同学相貌俊朗，生活优越；但田空不同，他外貌普通，个头不高，身材粗壮，皮肤黝黑，穿着朴素。

学艺术需要很多钱，大部分学生家庭很优越。田空是数媒系的，这个专业，相对花钱少，多做的是幕后工作，对容貌的要求相对也较低。田空是那些朴素的学生中，更为朴素的一位。他常常勤工俭学：刷碗，打扫卫生，也给他的同学送餐。

他的大部分同学都把时间花在化妆、演出、艺术活动或者交际上，而他的大部分时间都用在了泡图书馆和勤工俭学上。他常常来看病，因为扁桃体发炎和发高烧。

他比一般的学生都吃苦耐劳，所以对于他，我格外关注。他每次来看病，都是因为发高烧，也大多是由扁桃体化脓导致。他的扁桃体已经肿大增生到了悬雍垂，一不小心，中间那条狭窄的缝就会被挡上；缝一挡上，就有窒息的危险。所以，每次他来我都会告知他这个风险。

但他总说："先挂挂水吧，等过几天我挣点钱了，再去做手术。"他每次来，只挂青霉素，因为青霉素最便宜。大部分时候，输液四五天，他的高烧会退去，扁桃体会消肿一半，脓液也会消退一些。

但是不知为什么，他的扁桃体总是反复感染，隔三岔五就来医院。他的身体比较强壮，并不是弱不禁风的样子，所以我觉得这很反常。

有一天晚上，大概 11 点多，他从图书馆回来，又发高烧了，我为他量了体温，接近四十度。距离他挂完水还没几天，又这样了。我说："你是不是太劳累了？还是有别的什么原因？"

他迟疑了一下，想说什么，但又什么都没说。

我告诉他，对于他常常发高烧这件事，我觉得有些反常。他放下体温计，欲言又止。我说："你若是有什么特殊情况，可以告诉我。"

他向门外看了一眼，见没人来，就清了清嗓子，准备说话。我等他开口，但他又把想说的话咽了下去。

我说："你有什么疑问，尽管可以告诉我。如果我能做到，我会尽量帮你。"

他犹豫不决，似乎在跟自己做斗争。过了好大一会儿，他才抬起头焦虑地看着我说："医生，我想问一下艾滋病会有什么症状？"

听到他问这个问题，我心里猛然咯噔了一下。我以为他要问与发烧相关的其他问题，早已做好了回答的准备，但他说起艾滋病时，完全出乎我的意料。我还没来得及回答，他就又问我艾滋病会发生在哪些人身上，什么样的人会被传染。

我思索了一下，告诉他："同性恋的男性和吸毒的人是高危人群。艾滋病的传播方式主要有三种：血液传播、性传播和母婴传播。对于长期不明原因的发热，应该排除一下艾滋病的可能性。"

他听完我的话，面色沉重，沉默不语。我不知道他在想什么，但是对于这样一个淳朴而又勤奋的学生，我实在无法把他和艾滋病关联。他既不是在外面花天酒地的学生，也不是那种乱交女朋友的男生，所以我实在想不出来，他怎么会有感染艾滋病的可能。

他现在大三了，自从他大一的时候就经常来找我，我为他看诊已经有三年了，自以为对他是了解的；但是，当他不言不语地沉默时，我才发现，我对他的了解，也许只浮于表面。

他要告诉我一些事情，要我为他保密。那时候，已经是夜里十二点，好多学生已经休息了，如果没有特殊情况，是不会再来病人了，但他还是起身将诊室的门关上。关好门后，他再次坐到了我对面。

"我的情况有些特殊，希望你不要惊讶，也不要吓到你。"

我猜想，难不成他还会吸毒？但是我没想到，他说："我有一个男朋友，三十三岁，经常去国外。"

听到他这样说，我惊得差点儿叫出声来，但我很快调整好情绪，平静下来继续听他说。

"他常常去国外出差，在我之前，他交过几个男朋友，其中有一两个是黑人。前几天他才出差回来，每次和他见面之后，我都会发高烧，这次也不例外。所以我想问问你，我有没有可能感染艾滋病？"

我听他说完这些，一时回不过神来。他是一个阳刚的男生，是一个有责任心、有担当的男生。我很难把他和同性恋联系在一起。我很难想象，二十二岁的他和三十三岁的男友在一起，他们担当了彼此的什么角色。

那时候，对于同性恋和艾滋病，我了解得不多。但是我又不得不承认一个事实：大学生远远比我想象得更开放。大学里，男女之间谈恋爱，更是司空见惯。我常常在夜里被急促的敲门声惊醒，只不过是来的人想开一盒紧急的事后避孕药而已。

当田空跟我说完这些时，我快速地回想了一下平时在校园里的所见所闻，就很快平静了下来。我建议他到上级医院做一个 HIV 的检测。他担心做这样的检测会留下不良记录影响前程，也担心别人会用异样的眼光看他，觉得他可耻、下流，所以他迟迟不敢去，也不敢咨询其他人。他这次是鼓起很大的勇气才告诉我的。

我完全能理解他的顾虑，也知道有些人可能会用有色眼镜看待同性恋和艾滋病，但我还是告诉他：在我眼中，你仍旧是一个勤奋好学、积极上进的好学生，只是现在，因为你常常发烧，也因为你的个人史确实存在感染艾滋病的风险，所以我建议你以最合适的方式尽快去做 HIV 检查。

他听完我的建议，沉默良久，然后说："好，明天我就去做检查，若是我没问题，明天晚上，我就继续来找你挂水。但如果我真有了艾滋病，那明晚我就不来了。我会默默离开学校，从此不再来这里，我希望你能为我保密。"

第二天，星期六，很多同学出校了，校园里比平时冷清，看病的学生也少了。晚上，校医院里静悄悄的，一个病人都没有。我一边看巴尔扎克，一边往门外看，十一点过后，我有些焦躁不安。往常这个点，田空就会从图书馆回来，到这里来打点滴，但这天晚上他没有来。我想大概他是因为星期六才不来的吧，他该不会真的患上艾滋病吧。

第三天，星期天，很多外出的学生回来了，晚上，诊室里又挤满了来看病的学生。十一点过后，学生陆续少了。我在等田空，我希望十一点半的时候，他像平时一样走进我的诊室门，然后和我说："医生，我又发高烧了，扁桃体又化脓了，我要输青霉素……"可惜，我没有等到他。

第四天……第五天……我一连等了他一周，他都没有出现。

第二周，他们班有位同学来买感冒药，我问："你今天看到田空了吗？"那位同学说："他好几天都没来了，听说回家去了。"

那天晚上，田空走后，我就再也没有见到过他。

"甲流"那年

在很多人看来，大学里当医生十分清闲。与大医院相比，也许真的如此，但若遇上特殊时期，情况就完全不一样。"甲流"那年的某一天，我接诊了三百个病人。

九月一日，新生开学，我被安排在报名处，和一名护士一起为来自全国各地的入校生测量体温。那几天，天空晴朗，阳光明媚，可是风很大，新生从全国各地来，都戴着口罩，大部分学生的体温是正常的，有一小部分人的体温超过了 37.5℃。对于体温超标的学生，会被拦在校门口，而后由专人领到校医院重新测体温。报名持续了三天，我也在校门口打了三天的体温枪。

你的苦痛，与我相关

　　九月的南京，天气极热。我原本想着只是站着打个体温枪，不会是什么艰难的任务。可是三天下来，一万两千名师生，在我和另一个护士两个人总共打了一万两千次体温枪之后，烈日下，我开始觉得有些头晕目眩，紧接着嗓子就哑了，并开始全身疲惫，力不从心。刚休息了一个暑假，上班还没几天，是没有理由说累，也没有理由请假的。我买了药，默默地服用。

　　领导对发热病人十分重视，正值开学季，他们时不时会来检查。我们临时增设了发热门诊，主任派我到发热门诊坐诊。最初几日，发热病人不算多，可是没过几天，新生开始军训后，发热病人就突然成倍猛增。

　　"非典"时期，我还是学生，对于"非典"的记忆，只停留在媒体的报道上，那一切曾经离我很远，只是一个概念。当"甲流"来临，我仍旧和以前一样，以为那只不过是网络上和电视上的事。

　　发热咳嗽的病人越来越多，但临床医生却只有两个，忙碌的时候，连吃饭上厕所都没时间。我每周上 6 天班，每天上 12 小时，开处方和写病历都需手写，有时会连着写上好几个小时，手腕和胳膊就像得了关节炎，疼得麻木。我嗓子哑了，吃了几天药，毫不起效。没过几日，又腰酸背痛，紧接着开始咳嗽。

　　校医院的楼道、诊室和大厅里每天都会喷洒消毒液，每次喷完后，我都会不停地流泪打喷嚏，咳嗽也变得更加剧烈。我咳得上气不接下气，用什么药都没用。拍了胸片，查了血象，都没发现什么问题，但症状却一日比一日重，我担心自己得了怪病，就托人去问大医院里的呼吸科主任。主任看完我的检查单，觉得没什么大问题，只是转告让我每天多喝淡盐水，说他曾经有段时间也这样，吃什么药都不见效，喝了一段时间淡盐水后，逐渐康复。我听了他的话，备了几瓶生理盐水，喝水时掺着喝。学生们来看病，我挨个问诊，嗓子干哑，忍不住要咳嗽时就赶快喝几口淡盐水，说来也有些神奇，温热的淡盐水顺着喉咙下去，干痒的嗓子果真会滋润很多，咳嗽竟然也会被暂时压下去。

相关部门公布的"甲流"数据每天呈几何式翻倍，我们的发热门诊，备着两套防护服，但谁都没有穿过。我们不具备检测"甲流"的有效手段，也没有真正地做过防护，那两套服装只是用来应付检查的。几包口罩，只有想起来时才会戴。对于初次接诊发热的病人，或者疑似的病例，我们会建议转诊。有一部分病人愿意转走，但大部分病人不接受，哪都不去，就想让我给他挂挂水。

我每天接诊的发热病人数以百计，他们都是来看"感冒"的，我会为他们测体温、看嗓子、摸颈部淋巴结、检查血象。他们中的很多人，体温都超过了 40℃。我知道感冒会传染，也知道"甲流"会传染，但又常常想不起来戴口罩，学生们更是没有这个意识。那时候，我们所有人都还没有形成戴口罩的习惯，没有人告诉我必须要戴口罩，我自己也缺乏防护意识，就那样每天暴露在发热和咳嗽的病人面前。

我每天咳嗽，咳得上气不接下气，咳得胸痛背痛，什么药都用过了，但就是不见任何效果。那些发热感冒的学生中，到底有没有

"甲流"病人，我不知道，学生也不知道。我们没有检测"甲流"的手段，也没有治疗"甲流"的药，对于呼吸道感染的病人，我们基本全都按普通呼吸道感染来处理。

某个星期天，门诊上班的医生只有我一人。从中午开始，病人突然增加，原本周末空荡荡的校园，随着学生外出归来，医院大厅里逐渐排起了长队，并且越排越长。眼见到了午饭时间，病人太多，我无法出去，就麻烦同事从食堂顺带了一碗米线回来。我在诊室里匆匆吃了几口，就被排队看病挤进来的学生打断了。

往常排队，都是一字型，但那天的队伍是蛇形，弯弯曲曲绕了好几道。中途，我从满是人的大厅挤过去，小跑着去了趟洗手间。一眼望去，黑压压的足足有百余人，外面还有人在往里挤。那时已是晚上九点多，从早上八点开始上班算起，我已经足足工作了13个小时。可是，病人丝毫不见减少，大厅里还有那么多人在排队……他们看着我从诊室出来，跑进洗手间；又看着我从洗手间出来，往诊室走去，他们都在眼巴巴地等着看病。那时我看到黑压压的人群，突然觉得自己像远赴沙场的孤独勇士，心里有些悲壮。

那天晚上，药房里的同事看我太忙，就帮我带了一碗粥，但是，坐诊的医生只有我一个，病人在诊室里挤作一团，我根本没办法吃饭。我马不停蹄地询问着每一个病人，做检查、开处方、写病历。时间越来越晚，外面排队的学生有些不耐烦了，发生了争吵，因为推搡，因为插队，还因为前面的队伍移动得太慢。有人冲到诊室门口，一边往里面看，一边骂："里面到底有没有医生在看病，为什么这么慢，这要等到什么时候？！"有人开始骂医院，说病人这么多，为什么只安排一个医生；还有些等在门口的病人，听到我咳嗽，就发牢骚："医生都病了，还能给我们看病啊！"

晚上十点多，我有些头晕，低头甩体温计时眼前一阵发黑，肩膀、胳膊和手臂都十分酸痛，我已经很难写字了，问诊时也已经有些说不出话来，我想倒头就睡。可是，门外还排着那么多的病人，该怎么办呢？难道扔下他们不管，或者劝退他们？这都是不切实际的。在遥远的郊区大学城里，在交通不便的山脚下，在方圆十里之内都没有任何医院的大学校园里，在周一正式上课的前一天晚上，劝退这些发热的学生根本是不可能的事，更是不被允许的事。但是，我真的有点撑不住了。我开始坐不直身体，问诊的声音，也比上午小了很多。有些病人听不清，我就不得不再重复一遍。

忙碌的时候，偏偏事多，那晚凑巧我来了例假，迫不得已，又跑了趟洗手间。我再次出去时，已是夜里十一点多，我有些走不动了。大厅里仍旧排着很多人，吵闹声比白天更大了。临近深夜，等候的人越来越烦躁，时不时有人插队。大部分学生是守规矩的，劝说几句，就会出去重新排队。但有个别人，你让他去排队，他就会上纲上线对你进行人身攻击。

快十二点时，突然有个女生冲进来，大声骂道："医生，快要死人了，你还是不是人！"我被她尖锐的声音惊住了，抬头望了一眼，一屋子排队的人也都回头看她。只见那女生搀扶着一位男生进来，男生弯着腰，一副疲乏无力状，女生大声嚷道："医生，你到底是不是人，你还有没有医德，他都烧到四十度了，你不能见死不救！"

我认得她，在她第一次插队进来时，说有人发高烧想先看，我就给了她一支体温计，让她先测体温，但她不罢休，说病人发烧，病情特殊。我说："这里全都是发烧的病人，大家都一样，得排队。"她就拿着体温计出去了。没想到十五分钟不到，她就又骂骂咧咧地插队进来了。

那时候，我十分疲倦，已经连续工作了16个小时，而且来了例假，不停地咳嗽，也没有吃晚饭，一刻不休地在看诊。她骂的时候我正在低头写处方，猛然抬头，看到她已经站在了我眼前。她怒目圆睁，气势汹汹，我顿时觉得十分悲伤，眼眶突然有了泪。我想跟她说点什么，却又什么都说不出来。好在，排队等候的多数学生都是明事理的，他们帮我把那位女生赶了出去："你还有没有素质，医生一刻不休地给我们看病，你不但插队，还骂人家，那你到底是不是人！"那女生看到好几个同学说她，便扔下体温计，骂骂咧咧地走了："什么破医院，不看了。"她搀着那男生出去，"破地方，再也不来了，我们去外面医院看。"

凌晨两点钟，我终于看完了所有的病人。黑压压的大厅突然变空了，我看了一眼桌上的处方，总共少了三沓，整三百张。我顿觉全身散了架，瘫在椅子上倒头就想睡。

这时，突然有位男生进来，提着一份宵夜，放在我的桌子上，说："医生，我看你都忙得没有吃晚饭，先前我来过一次，人太多就走了，这会儿没人，你赶快吃点儿吧。"我认得他，他叫许贝，在读大三，他上大一那会儿，额头上长了一个脓包，我给他切开引流过。

许贝将饭盒放在我的桌子上，我想说声谢谢，但还没来得及说出口，他就已经转身离开了。

大学记忆

如果这是一所离家不那么远的学校，我愿意一直待在这里。但是，作为一个育龄期的女性，生儿育女也是一堂必修课。C 大学离家实在太远了，总是住校，显然不是长久之计。因为这个缘故，我再次换了工作，去了市中心的 F 医院。F 医院最著名的科室是烧伤科，我在这个科室做住院医师。

那一年七月九日中午十二点，我从病房出来，正准备去食堂，手机突然响了。

那天上午，从八点钟开始，我一直为烧伤的病人换药。我总共管理着八个住院病人，每个病人的伤势都比较严重，处理起来需要半小时以上的时间，我来这里才两个多月，对于看烧伤病来说，还是一个新手。在 C 大学时，我整天待在校医院里，每天工作 12 小时，除了和看病的老师学生打交道，也没其他交际圈。但他们大部分人只是偶尔来一两次，所以没什么深厚的交往。我以为离开了学校，大概没什么人会记得我。但是，那天我的手机响了。给我打电话的人是许贝，他说毕业了要离开南京，想来和我告个别。离开学校前，他去校医院找我，去了几次，没遇见我，打听之后才知道我已经离开了。于是，他跟同事要了我的电话号码，找到了这里。

我没想到他还记着我，更没想到他会穿越大半个南京，从城南一直找到城北，特意来和我告别。

那天中午，太阳火辣辣地挂在天空，空气热腾腾的，人像在蒸笼里。我从二楼下去，看到他站在大院的斜坡上。许贝是一个阳光帅气的男生，四年时光过去，他已经二十二岁了，长大了，成熟了。来跟我告别，他非要请我去外面吃饭，我们便去了路边的一家简餐店，我们各自要了一杯清茶。

"你怎么会找到这里来？"

他笑了笑，有些害羞，用手指按了一下眉弓上的疤痕。他长得很英俊，要不是额头上那道疤痕，会更加帅气。他说："你给我留下了这么深的印记，我怎么会找不到你！"

我有些惭愧，说这是我的错。

他笑了笑说："好啦，我逗你的，别当真。我毕业了，也许会离开南京，所以来和你告个别。"

四年前的一个晚上，我在 C 大学校医院里值夜班。那晚病人很少，我一直在看书。八点左右，来了一个男生，穿着白色的T恤衫，背着黑色的双肩包，在门口轻轻敲了一下开着的门。我抬起头望了一眼，他腼腆地问道："我可以进来吗？"

我点点头说："好啊。"

他进来了，走到我跟前，指着额头上蚕豆大的一个脓包说："我这里长了个东西，你可以帮我看看吗？"他说话时声音很轻细，小心翼翼地，一看就知道是大一才来的新生。

我把凳子往旁边推了一下，让他坐下来。他额头的脓包长在眉弓上面，正好处在危险三角区。我让他把头抬一下，他就轻轻仰起头闭上眼睛。那个脓包是由三个疖肿融合在一起形成的痈，还没有完全成熟，又肿又硬。我让他先吃点阿莫西林消消炎症，等过几天包变软了再来医院，那时候就可以切开引流脓液了。

他离开前，我再三嘱咐长包的地方不能按压。他问我为什么，说："额头上长个东西，总会忍不住去摸。"正说着，便用手又去碰。我说那是危险三角区，血管连着大脑，按压之后毒素和细菌很有可能会沿着血管流进大脑，会得脑炎，脑炎是要命的病，会抽筋，会昏迷。他一听，吓得连忙把手放下来。

过了几日，他额头的包块变软后，就来找我。那天，他说话比第一次见我时从容了许多："医生，麻烦你再看看，前几日你开的药，我快吃完了，今天我感觉这里变软了，里面好像有东西。"

我摸了一下，痈成熟了，我带他去隔壁的换药室，准备切开脓包引流脓液。我备好清创包，让他躺到治疗床上。他看到我手里拿着手术刀，十分害怕，问我要不要打麻药。我说："你这个包，上面是个白头，已经破了，我只不过是把那个破了的地方再稍微划大一点，好让脓液流出来，不会太疼的。"他信了我的话，躺在无影灯下闭上了眼睛。我便在那个包上划了一道口子，塞进去一条细纱条。

他很怕疼，当清创工具划到他的皮肤时，他突然紧紧地皱了一下眉头，幸好，我的速度比较快，两三分钟就弄好了。引流完毕，我在他额头的伤口处贴了一块纱布，包扎起来。他问我有没有镜子，想看一下，我说没有，但可以去洗手间的镜子照照，他便去了洗手间。他很快回来了，跟我说纱布块太大，有点遮眼睛，让我稍微叠一下，给他包小点。我按照他的要求，重新包扎伤口。结束后，我说："明天这个时候来换药。"他道了一声谢，就离开了。

第二天晚上，许贝准时来了。他很害怕，让我给他打麻药。我说："昨天切开引流的时候都没有打麻药，换药的时候，更没有打麻药的必要了。"他只好听之任之。在我准备敷料时，他紧张得一言不发。我让他躺下，他仍旧有点紧张，上床时差点把检查灯踢翻。我用钳子夹了一块碘伏棉球，准备清洗他额头上引流后的那个囊腔。他一直盯着我手里的钳子，等我接触到他的创面，他哆嗦了一下。我看他太紧张，就轻轻地拍了一下他的肩，让他放松点，这才舒缓下来。一连几天，他每天都在固定的时间来换药。

那时候，我拿到医师资格证才几个月，初生牛犊不怕虎，我感到很多事情都能搞定。我觉得我为他处理额头包块的方式没有一点问题，但不知为什么，那个伤口长了大半个月还没有愈合。直到有一天，我给他换药时，被主任看到了，才知道之前处理的方式存在问题。

那天，我和往常一样，让许贝做好准备，就用碘伏棉球在囊腔里清洗。清洗完毕，用生理盐水一冲，放根细细的凡士林纱布条引流，而后就在伤口处盖上纱布，再包起来。主任看到我把引流条往那洞里塞，问道："这是你切开的伤口吗？"我说："是的。"主任不说话了。等我换完药许贝走后，主任才说："你在人家的脸上切开这么长的一道口子，就不怕人长一个大疤毁容吗？你在切开之前，有没有跟人家沟通？"

听主任这样一说，我吓出一身冷汗。我没有想到他的脸上可能会留疤。他是传媒专业的学生，未来很大可能会"靠脸"吃饭，我根本没想到，那小小的一刀划下去，有可能让他毁容。主任走后，我心思不安，总想着这件事，一整夜都没有睡好觉。

第二天，许贝再来时，面对他迟迟没有愈合的伤口，我就把可能会留下疤痕的事情告诉了他，并且诚恳地向他道歉："我经验不足，没有预料到可能会留疤，就贸然切了一道这么长的口子，希望你能谅解。"

他听了我的陈述，有些沮丧，但很快恢复了平静。他没有怪我，并反过来安慰我："任何事情都会有第一次，你就当是练手吧，我是男生，长了疤也没关系。"

他说这话时，我正在给他清洗创面，看到他能这样不计得失，我不由手里停顿了一下，内心十分感动。他已经不怕换药了，从容地说："换药也不怎么疼，就是开始几天我有些紧张，现在习惯了，就不害怕了。我是男生，没那么娇气。你放心。"听到他这样说，我忐忑不安的心，才终于安定下来。

后来，他依旧每天来换药，整整一个月，那道口子才合上。愈合之后，那里就渐渐地长出了一条胖胖的"毛毛虫"。我觉得十分遗憾，每次看到他，都心有愧疚。但他没有怨我，身体有什么小毛病，一如既往来找我。时间一晃便是四年。有天夜班，他发高烧，吃了药一直不见退热，我就用冷水洗湿一块棉垫，给他敷上，半小时后，体温就降了。

"甲流"来了，很多学生出现发热咳嗽症状，他也生病了。我最忙的那天早上，他来过一趟，测了体温，有点低热，就开了盒药回去口服。中午，他去活动室时经过校医院，又进来一趟。他看到我忙，打了声招呼就走了，晚上又来，想让我帮他详细看看，可当时大厅里挤着很多病人。他从人群里挤进诊室，想看看到底是怎么回事，为什么会突然增加那么多病人。他想问我话，但我太忙了，根本顾不上理他。他听到我咳嗽，便问："你是不是也生病了？"我应了一声，就继续忙自己的事情。我不知道他在我身后站了多久，也不知道什么时候出去了。但当他再次出现时，已经是夜里两点钟，他提着一份宵夜。那时候，我刚刚送走最后一个病人，正瘫在板凳上，无力地想睡觉。

他把宵夜放在桌子上说："赶快吃点儿吧。"

我想跟他说声谢谢，但没来得及开口，他就已经离开了。

学生们喜欢熬夜，常常在午夜才休息，许贝总是在我看完所有的病人后才来。

又一个晚上，凌晨一点钟。接诊完所有的病人时，我已经累得直不起腰了。我趴在桌子上小憩，许贝进来了，他拿着一份热饮，说给我当宵夜。他不发烧了，感冒已经完全好了。

我说了声"谢谢"，让他坐下。

他便坐下沉默不语。我问他："这么晚了，怎么还来看病，不是已经好了吗？"

他没有说话，只是盯着前面的桌子看。我问他是不是发生了什么事，怎么看上去有点心事重重。

他显得有些局促，欲言又止。我以为他遇到了不方便说出口的事，就笑了笑说："没事，你慢慢说……"

他犹豫了片刻，开口了："我给你推荐一部影片——《爱情天梯》。"

"这部影片有什么特别的吗，讲述的是什么？"

"呃……也不算特别——"他吞吞吐吐地说，"电影里有一位男子，娶了一位年长她十岁的女人，他们不为世俗所容，就躲到一个荒无人烟的深山里，那山高不可攀。男人为心爱的女人修了一道天梯，一直从山底通到山顶，那条天梯就是爱情天梯。"他说到这里就停顿下来。

我没听出来这影片有什么与众不同，不知道他为什么要给我推荐这个，就让他继续说下去。

他接着说了一些影片中的细节，然后沉默了一会儿："电影中那位男子能做到的事情，我也一样能做得到。"

听到这儿，我猛然明白：他已经不是四年前上大一时的样子，他已经大四，二十二岁了。我突然意识到他早已是个成年男子，而不是小孩了，也突然意识到我恰恰大他十岁。这让我惊出一身冷汗：莫不是我平时对病人的态度，让他有了什么误解！我意识到这一点后，再也不敢喝他送来的热饮。

我用前所未有的冰冷语气对他说："你应该早点休息，医院这地方容易疾病传染，没事不要总往医院跑。"

他看我突然变得冷漠，有点儿蒙了，怔在原地不知所措。我装作没看到他的窘态，继续做自己的事。

过了好久，他说："好吧，我知道了，我这就走。"说完，他快速地出门，没有回头。

那天之后，许贝再没有来过。

半个月后，我离开了C大学。在我离开后的两个月，许贝毕业了。他要离开南京，走之前希望能跟大学记忆里的人和事做个告别。

他出现在我新工作的大院里时，我正好中午下班。

我们在马路旁边的简餐厅里吃了午饭，聊了一些在学校发生的事。分别时，他说："要离开南京了，加个好友吧。"

几天后，我看到他的QQ空间里，多了一个相册——《大学记忆》。那是一个音乐相册，照片滚动播放时，背景音乐响起，是一首优美感伤的歌曲。相册里都是校园照，大部分是他打球时的单人照，有少部分是合影。歌曲响着，人物照和景物照穿插着滚动播放。我盯着那些照片看，突然跳出一张特写镜头的照片，我将其放大：那是一张我的单人照，照片里，我穿着白大衣，微微低着头，正在给学生看病。从拍摄角度看，他应该是站在诊室的门口，推算时间，那时他应该在读大二。

第三章

F医院的记忆

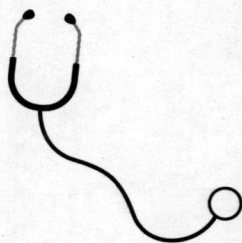

阿伊莎

八月，我收治了一位病人，名叫阿伊莎。

那是一个非常漂亮的回族小姑娘，四岁，扎着两个高高的羊角辫，圆圆的小脸蛋上长着一双毛茸茸的大眼睛，长长的睫毛扑闪扑闪地，像极了童话里的洋娃娃。

阿伊莎的家人在扬州的一家清真面馆打零工，她从小跟着家人，从青海来到了扬州。

半个月前，阿伊莎像往常一样，在面馆后院的水泥地上玩耍。那块水泥地背对着街道，旁边有一堵砖头墙，墙上有水池，水池里有洗菜盆，旁边是菜篮子，里面装着蔬菜。水池旁边的地上支着一口大铁锅，大铁锅里盛着刚熬好的牛肉汤，正冒着热腾腾的白气。阿伊莎踮起脚尖，够到水池上，拧开水龙头，将两只小手放进去，学着爷爷的样子洗菜。突然，她一个趔趄，没有站稳，从水池上翻下来，掉到了旁边的铁锅里。

阿伊莎的爷爷正在前面的锅台上扯拉面，听到后面传来孩子凄惨的叫声，连忙回头往外看，这一回头，让他惊出一身冷汗。他连忙扔掉手中的面，从厨房里冲出去。

悲剧已经发生了，孩子整个掉到了滚烫的汤锅里。

阿伊莎伤得太重，来时有败血症和休克症状，全身45%皮肤三度烫伤，创面上裹着厚厚的白纱布。看到医生，她就不停地哭，哭声很大，但眼窝里流不出一滴泪。他们来这之前，已辗转了两家医院。先在当地医院治疗了三天，三天后，医院说孩子伤得太重，怕出意外，建议他们最好转到上一级医院。阿伊莎一家就从扬州到了南京。他们首选儿童医院，住院十天后，钱花光了，孩子还没有好，他们听人介绍，又转来了我们这里。

每次我去给阿伊莎换药，她一看到我，就惊恐地哭着跑到奶奶的怀里去。阿伊莎的奶奶常年戴着黑色的头巾，她不会说普通话，和我交流，经常用手比画。阿伊莎的爷爷是个阿訇，戴着一顶白色的小圆帽，留着山羊胡。虽然他年龄还不到六十岁，但因为着装打扮的问题，看上去比同龄人老了很多。每天午饭前，我经过楼道，透过病房的玻璃窗，总会看到阿伊莎的爷爷跪在一条深色的大毯子上，对着白色的墙壁，双手合十做祷告，祷告完了，再磕头作揖，随后收了毯子，才开始吃饭。

阿伊莎不会说普通话，她的奶奶也不会。每当阿伊莎的爷爷不在时，我的同事都听不懂她们在说什么。阿伊莎一家都是西北人，我也是西北人，所以她们说话，我连猜带蒙，有时候也能懂一些。

阿伊莎的爷爷听到我的口音和他们相似，就觉得格外亲切，对我比对其他同事更信任。有一天我去查房，他说："陈医生，你是我半个老乡，能在离家这么远的地方，碰到我们那边的人，真是不容易。"我一边查看孩子的病情，一边回答："是的。"他用普通话跟我交流，虽然不太标准，但我都能听得懂。我问孩子的情况，他便跟我说了很多关于阿伊莎烫伤的事，说着说着眼里全是泪，然后停下来用袖子去擦。阿伊莎坐在她奶奶的怀里，怯怯地看着我。等阿伊莎爷爷平静了，我继续听他说："希望你能够看在半个老乡的分上，对阿伊莎多点儿关心，这个孩子从生下来，就是我和她奶奶带着的，她爸爸妈妈都在外面打工，一年到头都见不了她几回……"

南京的夏天，十分闷热，腐败的死皮溶解得很快，阿伊莎的身上不停地往外渗着液体，棉垫湿了一层又一层，气味很重，每天都得换。阿伊莎太小、太娇嫩，我每次花费在她身上的时间比一般的成年病人要多。起初几天，她一看到我，总会大哭，但后来，渐渐地就不哭了。也许是她觉得换药并没有想象得那么痛，也许是她已经耐受了这种疼痛。

他们常常欠医药费，常常补交，但每次补交都不会超过两三千元。烧伤科的敷料用起来很费，尽管千省万省，但一万多块钱还是很快就用完了。

在阿伊莎住院的第十天，他们又欠费了，同事提醒他们赶快补齐。那天晚上，正好我值夜班。

晚上九点多，我去病房挨个看病人。到了阿伊莎的病房时，房间里黑着，我按了开关，问他们怎么没开灯，三个人没有一个回答我，阿伊莎的爷爷坐在床边上，盯着地上的几包行李发呆。我看到地上打包好的行李，问他："这是怎么回事？"他长长地叹了口气说："陈医生，明天一大早我们就出院，我们没钱了。"阿伊莎的奶奶抱着阿伊莎靠墙坐在床上。阿伊莎看到灯亮了，忙把小脸埋到奶奶怀里。奶奶亲了她一下，轻轻地拍她，她就又把头从奶奶的怀里探出来。

我不知道他们是不是真的因为没有钱突然要走，但已经治疗了这么久，放弃有些太可惜。我试着想留住她们："孩子目前的治疗效果很好，如果按这个速度，再有 10 天左右就能痊愈。但如果这个时候出院，创面还没愈合，要是感染了就前功尽弃！"

听到我这样说，阿伊莎的爷爷从床边起身，走到我跟前，哽咽着说："我们也不想走啊。可是我们已经花光了所有的钱，能借的亲戚朋友，我们全都借了，就连南京的清真寺——才认识的穆斯林那里，我也都借过了。"他每个周末都会去清真寺做礼拜，在那里认识了不少穆斯林，"我们再也找不来一分钱了。"

看病没钱，是个硬伤。这样的出院理由，任谁也无法再劝说。我不知道再说什么，就走到窗前，往外面看了一眼。外面黑魆魆的，路灯暗黄，一个人影也没有，只看到不远处的树梢上浓浓的叶子遮住了半边天。

阿伊莎的爷爷不再说一句话，阿伊莎的奶奶开始掉眼泪，时不时用袖子擦一下。阿伊莎比往常安静了很多，依偎在奶奶的怀里，静静地看着我。

我沉默地离开病房，回到办公室静坐良久。

窗外拉响警报，不知是哪里又起了火灾。消防车哇呜哇呜地叫着，从医院楼下的车库里驶了出去。

我忽然回想起大学时代。

实习第一年，泌尿外科有个小女孩，学习成绩十分优秀，得了肾病，需要换肾，家里没钱。我的老师——女孩的主刀医生——为了给那女孩筹费用，就通知了当地媒体。媒体报道后第二天，女孩很快就收到了大量善款。想到这里，我突然觉得有希望。老师做过的事情，我为什么不去试一试！

我激动地回到阿伊莎的病房，"我帮你们想办法！现在就去帮你们！如果我的办法能行得通，能帮你们筹到钱，明天你们就不要走了。如果行不通，真的筹不到钱，你们再出院。"

阿伊莎爷爷的眼睛里突然有了光亮，"你肯帮我们……你的大恩大德，我们一辈子不忘。等阿伊莎长大了，我们一定会告诉她，是你救了她。"

我说："你先不要谢我，我是想告诉你还有一线希望，但到底能不能成功，还得等待。"

和阿伊莎的家人沟通完，我把想法和当晚的值班干部做了汇报。得到值班干部的默许后，我翻开手机，搜到当地的一家媒体。那位接电话的记者对我说的内容十分感兴趣，答应我马上联系本市的各大媒体。他告诉我，著名的"彭宇案"就是从他们这里开始的。他和我聊了好长一会儿。结束对话，已是夜里十二点。一想到第二天就有可能马上为阿伊莎筹到钱，我一整夜都兴奋地睡不着。

第二天一早，交完班，我正在查房，突然接到领导的通知，他让我停下手头工作，马上到办公室接受采访。前一晚，我和那位记者说好了，只采访孩子和领导，但他们为什么突然会来找我，这让我有些不知所措。

我回到办公室，还没坐稳，楼下就上来了一群记者，长枪短炮，看来本地的媒体都来了。

他们已经采访完了领导，在了解了阿伊莎的基本情况后，征得领导同意，就来找我。

"你是医生，为什么会为一个病人求助？"有人问我。

"我希望她能治好，但他们没钱。所以我希望能通过媒体，让爱心人士帮孩子渡过这一关。"

话筒和摄像机齐刷刷地对准了我。我不知道他们接下来会问些什么，也不知道自己的回答会不会令他们满意，但我相信他们都是为了帮助孩子来的，心里充满了感激。但接下来，他们的每一个问题，都像是在我的脑袋上敲闷棍。

"你们的领导和医院做了些什么？你们是公立医院，国家拨款，难道不能为穷人免费治疗吗？难道你们就只想着赚病人的钱吗？"

"孩子的父母在哪里？孩子病得这么重，只有两个老人陪着，他们是孩子的亲爷爷和亲奶奶吗？"

"孩子这么小，是不是被拐的？你查看过他们的证件吗？"

"孩子烫成这样，会不会有人故意这么弄的，想通过孩子残疾的身体赚一笔钱？"

……

有一位记者拿出手机，给我看网上的报道，有几张聊天记录的截图，他问："你多次在谈话中都强调你是一个小医生，是不是想要告诉我们点什么，又怕受威胁？"

网上的那篇报道，暗讽此事是医院和领导不作为，我这个"小医生"看不下去，才铤而走险找媒体。

本来，第一次面对这么多记者，我有些紧张，生怕自己表现不够好，会影响给孩子筹善款，但当我明白他们此行的目的并不如我所想时，我反倒一下子没有任何顾虑了。明白这一点后，我知道，担心自己在媒体面前表现得好不好，已经没有任何意义了。我脱下白大衣，放在桌子上，激动地说："今天，我请你们来，是希望你们能帮助这个孩子。但是现在你们问的每一个问题，全都和帮助孩子无关。"我转向前一天晚上和我联系过的那位记者："我是一个小医生，不错，我是这样说过，并且不止一次，那是因为孩子治病没有钱，我无能为力。于是我才请你们来，希望你们能够帮忙。你答应了，做到了，大家都来了，我很感激，但现在你们问的每一个问题，全都和帮助孩子无关。"

那位记者说："我们没说不帮她，但这些问题，必须得先了解清楚，免得到头来被恶人利用。"

我从椅子上起来："恶人？您觉得谁是恶人呢？"我情绪有些激动，"您答应我号召媒体一起帮助这个小女孩，但现在你怀疑病人家属，暗讽医院领导，又在网上写了一篇这样的爆料，您这是在帮谁呢？"办公室里静悄悄的，大家都在看着我，有人录音，有人做笔记。我接着说："你喜欢彭宇这样的新闻，但我请您来，只是希望能帮帮这个孩子，而不是要做别的。"

办公室里鸦雀无声。

过了好久，沉闷的空气被一位晚报的记者打破了。

"您真是少见的好医生，处处为病人着想……"他微笑着说。

他们不再问那些让我如同挨了闷棍的问题，转而问一些孩子的情况。那篇网上的爆料很快也被那位记者删除了。

当天晚上的电视、网站和报纸上，出现了很多关于阿伊莎的镜头和报道，善款像雪花般翩翩而来。

阿伊莎的爷爷高兴得眉开眼笑，他一遍一遍地对着镜头，反复说着感谢的话。

有了善款，孩子的用药有了保证。很快，阿伊莎就痊愈了。她出院那天，之前采访过的记者也来送她。

我抱着阿伊莎，送他们到医院门口的斜坡上。

半个月后，阿伊莎的爷爷带着扬州的大阿訇来找我。那天中午，太阳很烈，两位戴着白色小圆帽的老人，捧着锦旗，出现在二楼的医生办公室。阿伊莎的爷爷说："陈医生，我回到扬州后，把你为我们做的事告诉了大阿訇，大阿訇代表我们穆斯林，专程来感谢您。"大阿訇把锦旗交到我手上，我受宠若惊，赶快让他们坐下。那位扬州的大阿訇说："陈医生，您做了一件有利于民族团结的大事情，阿伊莎会感谢您一辈子，她的家人会感谢您一辈子，我们穆斯林同胞都会感谢您，记着您，真主会保佑您！"

那位我第一次联系过的记者，再次来找我，希望能做个访谈："我想把你树立成典型，让所有的医生都向你学习。"我婉言谢绝，比我高尚的医生太多了，我只不过是凑巧做了一件让媒体知道的小事情。虽然那天我当着众多记者的面回怼了他，但在他的带动下，整件事还是走向了光明。阿伊莎成功地募捐到了医疗费，也痊愈出院了。她出院一周后，我邀请那位记者在新街口的地下广场见面，请他吃了一碗拉面，算是替阿伊莎感谢他。

四年后，我离开F医院，来到了现在的这座小岛上。我从烧伤科的医生转变成了全科医师。

一天中午下班，我从全科办公室里出去，一边想着午餐该吃点儿什么，一边哼着轻快的调子穿过光线暗淡的走廊。出了门诊楼，户外阳光灿烂，满院飘着桂花的香味。我站在门口，迎着阳光，老远地看河岸上的花园。突然，我看到桂花树下，蹲着一位回族老爷爷，身边站着一个七八岁的小女孩。那老爷爷看到我，马上从桂花树下站起来："陈医生，我们来看你了！"

阿伊莎的爷爷没有变，和四年前一模一样。阿伊莎变了，她已经长成了一个八岁的大孩子。她和我见过的西北乡下女孩儿一样，黑黝黝的脸蛋上，长着两团红苹果。

我认出了他们，很诧异："你们怎么找到了这里？"阿伊莎的爷爷说，他们辗转打听，先去我原先的单位，听说我走了，然后打听到我在这里工作。

他把阿伊莎推到我面前："喊娘娘，是这位娘娘救了你的命。"阿伊莎害羞地从他身后走过来，怯怯地喊了一声"娘娘——"

正午的太阳正烈，桂花树上飘来沁人心脾的花香，小鸟鸣叫着从空中飞过，天空蔚蓝得一尘不染。我撑开伞，要牵阿伊莎的手，阿伊莎腼腆地把自己的小手递到我手里。我说："走，我带你吃饭去。"

阿伊莎上学了，她已经学会了说普通话。

我们沿着河道，在一条长长的水杉林荫路上走，到十字路口，向右拐了个弯。我们走在宽阔的街道上，最后在丽岛花园门口的一家清真面馆里吃了牛肉面。

阿伊莎懂事了很多，我问她什么，她就微笑着回答什么。我考了她几道算术题，她掐着手指，沉思一下，就告诉我答案。我问她会不会背诗，能不能背一首给我听。她就抿着嘴害羞地微笑。我说："来，我提一首，我们两个人一起背。"她点点头。我说："锄禾日当午……"她立刻抢在我前面，快速地背道："锄禾日当午，汗滴禾下土。谁知盘中餐，粒粒皆辛苦。"我问她平时最喜欢做什么，有没有什么特别的爱好，她说："我喜欢画画。"我带她去附近的超市买了几个画本和一盒彩笔，她高兴地拿在手里，不停地看。

四年前她烫伤过的地方已经彻底愈合，前几年断断续续起了些疤痕，有点痒。涂过一些抗疤痕的药，现在看着已经萎缩，只留下一些陈旧的印记。

现在，距离阿伊莎第一次来找我看病，已经过去整整八年。但她躺在病床上，额头上贴着退热贴的照片，依然留在我的手机里。有一次，女儿看到我盯着手机，就好奇地凑过来问："妈妈，这是谁呀？"

我摸摸她的头说："这是你出生前几年，妈妈的一个病人，她叫阿伊莎。"

贝琳娜

二十八岁的贝琳娜，是从"120"的担架上抬到二楼病房里的一位四川姑娘。她没有证件，没有医保卡，没有衣服，没有鞋子，没有任何一件生活用品。她身上只盖着两张从前一家医院带过来的白色大棉垫，谁也不知道她姓什么，叫什么，她只有一个化名——贝琳娜。她是被"120"从一间简陋的出租屋里救出来的，而后送到迈皋桥附近的一家医院，住了十几天后，因为拖欠费用，被迫转到我院的。入院时，为她办理手续的男子，只为她交了两千块钱，就从我们的视线里消失了。

我看到贝琳娜时，她正躺在病床上，盖着我们给她换上的新棉垫。下午上班时，护士过来通知我：来了一个新病人，年轻女人，全身烧伤很严重，全是三度，已经在别的医院住了十几天。好像没家属，来了一个男的，把病人安顿好，就不见踪影了。

烧伤的病人，观感都有些惊悚。虽然我已经见惯了各种残缺腐败的身体，但当我掀开贝琳娜身上的棉垫时，还是有些超出预料。她的面部、颈部、双手、前臂、胸部、腹部、腰部、大腿全都裹着厚厚的皮革样的焦痂，就像一个装在焦痂套子里的人，而那个套子，就是她曾经柔滑细腻、现在却被烧焦了的皮肤。她全身裹着70%的焦痂，有些焦痂已经开始腐败分离。

我问她："你叫什么？"她没有回答，茫然地看着我，一动也不动。我又问："谁送你来的？"她眨了一下眼睛，把目光移到脚面上，还是不说话。我再问："你家是哪的？"她垂着眼睑像是没有听见。我接着问她是怎么烧伤的、病了有多久、来之前曾在哪里就诊……她统统都不回答。

我说："你是四川人？"

她一动不动看着脚面，过了好久，才抬起上眼睑动了一下睫毛，意思是"是的"。

我很想知道她心里在想什么，但她不说话。她静静地躺着，头发很短，剃过后长出来还不到半寸。

我查看完她的创面后，推来换药车。她的额头、上眼睑和两颊的皮肤有部分焦痂已经脱落，长出了粉红色的新皮，新皮上沉着不均匀的褐斑。她胸前的皮肤，也有少部分脱痂，但腹部和腰部全都是焦痂，用剪刀也剪不动。我一边给她清理创面，一边和她说话，但她除了配合我抬一下胳膊、抬一下腿或者侧一下身子之外，再没有任何回应。

我给贝琳娜换药时，另外两个病人，坐在自己的床上看着她。偶尔说几句话，表达一下自己的见解，向新来的病人传授换药的经验和感受。她们对贝琳娜很友好，但贝琳娜不理任何人。

那天下午，阳光晕染得很深，天空飘着云，天气很炎热。我进到病房时，阳光正照在蓝色的玻璃上，淡绿色的窗帘遮住了大半边窗户。但半小时不到，天空就突然暗下来。有一大片黑云从旁边的高楼上飘过，正好挡住了这里的阳光。一阵风吹过，响了几声惊雷，一道闪电划过，天空就下起雨来。家属赶快把玻璃关上。大家看着窗外说："奇怪了，为什么偏偏就我们这栋楼下雨？"我走到窗户前，看到对面的高楼上还有太阳，十米开外的地面上全是干的，唯独这栋楼，窗户上已经哗哗地全是水。中间床的病人说："听说天气突然反常，是因为有冤情。"她说这话时，正圈腿坐在床上，侧着脸看我给贝琳娜剪腹部的焦痂。

那间病房里共有三张床，贝琳娜的床靠近过道，在门口进去的位置，中间的病人是一位老年人，来了才三天。靠窗户边的那位是个三十多岁的女人，已经住了大半个月。贝琳娜比她们两个人都年轻。下班前，我晚上查房时，送贝琳娜住院的那位男子提着一个不锈钢的小饭桶回来了。我问他："怎么一下午都找不到你？"

"我去给她做饭了。"

我问他贝琳娜烧伤的过程，他挠挠耳后的头发，吞吞吐吐地说："在浴室里……身上的酒精……着了火，就成这样了……"

我很奇怪，问他在浴室里，身上怎么会有酒精，酒精又怎么会燃烧，燃烧起来了又为什么不用水喷洒？他支支吾吾不肯回答。我说："你是她什么人？"

他向周围看了一眼，勉强说："我是她男朋友。"他穿着白色的方领 T 恤，留着寸头，个头中上，身材健壮，大概三十多岁，脸色有些憔悴。他说话时总会向周围望望，似乎有什么事情，让他很不安心。我想再问问他贝琳娜的情况，但就在这时，隔壁房病人的家属过来说："我妈腿上的纱布散开了，麻烦您帮我们看看。"我便跟着家属出去了。

我一直都很想知道贝琳娜到底经历了什么被烧成这样，但一连几天，她都不跟任何人说一句话。她眼神空洞，似乎什么都看不见，那漠然失神的目光，任谁都不知道她在想什么。我揭开她身上的棉垫，用镊子轻轻地扎她受伤的皮肤，她一动也不动。她静静地躺在床上，就像一具没有灵魂和知觉的物品，只有在我翻动她身体的时候，才象征性地动一下。她的灵魂仿佛已经与这个世界隔绝了。我用剪刀和钳子将她身上腐败的皮肤剥下来，然后用消毒液擦洗她的身体。换了别人，早都鬼哭狼嚎地叫了，但她一声不吭，只是紧紧地咬着牙关。偶尔，她会不由自主地发出"啊"的一声，然后又归于平静。

我试着和她交流，但是她的心关在一扇密不透风的铁门里，任多么柔细的风，都吹不进去。她的平静，是绝望后的沉寂。眼前的一切对她来说，毫无意义。她那娇小的身体，仿佛已不是她自己的。她对眼前的一切视若无睹，只是睁着一双眼睛，被动地活着。她已经没有了悲痛、愤怒和绝望。她已经完全放弃了自己。美丽、健康这些都与她毫不相干了，她只成了一具焦枯的腐肉。

在贝琳娜入院的前几天，她的男朋友还经常来看她，给她带点午饭或者水果。他总是垂头丧气，每当看到我给贝琳娜换药时，就远远地躲出去，不敢靠近。贝琳娜账户上的两千块钱，很快就没了，我让他再预交点费用，他含糊地应了一声"好"，就又离开了。但是，第二天他没有来，留下的电话也是空号。

贝琳娜一个人躺在病床上，没有任何人来看她，吃喝大小便都成了问题。我们试着问她，还有没有别的亲戚朋友，但是贝琳娜一言不发，什么都不说。主任只好求助警察，让警察查询一下她的情况。警察来了，她无证无照，一言不发，并且脸上也变了形，所以查证都很难展开。在警察寻访她家属的这段时间，民政部门的人也来过一次，但都没有解决根本问题。主任让我们本着人道主义精神，仍旧每天为她治疗。

有一天夜里，那位消失了的男子偷偷来了，给贝琳娜带了一罐鱼汤和几个水果，放下后又偷偷走了。

贝琳娜身上的焦皮很快腐败、融化了，散着腥臭的味道淋湿了纱垫。我为她清洗创面换药时，每天都试着和她说话，无论她有没有在听，有没有应答，我都会和她说几句。我已经不指望能撞开她的心扉了，只是已经习惯了重复告诉她一些注意事项，也习惯了重复告诉她，若是有需要，可随时让别人来喊我。

有一天，她来了例假，染红了纱垫，我用卫生纸帮她擦拭。她臀部的焦痂还没有完全蜕去，有些皮肤露着鲜红的肉芽。我说："你真的应该告诉家人，让他们来看看你。"她动了一下大腿，我继续说："这几天不要吃冰凉的水果，还得一段时间才能完全好，要是家人来照顾你，会方便很多。"她的眼角突然流下泪来。我有些吃惊，她从来都没有给过我任何反应，怎么突然哭了呢！我不知道再说什么，便继续我的清创工作，抬起她的一只脚，擦她脚踝创面上的腐液。过了好久，她突然说："他们不会管我的。"

听到她说话，我有些震惊，停下了手里的活儿，我以为听错了，旁边的病人也惊奇地看过来。她看我停下来看她，又补充了一句："我家人是不会管我的。"这次，我清清楚楚地听到，她是在和我说话，她终于肯说话了。我激动地说："不会的，你的家人是绝对不会不管你的。你是父母的亲骨肉，他们不会不管你……"她听到我说这些，眼泪止不住地往下流。

她生在乡下，父母都是种田人，她还有一个小弟弟未成年。以前，都是她往家里寄钱。"他们没钱，来不了南京。他们帮不了我，告诉他们和不告诉一样，就不给他们添麻烦了。"

这个世上有很多种悲伤，但是贝琳娜的悲伤，我无法形容。我不知道她是怎样日复一日地躺在床上，一动也不动忍受着一切的。那个男人，白天再没来过。有病人说，他夜里会偷偷地来，但很快又会偷偷地走。

有天早上，我去给贝琳娜换药，看到她床头有半盆鱼汤，就问："这是你男朋友送来的？"她摇摇头说："不是，他不是我的男朋友。我们只不过是偶尔生活在一起。"

一周后，警察终于有了线索，他们找到了那位男子，给他打了电话。当天夜里，那男子乘着夜深人静，就将贝琳娜偷偷接出了院。第二天，我们上班时，发现贝琳娜的床空了，她的一切物品全都不见了。她走了，欠了很多钱。主任说："算了吧，这个窟窿我们科里慢慢补。"

有天夜里，我夜班，大概十一点多，从洗手间出来，突然看到门诊室进去一个人：白色的 T 恤，中上的个头，强健的身材，竖着的寸头，似曾相识的背影……我不知道这个人得了什么病，但大半夜来医院，肯定是急症，就匆忙过去，但当我走到门口时，那个人已经从诊室里出来了。他提着一个塑料袋，里面装着纱布、手套、棉垫还有消毒液。这个人正是贝琳娜的"男朋友"。他被我撞个正着，提着东西的手不知所措："我 ……我来买点药……你不在，我就先……"他拿着我们的医疗敷料，想藏起来，又无处可藏。

我被他这种上不了台面的行为激怒了："贝琳娜病成那样，你就把人偷偷接走了，现在，你又做这种事！""我……我掏钱吧，现在，我就把钱给你！"他从口袋里掏出三十块钱，"给你，这是我所有的钱，还有我明天的生活费！"

我进了诊室，让他进来，我坐下来，理直气壮地说："我有话要问你。"他跟着我进来，坐到我对面的板凳上。我对他的行为表示不齿，说了一些刻薄话，站在道德的制高点指责他，他全盘接受。我问："贝琳娜现在怎么样了？"他说："很不好，明天她的父母就从四川来接她。"我问他贝琳娜到底是怎么受伤的，他一直都不肯说。我想也许贝琳娜受伤的过程的确有些难以启齿，就不再追问。但对于他将病人扔到医院后不见踪影，警察找上门来后又将病人偷偷接走这种行为，实在不能原谅。我说："你把手放到胸口，问问你的良心，这样做对吗？"他抬起头看着我，将手放到胸口，捂了一会儿，突然趴到桌子上，放声大哭。我被他这突如其来的变化吓了一跳，不知道他为什么突然这样，便静静地坐在一旁看着他。他哭了好大一会儿，终于停下来："医生，我就是畜生，你骂我吧，想怎么骂，就怎么骂，这是我最后一次到你们这里偷东西。前几次，另外两个医生也看到过我，他们也是睁一只眼闭一只眼装作没看见。明天，贝琳娜就要走了，这是我最后一次为她换药，我不是不想给她治疗，我是真的没办法给她治疗。我想卖了母亲的房子，但是，母亲一听我要给一个不相干的女人治病，就要和我断绝关系……我还有孩子，孩子要上学，她妈妈也在和我闹离婚，我所有的钱，都在她手里。之前，贝琳娜住院的钱都是我跟别人借的，但现在，借不到钱了，我也无法开口向任何人说起贝琳娜的事……"说罢，他又大哭起来。

事情到了这里，我终于有了一些了解。但是，即使这样，我又能为她做些什么呢！我让他留下电话号码，这一次，不是空号。我让他把敷料带走，也教了他一些换药的注意事项。他哭哭啼啼够了，就走了。

贝琳娜被父母接到了四川的乡下，一个全身 70% 没有皮的女孩子，到了乡下，没有任何医治的本钱，还能活得下去吗？那个男子再也没有来过。

我常常假设，若是贝琳娜没有离开南京，若是那位男子能带我去她的出租屋看看，我抽空帮他指导一下怎么换药，那么贝琳娜恢复的速度可能会快一点。等她身上的焦痂全都掉了，大家再一起想办法，去求人，去筹款，这些办法都试试，而后再让她住院，再给她植皮，也许那样她就会好了。但是现在，她完全消失了，我的这些假设也就全都成了空想。而对于贝琳娜的那位"男朋友"，我也常常会想起他：我是否过于苛刻了，即便他有罪，也不该由我来指责。在这个世上，每个人都是有原罪的，只是有的人重一些，有的人轻一些。《圣经》里，耶稣说：你们谁没有罪，就可以站出来，用石头打她。结果没有一个人站出来，没有一个人朝她丢石子。但是，面对那位男子，我却站出来，用石头丢了他。

我常常想起贝琳娜，心里充满了遗憾。我觉得如果当时她留下来，应该可以治愈。我也常常想：或许她的父母会砸锅卖铁去救她，或许她突然得到了上帝的垂怜，遇到了贵人，为她花钱治病，让她恢复容颜……但渐渐地，在忙碌的日子里，对贝琳娜的事，我也慢慢淡忘了。

半年后有一天，来了一位女孩，酒精烧伤。那位女孩来的时候，也是下午，那时已是冬天，天气很冷。我看到她时，她正躺在贝琳娜躺过的那张床上。她也是从外院转来的，身上也盖着两块大棉垫。她和贝琳娜长得有点像，短发，只是比贝琳娜圆润很多。送她来看病的也是一位男子，只是他和贝琳娜的那位"男朋友"不同，他一直守在女孩的床前，在我为女孩换药时，他时不时提醒我轻一点。

那天，我为那女孩处理创面时，又想起了贝琳娜，我说："半年前，这张床上住着一个女孩，也是酒精烧伤的，和你长得有点儿像。"那女孩娇声叫着，等我换完药后，问我："她怎么样了，有没有毁容？"我沉默了一会儿后，回答说："她回四川了。"

我从病房里出来，收拾好换药车，脱下帽子和口罩，回到办公室。我给贝琳娜的"男朋友"发了条信息，我说我是 F 医院的陈医生，想知道贝琳娜现在怎么样了。他没有回复我，我想了很多：也许她已经痊愈了，只是身上长满了疤痕；也许她的创面还没有痊愈，仍旧有鲜红的肉芽露在外面；也许她遇到了一个合适的人家，已经谈婚论嫁了。我一边设想贝琳娜的事，一边忙手头的病案，我想那位男子可能不会回复我了。可是就在我想着这些时，短信突然来了："谢谢您还记着她。她已经死了，回去不到一个月就死了。"

我关了手机，看着窗外，默默地坐了好久。窗外的树上落了雪，天空飞过一只小鸟，我听到楼下的车库里，又传来消防车哇鸣哇鸣的声音。我想起贝琳娜来的那天下午，骄阳似火，突然一大片黑云飘过来，挡住了这里的阳光。我给她换药时，突然下起了雨，那雨，只落在了这栋楼上……

代价

生命和财产哪个更重要？如果这是一道单选题，相信很多人都会选择生命。但是如果一个身体健康的人，在没有任何生活之忧的情况下，为了争取更多的财产，而不惜使用极端手法，甚至不惜豁出生命，去争取那与生命相比不值一提的身外之物，是不是太"傻"了？

一百个读者眼中有一百个哈姆雷特，也许，对于这个问题，不同的读者也有不同的见解。在淡泊名利的人眼中，这种做法毫无疑问一文不值。但你若以为，敢于用生命去争取钱财的人，对钱财有多么过分的贪婪，那也未必，也许他们平时比一般人还要慷慨仗义。真正贪婪的人，他们才舍不得自己的性命！他们只会虚张声势，让别人去为他们冲锋陷阵，而自己则站在别人身后吹哨鼓动、摇旗呐喊，坐享其成。可惜，那些冲在前面充当子弹的人，在他们变成子弹向前飞的那一刻，依旧难以看清这一点。

接下来，我要讲的就是关于生命和财产、关于冲锋者和始作俑者之间的故事，这个故事的主人公是自焚者。

一个炎热的夏天，太阳火红地挂在半空中，空气中暖烘烘的，连微风都像是从蒸笼里冒出来的热气，整个城市就像一个大烤炉，

你 的 苦 痛 ， 与 我 相 关

城市中的人就像置身于烤炉中。人到了室外，不一会儿工夫，就汗流浃背，像是从水中捞出来的。医生办公室开了冷气，但功率不足，我们坐在里面仍旧觉得闷热。在这样炎热的午后，常使人觉得格外疲惫。

下午两点钟，我从四楼的休息室回到三楼的办公室，准备开始下午的工作，但闷热的天气让人力气全无，总觉得睡眠不够。正当我坐在椅子上，看着对面墙壁上挂满的锦旗，回味着刚才醒来前做的一个噩梦时，门突然被推开了。一位护士进来，站在门口说："陈医生，你去看看 27 床，她妈妈又来喊了，说她女儿脚上的一块纱布掉了。"

27 床是一位二十一岁的女大学生，她双下肢烧伤已经有五十几天了。五十天前的一个下午，是个周末，她本在家舒舒服服地躺在沙发上嗑着瓜子看电视时，突然听到厨房里砰的一声，紧接着一股浓烈的火焰冲破玻璃门涌了出来，席卷了整栋房子。她吓得失魂落魄，慌忙从沙发上跳下，光着脚从火焰中冲出去。她穿着棉布的裙子，身上着了火，跑到门外，滚在过道里一边扑火，一边惊呼救命。邻居听到呼救声，连忙跑出去帮忙。火势太大，火苗一直往上蹿，浓烟从窗户里涌出去，楼上的几家也连带着发生了火灾，整栋楼里大呼小叫，一片混乱。邻居端来一盆水，泼在她身上，火苗遇着冷水，"滋滋滋"响了几声，就熄灭了。她全身湿着，烧得衣不蔽体，火焰熄灭后，她就被邻居拉着跑下了楼。

她到院子里时，那里已经聚集了很多慌乱逃生的邻居。消防车来了，120 救护车也来了。消防员接通长长的水管，向楼上喷水雾。120 救护车上下来两位救护员，问旁边："是谁打的 120？先送哪位？"楼下围着一群人，有好几个人烧伤了。但那位女生烧得最重。她撕打着烧焦的头发和裙子，露着大半个黑乎乎的身体，疼得一边乱跳，一边惨叫。周边没有人回答，也没有人过来，"120"第一个把她接走了。

她在总院的烧伤科住了一个月。腿上削了痂，植了皮。快满一个月时，创面基本痊愈了。但很不幸，就在她准备出院的前两天，医生打开纱布查看具体情况时，发现已经愈合的皮肤又全都溃烂了。眼看一个月的治疗功亏一篑，她懊恼气愤，和医生吵了一架，怨他们大热天换药不及时，把新皮又给捂烂了。吵完后，女孩当天就办了出院手续，转到了我们这里。

她比一般人敏感，每天换药时，都会咬着勺子惨叫，让人听了毛骨悚然。我告诉她为了避免新生的上皮岛在撕揭时被破坏，可以不用那么勤换药，但她说"前车之鉴，不换勤点，就会变烂"，我只好随叫随到。

那天下午，我听完护士的报告去她的病房，当时她母亲正站在窗户前抽烟。她听到我进去，连忙转过身，掐掉快烧到手指的细烟头，走到床前，指着女儿的脚踝说："她的纱布掉了！"

我揭下那层湿了一半的巴掌大的薄纱布，戴上手套，在病人的创面上喷了几下消毒液，重新换上一块同尺寸的揉了膏药的纱布，照着创面贴上去。那女生一碰到消毒剂和上了药的纱布，就像烙铁炼了她的肉一般，立刻尖叫起来。她的声音又大又凄惨，她母亲吓得背过身去，默默揉眼泪。

这时，护士又来喊我，说转来了新病人，已经抬去了监护室，让我赶快去看一下。我看着母女俩，说了几句安慰话，但毫无作用，叫声和哭声依旧。

大概那女生的惨叫声被监护室里新来的病人听到了，我进去时，那躺在气垫床上身上连着各种管子和电线的病人猛然一跳，惊恐地望着我。我知道他被吓着了，就轻轻走过去，弯下腰轻声说："我是陈医生，你的管床医生，以后由我来照护你。"他看着我，不说话，一动不动。我指着自己的胸牌："你看，这是我的名字！"他眨了下眼睛，没有说话。眼睑的黄色分泌物流下来，粘住了两只眼睛。我拿起治疗车上的无菌纱布，在他眼睛上轻轻沾了几下，分泌物干净了，他睁开眼睛。

这位病人全身包着新换上去的白纱布，有些地方的皮肤，创面没有完全被包住，灰黄的焦痂上流着黏糊糊的分泌物。我说："你皮肤的创面比较大，有些死皮已经腐败，看来已经烧伤好几天了。现在天气正热，腐皮溶得比较快，纱布容易渗透，若是你觉得不舒服想换纱布，可以随时和我说……"他看我比较和气，就渐渐放下了警惕心，眼睛里的恐惧也慢慢消退了。听我说完，他沉默了一会儿，便挥动着双手，在空中比画。

他的呼吸道烧伤了，喉头水肿，气管被切开，插着半截管子，说话时漏气，发不出声音，让人听不清他在说什么。他的双手也被烧伤了，包在厚厚的垫子里，让人看不懂他在比画什么。他没有家属，身边一个亲人都没有。我问他出院小结在哪里，他茫然地看着我，显然不知道出院小结是什么。我打开他的床头柜，想看看出院小结在不在柜子里，但那里面除了一个饭盒、一双筷子、一个水杯和两包卫生纸外，再没有其他。

我问他："你在前一家医院住了多久？"

"五天"。他回答我时，发不出声音，气流全从脖子上的插管里漏了出来，我听不明白，于是他又伸出手，大概是在用手指比画数字。很遗憾，他的手指全包在棉垫里，我仍旧没有搞明白他的意思。他看我总是听不懂，就气呼呼地吼了几声，气流粗粗地从管子里喷出来，看我茫然无措，他闭上眼睛不理我了。但当他吼完闭上眼睛时，我突然恍然大悟，那气流和嘴型分明是在说"五天"。我连忙问他："你是不是说五天？"他大概是听我说对了，就又把眼睛睁开，我又问了些其他问题。

和他交流，主要得看口型。也许他和所有从烈火中走出来的人一样：全身焦黑、惊恐、疼痛，撕心裂肺地喊叫……但这一切没有经历过的人不会懂。当他被人抬到这里时，已经病了好几天。他的眼睛里充满恐惧和警惕，好像对谁都不信任。护士问他话，他一概不答。

我查看完他的伤情后回到护士站，想问问是什么人送他来的医院。一位护士递给我病历本，说他是公费医疗，出院小结是公家人办理的，刚刚送过来，办理手续的人就在医生办公室。我接过病历，快速看了一遍出院小结，看完后对他的情况就有了一个大概的了解。他叫李永林，三十九岁，未婚，职业是会计师，本科学历，毕业于审计大学。创面系汽油烧伤，最严重的部位是面部和呼吸道。

他是拆迁户，因为拆迁补偿的问题，和相关方面谈崩了。于是他提着汽油，争执中，用汽油浇了自己，然后点燃了打火机。拆迁和自焚，像个地雷，关于这方面的话题，已经争论了好几年。现在，我继续讲我听到的和看到的。

我拿着出院小结和病历夹从护士站出来，去隔壁的医生办公室。往常下午，医生办公室里只有我们两三个医生，但那天，我进去时，房间里坐着两个不认识的人，他们背靠着挂满锦旗的墙面，坐在桌子前，正在无聊地看手机。看到我进去，他们打了个招呼。

我问："你们是？"

"我们是街道的，"他们其中的一位说，"我们来这里也算是上班，我们是负责看护1床病人的，他比较特殊，你们领导都知道……"

我一听这话，知道不便多问，就点头应了一声，从办公室出去了。这时，我看到楼梯口的过道里有一个穿制服的人在站岗，他警惕地看着病区里出入的陌生人，一旦发现有形迹可疑的人，便马上走过去询问。他像一只鹰，时不时探头俯身往下看。我顺着他的目光从楼梯上看下去：楼梯的拐角处，站着一个穿同样制服的人，他俩时不时交换一下眼神。楼梯拐角处的那位制服小哥，和楼上的制服小哥交换完眼神，又往他下面的一层看，很显然，他下面的一层也有同伴。我们的办公室有点小，和两个陌生人坐在一起，我觉得有些拘束，就下楼去了二楼的门诊室。

二楼的那间门诊室用格子分成了三个小空间，里面的两间，一间用来休息，一间用来换药。我走进那个换药的格子间，把半开着的窗帘全部拉开。这时，我看到楼下的院子门口也站着两个穿制服的人，他们正在盘问从外面进来的人。正当我对此感到好奇时，电话响了，护士让我上去开会，说主任来了，有重要事情要通报。

主任把大家召集到护士站，看人齐了，就让门口的人关上门。等大家都安静下来，他严肃地说："我们开个短会，有件事跟大家通报一下：新来的1床，这个病人比较特殊，是拆迁自焚的，已经在地方医院治疗了四五天，但因为管理不太方便，就转到了我们这。这个病人是全额公费医疗，上面的意思是无论花多大的代价，都要挽救他的生命。这段时间，比较特殊，你们也知道，现在各种媒体，尤其是对拆迁这类事情的报道，有很大的倾向性。这个病人到底为什么自焚，具体细节我们无须深究，会有专人去调查。我们只需要做好本职工作，认真细致地对病人负责即可。有一点大家要注意，就是不要聚到一起相互议论，也不要随意发表评论，至于外面会不会有媒体采访，他们会有专人去安排，你们只需要和平常一样上下班就可以了。"

主任讲完，我们就散了。他走后，大家一言不发，好像都在思考，都想说点什么，但又什么都没说。

我下班时，办公室里的那两个人也下班了，来了两个新人接替他们。新人问我："你们是几小时的班？"我说："8小时，你们呢？"那人说："我们也是 8 小时，下半夜会有另外两个人来换我们。"

1 床的病人很烦躁。第二天，我去为他换药时，他很不配合，不是背过脸躲着我，就是用手臂挡我。护士给他扎针，他干脆用手打她。护士都怕他，也怕惹麻烦，所以尽量躲着。起初的两天，我也有些怕他，因为敢于自焚、敢于对自己下如此狠手的人，天知道还有什么事他不敢去做！那两天，除了我们办公室里那几个轮班看护他的人给他送饭之外，再没有其他人来探望他。第三天，楼梯口那几位穿制服站岗的人陆陆续续也不来了。病人的情绪渐渐由烦躁变成了沮丧，护士打针时，他既不配合也不反对，只静静地躺着一动不动。

我动了恻隐之心，搬来凳子，坐下来慢慢为他换药，我想和他聊聊天。虽然我牢记主任之前说过的话：不该问的不要去问。但当我看到一个不满四十岁还尚年轻的男人，正处在人生的黄金阶段，就变成了如此凄惨的模样，真是为之惋惜。他的容貌一定是已经毁了，哪怕再怎么精心治疗，也不可能变回原来的模样了。

他为什么要这样做？他有没有想过自己会变成这样？有没有想过变成这样之后往后怎么办！我真想问问他，但是这一切都已经毫无意义了。现在他每天要面对的，首先是治疗带来的疼痛。我想让他在恐惧和疼痛的日子里稍微有点安慰，便一边给他换药，一边说："你的手其实已经可以不用包这么厚了，你看，有些地方已经长新皮了。"他转动了一下脖子，去看那只手。我接着说："你试着动一下，看能不能拿笔。"他动了一下，做了个握笔的姿势。我继续说："你说话不方便，发不出声音，但可以写字，在你脖子上的插管拔掉之前，你可以试着用写字来和我们交流。"

他听到我说完这句话，眼睛里突然有了光，激动地说："给我纸和笔。"我看着口型听懂了他的话，赶快给他找来一支笔和一个小本子。他笨拙地接过笔，示意我把本子拿到他面前。我两手端着小本，让他写字。他半躺着，颤动着写下一行字："请你救我，拜托！"字写得歪歪斜斜，不太好看，但这不妨碍要表达的意思。我突然心里咯噔一下，有些愧疚，觉得有负重托——在他最艰难的前两天，我因惧怕而和大家一样，选择疏远他，想来内心有愧。无论他为什么对自己下狠手，那都是过去的事了。现在他只是一个躺在监护室里、手无缚鸡之力、需要人去主动关心和照顾的病人。似乎我的同事也很快意识到了这一点：护士跟他说话时，也变得轻声细语了。

他是一位会计师，在一家会计师事务所上班。他一直未婚，父母早逝，有位哥哥成家后和他分开住。弟兄分家之后，十几年来基本没了来往，偶尔逢年过节或者父母祭日时打个电话，以示血亲还在。在他拆迁之前，哥嫂找过他，想把他们一家人的户口迁到他那儿去，以便拆迁时能得到更多的补偿款。但这一愿望未能实现，原因是政策的漏洞已被堵上了。在弟弟这里获利无望，哥嫂就又和往常一样和他没了来往。

他烧伤之后住在医院里已有三四天，这三四天内，他从来没有提过家里人,我们问他时,他只说:"我没家人,就我一个。"我们也就当他已经没有任何亲人了。可是突然有一天上午,来了两个中年人,一男一女,提着一箱牛奶进来打听李永林。护士告诉他们李永林在1床,他们从过道里进去,推门进了监护室。大家深感欣慰:终于还是有人来探望他了!我们料想进去的人会对眼前的一切触目惊心,料想他们可能会深深地叹息、沮丧或者悲哀,但是几分钟之后他们从病房出来时怒气冲冲。我们以为他们的怒气是冲着我们而来的,以为他们会来询问病人的情况,可是他们压根儿就没打算和医生交流。出了监护室之后,他们径直去了医生办公室,和那两个外来的工作人员争执起来。很显然他们知道那两个人是谁,并且来之前早已做足了功课。

我推着治疗车从过道深处出来,看到那位瘦高个头的男子,正站在办公室的门口和里面的人大声理论:"我弟弟不能白白烧成这样,你们得给我们一个说法。"里面的声音比较小,外面听不清,大概是在说这事他们处理不了,得和领导谈。外面的人一听这话,火气更大了:"那你转告你们领导,哪怕上北京,我们也得讨一个说法!"里面的人语气比较柔和,把一男一女喊进去,将门轻轻关上。这时27床的母亲站在门口喊:"陈医生,颖儿准备好了,你过来吧。"我就推车去了27床。

27床的创面用高锰酸钾冲洗之后,上皮岛的增长速度比刚来时更快。每次打开创面,都会惊喜地看到肉芽上多出了一些白色的小斑点,那些新生的上皮岛,就像草坪里刚植上去的草皮块,过不了几天，就满园绿色了。

我给那女生换药的速度比之前快，但她照样每天喊叫，她母亲照样每天哭。有一天，她父亲来了，我给她换药时，他就帮忙抬女儿的腿。女生哭叫，他说："别这样，你稍微忍忍！"女生一听这话，大哭起来："你是不是看我疼成这样，很有快感，你看不惯，就不要来！"她父亲有些尴尬，低头不语。我说："毕颖，你不能这样讲，这是你亲爸爸！"她把腿挪动了一下，指着她父亲说："你问问他，他都做过些什么，他为了一个小自己二十岁的女人，成天在外鬼混，回到家就知道逼我和我妈，他还算是个男人吗？！"她母亲站在一旁，听女儿说到这里，捏着鼻子哭泣："别说了，别说了……"她拍着女儿的肩膀，泣不成声。她父亲涨红了脸，一言不发。

清官难断家务事，我只好默不作声。但不得不说，这对夫妻，言行谨慎，女人长得漂亮，男人长得英俊，有病人中很少见到的那种高颜值、高素养。相比之下，他们的女儿微胖，外貌和形体都不随父母。

我给 27 床的女生换完药后，那天上午的活儿就算基本干完了。我回到办公室时，1 床的哥嫂已经走了。办公室的一位工作人员站在窗前给他的同事打电话，说 1 床哥嫂来过的事情，让他们给那两个人做好思想工作。后续的事我再不得而知了，但那天之后，1 床的哥嫂好长时间没有再来过。

1 床和我的交流越来越多了，他每天都会在本子上写很多话。

他的右手烧得不太重，一周之后，已经可以完全拿笔写字了。起初，他跟我说的都是关于拆迁的事。他充满恐惧，认为有人要害他，说自己做出那样的选择，是有人在逼他，他想要我帮他伸张正义。我告诉他，我能做的事情，就是尽力为他医治病痛。他有些失望，渐渐不再提拆迁的事。半个月之后，他的伤情进一步好转，脱离了监护，可以自行下地了。他脖子上的插管拔掉了，右手痊愈，左手植了皮。只剩下最严重的脸：他失去了一只耳朵，鼻子也只剩半个了，后期的治疗充满了挑战。他慢慢开始关注自己的容貌。他的脖子上缝了针，不再漏气，也不必再通过写字交流。有一天，他跟护工说："你出去帮我买个小镜子吧！"那天，我从门口经过，看到他坐在床头默默地盯着小镜子看。

27床的创面痊愈了。新生的皮肤长满了疤痕，很硬，还会瘙痒。他们一边跟燃气公司打官司，一边开始了漫长的康复治疗。她的创面痊愈后，不再像之前那样惨叫，她父母来的次数变少了，取而代之的是一个眉清目秀的男生，那是她男朋友。有一天，她从过道往四楼的康复治疗室走去时，碰到了正在楼道里行走的李永林，她被他的样子吓坏了，尖叫着跑开了。李永林也被女孩的举动吓得怔了一下，但突然明白过来是怎么回事后，赶快回了病房。

半个月后，1床面部的创面也痊愈了，只是很可惜，他的一只耳朵和半个鼻子再也回不来了。他嘴角的疤痕硬得像只棍子，他张不开嘴，吃饭时只能开一条缝，食物一点一点往里塞。他的两只眼睛变成了原来的一半大，另一半被疤痕粘了起来。他是十分严重的疤痕体质，颈部的疤痕也将他的下巴和前胸拉扯到了一起。他的五官被横七竖八的疤痕拉得扭曲变形。他已经完全不再提拆迁的事了，也不再关心任何财产的事，他只和我们讨论他身上的疤痕，要么问我们："我的嘴巴能不能变大一点？"要么问："能不能做手术把眼角拉开？"又或者问："能不能把下巴和脖子粘在一起的这条疤变软点，变得有弹性点，就像以前那样？"我们采取了很多康复措施，但很遗憾，效果微乎其微，他再也回不到从前了。

他开始和我们办公室那两位工作人员聊天，一起讨论自己治疗的过程，甚至开始跟他们抱怨我们的康复疗效。他似乎已经忘了，大半个月前他才来这里时，是把他们当敌人的。现在，他每做一步治疗，都要和当初的"敌人"商量，他已经完全不去关心财产的事了，他只关心我们能不能把他恢复原样。他们成了朋友，互留了电话，那两个工作人员鼓励他好好治疗，争取康复，说有事就给他们打电话。街道的人也不再三班倒来我们这里办公了，他们只在他缺钱的时候来一趟。

李永林康复了一段时间后，大概是在他住院的第二个月，他的哥嫂又来过一次。那次，他们在病房里吵了起来，不到两分钟，哥嫂两人就从病房里出来了。他们临走时和我们打招呼："我这个弟弟，变成这样完全是自找的。他这个人从小被我爹妈惯着，又极端又倔强，如今这副模样，谁都不怨，都是咎由自取！"

我们为他定制了弹力套，全身20小时戴着。四肢、躯干、头面部的弹力套都是单独分开的，有时候，他戴着头套，从过道里走一圈，会吓得新来的病人尖叫。他的头套只露着五官，确切地说，只露着一双半睁着的眼睛、两个失去鼻骨的进出空气的鼻孔、一只耳朵、两张长满了疤痕像火腿肠似的厚嘴唇。有一天，他手机停机了，想换个号码，打发护工去办理。护工出去了一趟，事情没有办成，回来说工作人员说他的要求超出了公司的规定，不能办理。李永林不信那个邪，就亲自去办理。

他戴着弹力套，穿上戴帽子的防风衣，戴上口罩和墨镜，穿过马路，到了对面的移动营业厅。他走到柜台前，把护工说过的话，和那柜台小姐重新说了一遍。柜台小姐盯着电脑，没有仔细看他，听他说完，就一边干手头的活，一边说："您的情况超出了公司规定，没有先例，不能办理。"他一听这话，就拉下帽子，把口罩和墨镜摘掉，重重地拍在柜台上："我希望你能为我开个先例！"柜台小姐被他突如其来的大动静吓了一跳，猛然抬起头看他，这一眼，吓得她魂飞魄散，瞪大了双眼怔在那里，以为自己遇见了"鬼"。他觉得吓住了对方，心中暗暗窃喜，周围的人也被他吓到了。很快，那柜台小姐回过神来，连忙给上级打电话，李永林站在一旁不动神色地听着。电话打完了，那营业员按照李永林的要求很快帮他办理了手续。

他回来后，将这个片段讲了好几次，引得护士哈哈大笑。他已经成了护士站的常客，和护士聊天成了他最开心的事。他后期的疤痕治疗，主要由护士来做，每天的康复治疗时间大概有 4 小时，上午下午各 2 小时，他和大家成了无所不谈的朋友。他常常照镜子，但从来不对自己容貌的变化发表任何评论。有时候，他会埋怨我们的疤痕治疗效果来得太缓慢，说实在的，他已经用了所有该用的抗疤痕药物，但就是不见好，疤痕仍旧像割过的韭菜似的疯长。

他会弹钢琴，会写诗。有时候，护士问他："变成这样，你后悔过吗？"他不说话，沉默良久才回答："过去了的事，就不提了。"

他的哥嫂再没来看过他。"他们来看我，只不过是来看看我是不是快死了，若是我死了，我的一切就都是他们的了，但现在，我没死，他们就没必要再来了。"他说这些时，看着窗外，淡淡的语气就像是在说别人的事，他对任何人都没有怨恨了，也不再提和拆迁补偿有关的任何话题。

后来，因为他多次吓到其他病人，就把他调到了四楼。

四楼是干部病房，只住着一位银行的领导。这位领导，和李永林一样，也是个因拆迁自焚的患者，只不过，他来这里时，创面已经痊愈，他是专门为了康复而来。说到这里，不得不提几句这位行长的事，他的故事得追溯到那年初夏。

初夏的南京，梧桐树的叶子遮住了半边天，宽阔的马路上车水马龙，热闹喧嚣的一天在晨曦的第一缕阳光中开始了。

在城南的郊区，有一座秀丽的山，一年四季葱葱郁郁。半山腰有座寺庙，常年香火不断，钟声时不时从这里传出，被风吹到山脚下成排成排的花园洋房里，吹到花园洋房前静谧的湖面上。早起的有钱人拉开落地窗帘，站在玻璃前懒洋洋地看窗外的湖面：早霞映照，微风从对面的山坡上吹下来，徐徐飘过湖面，从窗户里进来，吹在窗前的人身上，窗前的人慵懒地伸伸胳膊，美好的一天，就从此刻开始了。

如今，这里是顶级的高档别墅区，住在这里的人有着体面的工作和不菲的收入，他们是这座城市里的精英，是金字塔顶端的佼佼者。但是七八年前，这里却是破旧的平民区，住在这里的人大都是农民。那时候，这里只有窄窄的胡同、小小的院落和高高的柿子树；路面崎岖不平，一个一个的小院子紧紧地连在一起，被长年累月的雨水冲刷后，墙面上形成一道道黑乎乎的泥垢印；灰灰的水泥墙上长满了青苔，那些黑印仿佛唱戏的人画过油彩后又流过泪的脸。

那些破旧的院落里，靠着院墙的一边是经久失修的小居民楼，另一边是新建的红砖青瓦小平房。陈旧的居民楼是以前就有的，但那红砖青瓦的小平房，却是刚刚才建起来的违章建筑物。它们的主人在周末或者长假，趁着巡逻人员都在休息的空档，让它们一夜之间拔地而起。

住在这里的人，听说要拆迁，就花了老本尽可能地盖更多的房子，以便拆迁来临时他们会量得更多的房屋面积，从而换取更多的补偿价值。虽然管事的领导已经摸过底，不允许他们这样做，并三令五申这些违规的建筑测量时不作数，但仍有不甘心的人顶风迎上，非要干出点伤筋动骨的事。有些人家的房子盖到一半，被巡逻组发现后拆掉，但过不了两天巡逻组再去时，那拆掉的房子又拔地而起了。

正式拆迁的这一天，终于到了。他们听说开发商非常有实力，但是补偿却远远达不到他们的要求。那些让他们花了老本连夜盖起来的新房子，什么补偿都没有，这样的结果，谁都不能接受。于是大家齐心协力，一致对外，推选了一位最有能力的青年，做他们的带头人。

这是一位看起来四十出头的青年，身材匀称，面容清瘦，受过极好的教育，身心健康，谈吐非凡，四十岁不到就做了银行的副行长，前途一片光明。大家都把谈判的希望寄托在了他身上。副行长出生在这里，从小品学兼优，父母在他身上倾注了很多心血，他有两个妹妹，都已出嫁，兄妹三人，都有着极好的前程。他们生活在主城区，都有各自的房产。但是他们的父母仍旧居住在这里，二老想为自己的儿女争取更多的财产。所以他们各自成家把户口迁走后，听说这里要拆迁，又把自己的户口连同配偶、孩子的户口一同迁了回来。

惊心动魄的一天就这样开始了。

太阳从东边的山上升起，拆迁队、推土机缓缓进村了。城管、警察、医生、消防队、开发商都来了，但来得更多的，是住在这里将被迁走的居民。他们不满意对方给的补偿，无法接受这个现实，于是拉了横幅喊着口号，还准备了汽油和打火机，以表抗争到底的勇气和决心。

清晨的风从山坡上吹来，站成两派的人群开始互相喊话了。起初，双方都比较冷静克制。但是不知从什么时候开始，当寺庙里的钟声响过三次之后，喊话双方仿佛突然失去了理智，争吵着纠缠在一起，并扭打起来。警察将他们分开，但双方仍不依不饶。大家推选出来的带头人——年轻有为的副行长——在对方不断逼近的情况下，突然提起了地上的汽油，从口袋里掏出一把打火机，说："你们都后退！后退！若是谁敢再前进一步，敢拆我们的房子，我就点了这汽油，与你们同归于尽。"

对面压过来的人群在行长的嘶喊声中停下来，呼喊的人群立刻平静下来，所有人都看着他。

行长身后的人为之振奋：他不愧是他们选出的带头人，不但有真知灼见，更有过人的胆识和勇气。他们佩服他，鼓舞他。他们都站在行长的后面，挥舞着拳头一齐为他鼓气。他们兴奋地、激动地呐喊。

行长对面的人看到如此阵势，安静了片刻，但他们早已司空见惯，很快又恢复了不屑："别挡路，你以为拿桶汽油就能把我们唬住啊！"他们早把这位副行长的底细摸了个底朝天，知道他受过极好的教育，平时工作努力，思想上进，为人低调随和，有着大好的前程，绝不会为了拆迁补偿这点事，就真做出浇汽油自焚的举动。他们觉得他不过是做做样子唬唬人罢了，于是继续前进。

副行长拧开了汽油桶的盖子："别过来，再前进一步，我就与你们同归于尽。"

对面的人群里走出来一个人，要抓他衣领："你浇呀，有本事烧死自己，你烧死了我们该拆的还照拆。"

另一个人走过来要夺他手里的油桶："你拿这个唬人，谁怕呀，有本事你就真死，别以为拿桶汽油，我们就怕了！"

副行长把汽油举过头顶："你们后退——后退——"他把汽油浇到了自己头上，但是对面的人丝毫没有后退的意思，并且一步步逼向他。他身后的人群里有人愤慨地喊道："他们这是要逼死我们啊……要逼死我们啊！"

"死给他们看吧！"

"把汽油泼出去吧！"

"把打火机点燃吧！"

我们年轻有为的副行长在对方的步步紧逼之下、在身后人的句句鼓动之下，颤抖着双手举起了打火机。

对面的人拧着他的衣领冷笑道："有本事就真死啊，不敢死就让开！"行长突然把剩下的半桶汽油浇到了那个人身上，他身后的人簇拥着喊道："点燃吧，我们与他们同归于尽！"

副行长被前面逼着，被后面拥着，终于到了一个不能前进也不能后退的位置。突然，他抱紧了那个揪着他衣领的人，点燃了打火机……

一团烈火熊熊燃烧，两个火球噼里啪啦响起声来，人们惊叫着四散逃离。

消防队和医生冲上去，把他们从火中救出来。

年轻有为的副行长，被烈火烧焦了头和脸，捡回来一条命。而另一个人被汽油和火呛过之后，诱发了喉头水肿和哮喘，还没被送到医院就一命呜呼了。

　　这故事的前半截是我从他的护工那里听来的，等我看到他时，年轻有为的副行长，已经在其他医院做过了皮移植术，满脸疤痕。他来我们这儿是做康复治疗的。他大半边脸上的皮肤取自大腿，虽然手术做得很成功，但缝补过的脸，再怎么漂亮都是一个大补丁。他住院治疗已经花费了几十万，但后续的康复治疗，还得继续花钱，像一个无底洞。

　　我问他："后来，你们的拆迁补偿增加了吗？"

　　青年说："没有。"

　　我再问："那你们一起的其他人呢？"

　　他说："不提了，我受伤后，再没有见过他们中的任何一个！"

　　那天，李永林搬到四楼时，两人在楼道里碰见了，他们看到彼此的模样，都怔住了。但很快明白过来，彼此便躲开了。他们相互不说话，彼此不认识，并刻意躲着。也许他们都从对方的身上看到了自己，也看到了自己最不想接受的那一面。

　　半年后，这位副行长离婚了，在他住院期间，妻子跟了别人，带着孩子离开了。李永林一直住在医院做康复治疗，但五官破损，之前的容貌再也无法拥有了。

幸存者的最后时光

徐畅住进我们医院，是个偶然。

确切地说他不是我的病人，因为在我收他入院的第二天，主任就把他分配给了以医院为家的宁医生。宁医生住在住院部四楼的职工宿舍，常年不回家。

徐畅住在三楼重症监护室，他全身95%烧伤，除了头皮和脸上有点正常表皮之外，其他地方全都焦乎乎、血淋淋一片，需要有人24小时看护。宁医生住在他楼上，他们之间的距离只隔着两截楼梯，照顾起来很方便，可以随叫随到。宁医生管床后，对于徐畅的日常治疗和照护，我就不再过多地参与了，但我仍会关注他。对他，我觉得有诸多遗憾。

他初来时是十月底，已是深秋，但是南京的深秋，是"秋老虎"。那天下午，我在门诊，病人不是很多，陆陆续续来了几个换药的，病情都比较轻。坐完诊后，清静下来，我开始看书。

我在看一本烧伤科的专业书，那本书放在科室的桌子上，已经被大家翻过十几遍。正当我重复细嚼那些文字时，有人进来，开门见山问："医生，你们这里有病床吗？"我抬起头，看到四个人，三个男子，一个女子，都是四五十岁的样子。其中一位男子说：

"我们有个病人想从淮安转到南京来，想问问你们这里有没有床。"

空床我们是有的，但病人的具体情况我想先了解了解，于是问他们："病人多大年龄？男的女的？"

那人说："二十九岁，男的。"

虽然我已经看了四年烧伤科的病人，但经验仍然不太足。平时每逢大手术，我不过在台上给主任打打下手：打个结、剪剪皮瓣，或者铺铺"小邮票"等。所以在手术操作上，我觉得自己经验欠缺。医学是一门与实践息息相关的学科，尤其做手术，更需要常锻炼。但在没有更多锻炼机会的情况下，怎样才能提高业务技术？那就得不断地看书，不断地学习和强化医学理论知识，并将那些理论融会贯通到实践中。那本绿皮书，我已经翻了很多遍，平时我没觉得那书里的内容真能帮上我什么忙，但是那天下午，我看过的知识派上了大用场。

那四个人中有一对是夫妻，另外两个人是病人单位的领导。他们是来为那对夫妻的独生子咨询的。他们的儿子因工厂爆炸，导致全身95%烧伤。事故发生当天，现场共有四个人，另外三个人当场死亡，其中一位还是他们的副厂长。

他们来到我们医院时，已经是下午，再有一个多小时就要下班了。他们跑了好几家医院，来的时候气喘吁吁，身上的衣服都湿透了。他们管事的领导问我有没有重症监护室，说病人在淮安，只要能在南京落实好床位，他们马上转过来。

他们给我看了当地医院的出院小结：病人全身95%的烧伤面

积、留置导尿，气管插管、鼻饲饮食……情况十分严重，这样的重病号我们收治得很少。我把我们医院的情况跟他们做了详细的介绍，让他们好好斟酌，谨慎选择。

我说："这样严重的病人，我们可能实力不足，你们应该去军总、省人医，或者去鼓楼医院，他们都是大型综合型医院，各方面实力都要比我们强。"几个人一听，都无可奈何地摇了摇头，说他们不想去那里。我问原因，他们只是含糊回答。

"看病花钱"是个很现实的问题，当病患有更好的医疗选择而放弃时，多数原因是缺钱。我提到的这几家医院级别比我们高，收费标准自然也比我们高，我猜想他们不选择那几家可能是因为想省钱，但病情严重到这种程度，去哪家医院，花钱都是无底洞。我把这个现实讲给他们听："你们即便是来了这里，一天的费用也得上千。"

那管事的叹了口气，无奈地笑了："不是钱的问题，到了这个时候，哪还能顾得上钱的事，哪怕卖了工厂，都得先救人。"病人的父亲开始痛斥他们上午遇到的医生："他们再有本事，又能怎么样，我们挨个问过了，他们的说辞和你差不多，反正到了哪里都没保证，我们为什么还要去那里？那些人极其高傲，没有同情心，一脸的不耐烦，让我们回去等，我话还没说完，他们就不理我了。我再问，他就和旁边的病人说话，根本不听我们。"

我这才明白他们不愿去那几家医院的原因，首先没有床位，其次这些医院的门诊人满为患，接受询问的医生没有时间和他们多聊。但家属不这么想，他们统统把这些归结为医生态度差，缺乏同情心。

他们奔波了一整天，辗转了几家医院，碰了一天的壁，突然遇到我，比较有耐心，就觉得我是一个好医生。当时，我一阵感慨。几个人说完，便决定把病人转来我们院，并且一再保证若是我们真的看不好病人，真的发生了我强调过的那些严重问题，只要尽力了，他们绝不会抱怨。

我再次向他们表明，收治这样严重的病人，我们经验不足。但他们还是坚持认为，我对咨询情况的陌生人都这么有耐心，那对待病人，我肯定也会是个负责任的好医生。

在当地，病人已经被医生"判了死刑"，他们咨询过其他医院的医生，都对病人没抱太大的希望。但是，要收治这样严重的病人，我也不敢擅自做主，就把情况汇报给了主任。主任听我说完，让我们负责病房管理的医师再和家属沟通一下。

双方沟通的结果是：马上准备重症监护室，等病人一来就上悬浮床。

他们落实好病床后，紧接着就联系当地的"120"。可是，病人运转的过程很不顺利，当地的"120"到医院看到病人后，根本不敢接送，怕病人还没到南京就在路上去世了。"120"不敢护送的病人，其他车辆更不敢转送。最终还是我们主任出面协调了南京的"120"，这才将病人接了过来。

病人来时，身上裹满了白纱布，只有一双血红的大眼睛露在外面。两位担架工和几位战士把病人一起抬到了三楼的重症监护室。

宁医生、管理病房的沈医生和我，一起把病人接到病房。战士们把他放到悬浮床上后，我们打开纱布，查看创面。

那是一具什么样的身体呢？纱布全部剥开的一瞬间，我们都被震住了：他全身焦烂腐败，血肉模糊，不是露着血红的肉芽，就是黏着腐败发黄的焦皮，或者流着脓液。他两腿中间肿得如同一个大脸盆，血糊糊地辨不出来那是什么。沈医生取了几张照片后，便给主任打电话。

主任来了，也很震惊。他用镊子轻轻点了几下徐畅的身体，站在床边沉默，他可能有些后悔当时的决定。我们都想过患者病重的场景，想到他可能存在的严重问题，但当他以这样惊悚的画面出现在我们面前时，大家都觉得之前的想象太过保守。主任站在原地看着床上的徐畅，沉默很久，随后放下镊子说："换几张新垫子，把他盖上，今天就先这样吧！"

大家怀着沉重的心情，帮病人换了几张新棉垫，又帮他连上了各种电线和管子。他的皮肤没有一处是完整的，监护仪都很难接上去。处理完毕后，主任召集大家去护士站开短会。

护士长抱怨道："为什么要收这么严重的病人？就这几个护士，接下来该怎么办！"

主任说："病人已经来了，就做好手头的事情吧。"大家的心情都很沉重，主任也不例外，但他还是努力振作起来。"这个病人烧得十分严重，大家都看到了。这也是迄今为止，我在这里见过的情况最严重的病人，我们跟家属也反复交代过，他们情绪都比较稳定，应该在来这之前其他院的医生已经嘱咐过了，所以对于可能出现的严重后果，他们也有了心理准备。因此我们不用过于担心，我们就还像平时一样治疗，但是要多操点心。这位病人的情况，我也会跟大队长汇报。这次对大家来说是个挑战，若是我们能把他成功救治，那我们也算是创造了历史，也创造了奇迹。"

病人整夜不睡觉，总是号叫，每叫一次，护士就去喊宁医生一次。第二天查完房后，主任说："宁医生，徐畅就由你来管吧，陈医生每天要回家，照护不方便。"就这样，徐畅的管床医生由我换成了宁医生。但他病得太重，处理创面时一两个医生根本翻不动他，所以，轮到他换药时，我们就三四个人一起去。我们穿着隔离衣，在悬浮床前一站就是一个多小时。徐畅无法翻身，无法坐起，也无法大小便，他戴着导尿管，管子挂在悬浮床的栏杆上。他每翻一寸身体，都会狼哭鬼嚎。那粗犷的惨叫声传到楼道里，吓得其他病人寝食难安。有一些胆大的家属，会悄悄站在门外透过玻璃往里面看。由于人手紧张，有时候，徐畅的父母也会穿上隔离衣，协助医生帮忙翻身，方便清理创面。起初徐畅每叫一下，他母亲就会落一行泪。我们也会被他凄惨的叫声惊得毛骨悚然。但渐渐地，大家都习惯了，其他病人也不害怕了，只是在听到他的叫声时，淡淡地说一句"1床又在换药了"。她母亲，也渐渐不哭了。

徐畅对换药充满了愤怒和恐惧。他经常发火，和父亲吵架。有时候也不配合我们，好多次都想自杀，但是，他根本动不了，连自杀的能力也没有。后来，他常常哭，是那种愤怒、绝望和疼痛的号嗬大叫，是那种撕心裂肺的歇斯底里。他不想活了，除了脸上长了一些疤痕和花花斑斑的头上长出了些皮肤外，其他任何地方，都如野火燎原，"寸皮不生"。

秋天过去了，冬天到来，他植了两次皮，皮瓣是从头上取的，最先贴到了胸前，大部分成活了。半个月后，他的头皮恢复了，取了第三次皮，切成皮瓣，撒到了身体其他部位，大部分成活了。很快，冬天过去，春节将至。

原本家属和领导以为徐畅挺不过冬季，但现在，挺到了春节，他的躯体上居然长出了新的皮瓣，虽然那些皮瓣像无数个丑陋的补丁，但有了补丁总归比什么都没有好。他们看到了希望，也认可我们的付出。为了表达感谢，给我们住院部的每位医护人员都送了两袋老家的特产。

春节过后，徐畅又做了第四次、第五次手术，过程和结果，和前面几次一样。

夏天到了。星星之火，可以燎原。他的头皮被削了一层又一层，植去了身体其他地方，渐渐地，他身上的皮肤也开始恢复。但是，徐畅的愤怒并没有减轻，他日复一日地狂躁，并且比以前更加愤怒和绝望。因为新生的皮肤导致了新的更严重的问题：那些皮瓣，就像鱼鳞，一片一片交接的地方，鼓起了厚厚的疤痕，疼痛、僵硬、瘙痒。鱼鳞般的皮肤，如同结实的皮革套子，将他的身体牢牢地捆在里面。那些疤痕没有任何弹性，让他的关节无法活动，甚至，连他的呼吸和呼吸时胸廓的起伏都受到了严重的限制。那些

"鱼鳞"没有毛孔，排不出一星半点的汗水。在三十八度的夏天，即使开足了冷气，重症监护室的空气仍旧是闷热的。徐畅的皮肤无法散热，体温一直往上升，所以他常常发烧。

治疗到了后半段，最严重的问题，就是气喘。他已经坐不起身，支撑不到三五分钟，就心慌气喘，憋得上不来气。那时候，他的体温常常超过三十八度，心率也常常超过 120 次。主任考虑他有心衰，请鼓楼医院的心内科医生来会诊，开了倍他乐克，心率这才稍有减慢，但却仍旧解决不了他一坐起来就气喘的问题。

转眼间，大半年过去，对于徐畅，大家已经习以为常了。他的父母长年累月忙碌在病床前，也长年累月被他骂得狗血淋头，所以他的父母也对他这样生不如死地活着，感到绝望。有时候，徐畅嚷着要自杀时，他父亲便也会朝着他怒吼："你以为你这个样子活着，我们心里好受？你要是真死了，大家也都省心了。"这时候，徐畅的母亲就把他父亲从病房里推出去："你和孩子说的这是什么话！"其实，他的母亲也已经完全能够接受任何结果了。

徐畅的病把所有的人都磨得失去耐心和希望，其他人的话他都听不进去，谁和他说话，他就冲谁发脾气，唯独对沈医生比较顺从。有好几次我听见他骂人，但沈医生一去，他就会平静下来。每次别人被徐畅骂得不敢靠近时，沈医生就轻轻地走过去，握住他的手，弯腰凑在他耳边说："徐畅，你忍耐一下，治疗时我会轻一点，好不好？"发怒的狮子这才会安静下来。

说起徐畅的过去，他的父母就很自豪。徐畅是个童星，小时候出演过很多电视剧，最让他们感到自豪的角色是哪吒。成年后，他一表人才。如今从他那双残留的大眼睛和高挺的鼻梁看，依然还能辨认出他烧伤之前的模样，那时候他一定是个俊男子。他结过婚，又离婚了，有一个三岁大的女儿跟着前妻。住院后，他女儿给他打过一次电话。女儿咿咿呀呀在电话那头叫爸爸，他的眼泪就哗哗往下流，那是我们看到过他最温柔的时刻。

徐畅的故事，写到这里，似乎就要完结了。因为就在那年七月，我离开了 F 医院。之后，我不再接触烧伤的病人，但我常常会想起他们。

大概离开 F 医院两周后，我在微信上碰到以前的同事，便问他徐畅怎么样了。

对方说："你离开 F 医院的第三天，他就死了。"

看到这句话时，我正坐在新单位门诊楼后面河边的柳树下，那时正午的阳光火辣辣地照在大地上，微风吹着柳枝拂在碧绿的水面上，我看着眼前的美景，却格外悲伤。虽然我知道徐畅活着已毫无质量，但当我听到在我离开三天后他就不在了，我仍然感到十分震惊。

在我们所有的人看来，他从失去全身百分之九十五的皮肤，到经历了十几次植皮后又获得新生，是个奇迹。他闯过了那么多关，难道还会活不下去吗？但是，事实不如人愿。在他经历了九九八十一难之后，当人人都坚信他能够活下去时，他却在一个炎热的午后，毫无征兆地走了。

那位同事说："当时，他的父母趴在床头打盹，突然听到儿子大口喘气，就连忙喊护士。"等护士来后，他的血压已经很低了，血氧饱和度也已经掉到了百分之五十。紧接着，他口唇发绀，意识模糊。宁医生来了，沈医生来了，主任也来了，立即胸外按压、心肺复苏。但是无论他们做什么，都已经无济于事了。主任一直按压他的心脏，挥汗如雨，半个小时过去了，徐畅仍旧没有恢复自主心跳。主任要继续，却被他父亲拦住了，"人已经没了，就让他走吧，你们尽心了，我们不怪你"。当天下午，家属就把徐畅拉走了。第三天，处理完后事，他父亲来办出院手续，和科里的每个人都道了谢。

"徐畅走后，主任消沉了好几天，心情一直不太好，脸一直沉着，我们看到他，也都不敢靠近。"

我想，主任大概是在自责和内疚。

徐畅走了，他的父母没有怪我们，他身边的亲人和同事在那一刻，都如释重负。但我们，却陷入了深深的自责和反省之中。

人各有命

谁没有生过病，没有去看过医生，没有在亲人经历病痛时心急如焚？谁没有在病痛中抱着美好的愿望，希望能够药到病除？当人们在医院里花了钱却仍受病痛折磨时，常常会忍不住埋怨医生，并把他们那因病痛生出的烦躁、悲伤和愤怒统统发泄在医生身上，也会把排队等候的烦躁和花钱太多的怒气发泄到医生身上。

队伍太长，等待太久，药价太高，效果不佳……这全是医生的过错！若是人财两空，更是医生的罪过。可是，谁又会不明白生老病死乃是人之常情！只要我们客观一些，公正地想想：这个世界上，从来没有任何一个人会因医生的高明而长生不老，也从来没有任何一个人能够用金钱延长生命。那么，在我们责备医生"无能"的时候，也许就会宽容一些。

医生是什么样的人呢？是最希望病人能够解除痛苦的人。他们凭自己的医学知识，让病人免于痛苦，却又常常力不从心。他们工作繁忙，节奏紧张，生活的重心永远都在医院和病人身上。他们不是在抢救病人，就是在抢救病人的路上。哪怕是除夕、元宵节，或是中秋节……无论多么盛大的节日，无论多少人正在团聚，医生都得在岗位上轮值。就算遇上让人闻风丧胆、唯恐避之不及的烈性传染病，医生都得第一时间冲上去。

有些病人病情好转，跟医生说声"谢谢"，送幅锦旗，送点土特产，他们都会感到满足，很有成就感。有时候，医生不小心说错了话，那可能就会很不幸。但更多时候，他们只是默默地迎来送往……

我们把这一切都仔细想一下，盘点这些年遭遇过暴力的医生，和这些年遇到灾祸时冲在最前线的他们的身影，心中就会充满真挚的同情和尊敬，而不是愤怒。

你 的 苦 痛 , 与 我 相 关

很多医生其实都很想让病人了解自己，了解自己所做的事情。他们想成为病人的朋友，却又不善表达，不能完美地向病人传递他们内心的想法。他们想告诉大众他们是谁，是怎么样的一群人；想告诉病人在遇到医学不能解决的问题时，如何平静地接受现实，接受生老病死的自然规律。但是，他们却又常常缺乏合适的表达渠道，无法说出自己的认识和见解。

现在，我以亲历者的身份，讲述一些故事，让亲爱的读者走进医生，以便在往后的岁月里，我们能够用更客观的眼光看待生死。生而为人，迟早都会面对这些问题。

那是五月的下旬，南京的天气已经变得炎热。一天早上，我们交完班，和往常一样，第一件事就是去病房给住院的病人换药。负责住院部日常管理工作的医生有六位，平时两位主任只负责查房和做手术，对于换药这样的日常事务，主任一般都不参与，除非病人病情十分严重，比如全身创面超过百分之九十，或者深度超过三度，合并肾衰、呼衰、心衰等多脏器衰竭等，主任才会亲自指导。

那段时间，烧伤的病人突然倍增，其中很大一部分来自邻省，他们遭遇了同一件祸事：被燃着的稻草烧伤了。那几天，南京的天空突然发黄，整天雾蒙蒙的，看不到阳光，像是被什么烟雾笼罩着，看了新闻才知道是周边的农民收割完稻草并点燃了稻草，烟雾被风吹了过来。

灰黄的烟雾低沉沉地压在头顶上，让人有些喘不过气来。我分管的病床上有两位被燃着的稻草烧伤的老人，一位老太太，一位老爷子。老太太的头发烧焦了，面部全是水泡，眼皮肿得发亮，眼睛睁不开，脖子也肿得快跟头颅的直径一样粗了。老太太烧得最重的部位是手臂，全层皮肤都烧焦了，就像有皮革把她的手臂紧紧裹了一圈。住院前几天，她似乎一直都没有从火堆里走出来。她整夜失眠，总是惦记着她那被烧了的、还没有打种的稻穗子。"唉，可惜了我的稻子，本来点燃稻草后，我一直都在旁边看着，眼看稻草快烧完了，火就要熄灭了，我都准备回去了。可不知怎么回事，突然一阵风吹过来，火苗就又旺起来，并且向我没打种的穗子这边扑过来。我一看情况不对，就赶快扑过去救稻穗，谁知稻穗还是燃了起来……都怪我女儿，是她非把我拉过来……"她似乎一点儿都不关心自己受了伤，也不关心她这一住院，得要多少的稻穗子才能换回来看病的钱。她一直处在亢奋中，逢人便说稻穗起火的事。她身材发胖，穿着宽松肥大的碎花棉布裙，说话气喘吁吁，让听的人都感觉到很吃力。

那位老爷子烧伤的过程和她差不多，只不过老爷子长得十分瘦，皮包骨头，眼窝深陷。他受伤的部位和老太太完全不一样，老太太伤在脸、脖子和手臂上。他的伤却在屁股、生殖器、大腿根和脚上。他看到我推着医务车进去，就钻到被窝里，警惕地问："是你给我看病吗？"我说"是的"，我拉开他的被子："要换药了，你把衣服脱一下。"他本来半躺着，听我这么一说，就猛然坐起来，像是被什么东西敲打了一下，慌张地捂住裤腰带："不能这样，我不能这样做！"我从来没有遇到过这样紧张保守的男病人，但我知道他心里怎么想，就安慰道："没关系，你是病人，我是医生。看病不必有太多的顾虑，医生什么病人都是会看的。"老爷子还是紧捂着他的裤腰带："可是，你是女孩子呀！"我补充说："但我也是医生啊！"我一边说，一边帮他暴露出创面。他看到无力抵抗，就突然大哭起来："造孽呀，造孽！我怎么能这样，你才和我的孙女儿一样大呀……"

燃放稻草造成了大面积的空气污染，烟雾缭绕的天气让呼吸道疾病突然流行。人们在室外走一趟，回来后就会发现鼻孔里黑黑的，忍不住要洗洗。两天后，下了一场黄色的大雨，雨过天晴，雾霾一散而净，天空终于又变成了蔚蓝色。

老爷子和老太太在医院里住了一周后，就放弃治疗出院了。在他们出院前，我最后一次去换药时，老太太抓着我的手说："大孙女，你是好人啦，都不嫌弃我这个老太婆天天跟你唠叨，我真想再住一阵子，可是，稻穗子全烧了，女儿也没钱了啊！"

老爷子说："唉，我对不起你呀，你才和我孙女儿一样大呀，我作孽啊，你不要怨我呀！"

他们出院那天，天空湛蓝，一尘不染，太阳像一个金色的大圆盘，热辣辣地挂在半空中。两个被稻草火焰烧伤的病人同一天离去，他们因为缺钱被迫放弃了治疗。就在他们被子女搀扶着下楼回家的同时，楼下的救护车里，抬出来了另外一个病人。

新来的病人躺在担架上，全身盖着白色的毯子。她一来，就被安排到了监护室。她躺在悬浮床上不停地呻吟。她被安放在床上后，两位主任就在第一时间到场了。他们亲自指导治疗方案，并且参与了第一次换药的全过程。

主任将这位病人交由宁医生分管，原因是病情太重，得 24 小时监护。宁医生就住在五楼，可以随叫随到。那天，病人总是不停地号叫，家属也总时不时喊医生。宁医生一趟一趟往监护室跑，起初，他还有说有笑，充满了信心，可是，跑了无数趟之后，他那双标志性的大眼睛和长睫毛就全都垂了下来，整个人都像泄了气的皮球。

过了一夜，第二天上班，宁医生顶着两个熊猫眼无精打采，别人跟他说话，他也爱搭不理。有个护士跟他说悬浮床上病人的事，他突然大发雷霆："你们烦不烦？老喊老喊的，这样的病人，你们老喊我，能做什么！"护士被他凶得突然一愣，缓了半天，回过神来，也气冲冲地说："你凶我干什么，是病人一直在叫，家属让喊医生，我不喊你我喊谁？再说了，病人肿得越来越严重，几个静脉通道全堵上了，水一滴都进不去，你总得想想办法……"

"办法，办法，办法！你们一个个都会这么说，家属也是不停地追着我要办法，我能有什么办法，我要是有办法，还能坐在这儿轮到你们来跟我要办法！"他发完火后就消失了，一上午大家谁都没看到他。

中午，主任来找我，说宁医生家里有点事，请假回去了，悬浮床上监护室的病人，让我接管。

我领了任务，去了监护室。监护室里已经开了冷气，室温 20度，猛然进去，让人全身一阵哆嗦。女人全身露在外面，胸腹部只盖着一层薄薄的敷料和一张半厘米厚的大棉垫。她一直在喊叫，伸着两只手不停地在空中挥动，想要抓住什么。

她丈夫站在床头，准备了杯子和吸管，正要给她喂水。他背对着我，听到我进去，头也不回，继续做手头的事。我说："宁医生有事请假了，我是陈医生，今天我值班，若是你有什么事，可以随时喊我，我就在隔壁的医生办公室。"

他听到我说话，应了一声："知道了，你出去吧！"

我还想说点什么，但一听他这么说，就退了出来将门关上。吃午饭的路上，我突然想道：这位家属说话的口吻，怎么就像我是他的下属呢，莫非他是什么领导，用惯了这样的交流方式。但这个想法只一闪而过，就被其他事情打断了。

餐厅在隔壁行政大厦的三楼，往常吃饭，只需要排队刷卡进去就行。但那天不知为什么突然变了政策。刷卡处值勤的人说："从今天开始，你们吃饭的时间是十二点半。现在是领导吃饭的时间，以后吃饭就分三个时段，第一时段是领导，第二时段是普通在编人员，第三时段才是编外人员。"

那时，门口站满了士兵，他们立在墙边，或是站在过道里，成群结队地小声说话，有人低着头看地，有人时不时把头伸过去看看餐厅里面。穿着编外服装的人员，听到这样的回话，就干脆回头走了："我们走吧，不吃了！"原本，吃饭时间大家都应该在餐厅里，但那天，因为刷卡处值勤人员的分流，大家就被分成了三部分：一部分正在里面用餐，一部分站在外面等着，一部分则转身离去。

餐厅里宽敞明亮，餐桌上整齐地摆放着两排各式各样诱人的美味，可以同时容纳百人的偌大餐厅里，只稀稀拉拉地坐着十几个领导。他们听到外面吵吵嚷嚷，看到栅栏外站满了人，觉得纳闷，不知道发生了什么事，就相互问："为什么不让他们进来？"

大领导独自坐着，看到餐厅里空空落落，只坐着几个高级职位的军官，外面的士兵却簇拥成群，不能进来，便大声问门口："你们这是在干什么？为什么不让他们进来吃饭？"

门口值勤的说："从今天起，分批吃饭，他们十二点半才能进来。"

领导一听这话，放下饭碗，将筷子重重地砸在桌子上："这是谁定的规矩，搞什么名堂？他们要干活，随时都会有任务，你们为什么拦着？"

值勤的人面露难色，看了一眼站在旁边穿着高级制服的他的上级，那是一个三十多岁、梳着三七分头的男子，面容阴沉，眉头紧锁，他看到领导发了火，就知道事情办砸了，急忙灰溜溜地跟值勤的人递了个眼色，然后躲开了。值勤的这就放开栅门，让战士赶快进去。战士从墙角边、过道里和楼梯上过来，在栅栏前排起了长长的队。

虽然他们已经放开栅栏，允许大家都进去，但我的伙伴们仍觉得屈辱，执意要离开。我跟着两个伙伴出了餐厅大厦，从大院里出去，走到了马路上。一个伙伴说："走，我们到马路那边去看看，看有没有什么小吃，他们这样做，以后真是不想再去了。"她们两个是做行政的，中午可以放松地休息，但我需要坐诊，要是来了急诊，还得去看病人。

我说："你俩去吧，我不能走远，万一有病人来，我还得赶回去。"正说着，一辆救护车就往大院这边驶进来。

又来了重病号，我赶到楼下时，正巧碰到两位刚吃完饭的战士，他们已经从餐厅出来。他们速度极快，听到救护车呼叫，就赶快赶来。几个人将病人抬到楼上，我连忙跟上去处理。

我给新病人清理创面，忙到一半时，主任也吃完饭回来了。他和我一道查看病人的伤势，然后叮嘱了几句就走了。等他再来时，我已经全部处理好了。也许是太热的缘故，我突然觉得全身乏力，眼前发黑，满头大汗，双手发抖。

主任问我："你是不是低血糖，该不会中午没吃饭吧？"

我说："是的，食堂执勤的人不让进，我就走了，但刚出门，这个病人就被送来了。"

主任跟他的副手说："不知道他们后勤这么搞是什么意思。"副手还没接话，主任又转过头对我说："你放心，明天还是按时去吃饭，他们今天已经被领导狠狠批了一顿。晚上下班后你也照常去，新来的病人，就多看看，万一有什么事，随时给我打电话！"

主任的话让大家倍感温暖。虽然大家都干着同样的活，但编制不同，待遇就完全不同，大家心知肚明。虽然心里觉得不公平，但谁也没挑明过。从进医院的第一天起，大家就明白这个道理，所以不去计较。但那天吃饭受阻的事，硬生生把双轨体系的不公撕开了摆在台面上。

原本我是十分迷恋待在绿色队伍中的，但经过那天的事后，我动摇了，寻思着若是遇见合适的机会，就离开F医院。

下午四点钟，我再次走进监护室。门关着，女人住的悬浮床靠在门的这一边。窗户边的那张床空着，她丈夫困的时候会躺在上面睡一会儿。我进去时，女人的丈夫正在她的床边，用吸管给她喂水。女人闭着眼睛，身子陷在紫红色的悬浮床里，床的底座和护栏是刷过白漆的不锈钢，上面挂着尿袋，半袋黄色的尿液里，透着淡淡的红色。女人闭着眼睛仰面躺着，一直在颤抖着呻吟，两只手不停地在空中乱抓。

她全身的皮肤全都剥脱了，舌头、嘴唇和口腔里的黏膜与基底分开，血淋淋地翻起来。她丈夫握着她的手，想给她喂口水喝，但她嘴巴溃烂，一碰到有温度的液体，就像碰到了强腐蚀性的酸碱，她凄厉地叫喊，惨不忍睹。

我想和他们说句话，但男人一直在专注地给妻子喂水。妻子不肯张嘴，水就从吸管里流出来，流到她的口角，他用纸巾去擦。我看了一下监护仪，各项生命体征都正常，便说："今晚我值班，要是有什么事情，您可以随时喊我。"男人一直背对着我，像是没感觉到身后有人，直到我等了好久，他才极不情愿地回了一句："知道了，你去吧！"仍旧是中午的那种语气。

从监护室出来后，我去查看其他病人。医生值班室和监护室之间只隔着一个房间，监护室里的声音很容易传到医生值班室。晚上八点多，我正在写病案，突然听到外面传来十分尖锐的女人叫声，便匆忙出去看发生了什么。声音是从监护室里传出来的。护士也听到了叫声，赶了过去。我进去时，女人的丈夫正在给她喂水，看到医生和护士同时进去，知道是妻子的惨叫惊动了我们，解释道："可能是水温高烫到了。"

我看到监护室里多了两位陪护，一位是女人的弟弟，一位是女人的儿子。

女人抓着丈夫的手，含糊不清地说话。男人听不清妻子说什么，就弯下腰，把耳朵凑到她嘴边，女人重复了几遍。他像是听懂了："你是说，想回家了是吧？"

女人点了点头，把丈夫的手握得更紧了。

"我妈痛苦成这样，难道你们一点儿办法都没有吗？"她儿子压着怒火问我。那男孩正在读大学二年级，穿着黑色的运动服，戴着黑框眼镜，背着双肩包。他双脚晃来晃去地坐在旁边的空床上，仰着头问我。他父亲听到儿子问话，头也不抬地说："别问她了，她能告诉你什么！"然后又对我说："你去忙吧，我们有需要再喊你！"整个过程他没有看任何人，一直盯着他的妻子。

我从监护室出来，身后传来女人弟弟的声音："现在的医生，真是什么用都没有！"

我轻轻关上监护室的门，靠在门口抬头望望天。突然，头顶上的灯吱吱响了，紧接着闪了几下，然后变黑了，灭了。我不知道发生了什么，愣了一下才明白，该通知人来换灯了。

我去了一趟护士站。当晚值班的护士，有些忐忑。"你说今晚这个病人不会有什么事吧，她家人不太好说话，听说那男人是领导，这女人好像也是领导！"我拍拍她："别太担心，有什么事情，随时喊我！"那位护士有些焦虑，总觉得这一夜不会太平。

病房里住着三十多个病人，大多是轻症，没什么生命风险。白天新来的那个重病号，吃了止痛药后也安静地休息了。但监护室里的这个病人完全不一样，她是领导打了招呼从其他医院转来的。上一家医院，各方面综合实力都比我们强，但不知为什么，他们突然放弃在那里治疗，退而求其次来到我们院。原本，她刚来时，是宁医生接诊的，但只隔了半天，宁医生就请假回家了。现在，她躺在监护床上，滴水不进。我第一次看到她时，就被她的惨状吓到了。我遇见过很多药物过敏的病人，但从来没看过因过敏而全身皮肤黏膜溃破的人。

我离开护士站，回到医生办公室，想坐下来看看书或者写写病例，但那女人的惨叫时不时从外面传来，让我心神不宁。我看着对面的墙上挂着的锦旗，一层叠着一层，那是作为医生的我们曾经被认可的证据。那时看着病人痊愈出院，接受他们的感激，曾让我充满了成就感。但是，现在听着外面传来的凄惨叫声，我却无能为力。正当我垂头丧气时，办公室的门被推开了，女人的儿子进来，站在门口说："医生，我还是希望你能想点儿办法，不要让她太痛苦。"他不满地看着我。我站起来，放下笔说："该用的办法我们都已经用了……"

他不等我说完，便打断了我："我知道，我妈这个病，你是治不好的，我也没指望你能把她的病治好。说实在的，来你们这里之前，我们已经在北京上海等各大医院看遍了，甚至在昨天，转到你们这儿来的前一天，我们还住在军区总院的。他们都治不好的病，我们也没想着能让你治好。我只是听人家说你们这里对于剥脱性皮炎的治疗和护理比较有经验，才抱着最后的希望转来这里。但是你看，从昨天下午到今天，她不但没有一丝好转，反而越来越差了……"他哽咽着说不下去了，停顿了一会儿接着说："我不求你能治好她的癌症，我知道你也没有那个能力，我只是想让你想一点儿办法，不要让她像现在这样……我不想眼睁睁看着我妈就这样受折磨！"

我望着女人的儿子，不知道该怎么回答他才好。他知道对于他母亲的病，医生也已经无能为力了，但他却希望此刻，我能免除他母亲的病痛和折磨。

女人患的是黑色素瘤。最开始发病时，她的颈脖上长了一颗黑痣，和一般的痣没有任何不同，但三个月前，那痣却突然像浇了水的种子似的一天天疯长起来，变得凸凹不平，奇形怪状，奇痒无比。女人用手挠了一下，不小心挠破了，流出血来，她这才想到应该去医院看看。但为时已晚，黑色素瘤已经发生了转移，并且以势不可挡的速度侵袭了其他器官。她接受了化疗，头发全掉光了。出院后，家属听人说日本有一种药，治疗效果很不错，便怀着美好的愿望，花了几十万，从日本代购。但很不幸，这药不但没有让她的病好起来，反而让她突然之间命悬一线。她产生了最严重的过敏反应，全身的皮肤和黏膜起了水泡，破溃剥脱。如果她是一个健康的人，也许会渡过这一劫，但她是一个刚刚接受过化疗的人，免疫力正处在很低的水平，各脏器的功能都已损伤。没有了皮肤和黏膜，肾脏和肝脏也会很快衰竭，紧接着，心脏和呼吸也会跟着衰竭。

晚上十点后，女人的血氧饱和度持续往下掉，我跟主任汇报过之后，主任让我再跟家属谈谈，落实签字等事宜，把我们该做的事都做了。女人的丈夫问我："依你看，这种状态能持续多久？"他眼眶红红的，落过泪。

我说："有可能，今晚过不去了。但也说不定，说不定明天这个时候，她还在……"男人轻轻点了一下头："好，我知道了！"他从办公室退出去，回了病房。半个小时后，女人的亲属陆陆续续来了。

我写完病历后翻看书本，眼睛盯着细小的字，耳朵里却全是屋外的声音，有人时不时在过道里说话，偶尔夹杂着压抑的哭声。

十二点过后，我有些腰酸背痛，就走到窗前看外面。楼下的大院里黑魆魆的，什么也看不清楚。远处对面的高楼上，灯光依然亮着，我隐约听见那楼上传来声音，似乎也听到有愤怒的声音："庸医，全都是些庸医！"楼道里的声音越来越多，哭声也越来越大。监护室里的女人活在世上的时间越来越少了，他们都是来送别的人。

这时候，住院部要锁门了。值班护士挨个去查房。当她查到1号病室时，看到里面站满了人，就问："你们今晚几个人陪床？我要清点人数，你们过来一个人跟我去交陪床费。"

你的苦痛，与我相关

女人躺在床上，呻吟的声音已经比先前小了很多。她一直在说话，声音颤抖，呓语不清。她丈夫握着她的手，时不时把耳朵凑在她唇边，想听清楚她到底在说什么。女人的声音越来越低，男人的耳朵离她的嘴唇越来越近，眼泪默默地往下流。有一个女人靠在墙壁上，弯着腰大声哭泣，她是女人的妹妹。另外一个人——女人的弟弟，站在另一张没有病人的床前压抑着哭声，他听到护士问话，突然哭出声来，冲过去吼道："你刚才说什么？再说一遍！"那护士以为他真没听清楚，就又重复了一遍："我说你们今晚打算几个人陪床，我要清点人数，要锁门，过来一个人跟我交陪床费……"

这次，她话还没说完，女人的弟弟就伸出手指，指着护士的鼻梁说："你再说一遍！你把刚才的话再说一遍！"

我看情况不对，连忙走过去，把那护士从病房里推了出去："你先回去，陪床费的事再说！"那护士也意识到了自己眼前的危险，连忙出去了。

"我们的人都成这样了，你现在却跟我们要陪床费，你信不信，我现在就扇你两巴掌！"女人的弟弟要追出去，我挡住了他，女人的儿子也过来拦他。

女人的血氧饱和度持续往下掉，已经到了60%，她的气息越来越微弱，但她的意识却一直清醒着，思维很清晰，猛然听，她的话呓语不清，但仔细分辨，她其实一直都在重复同一句话："回家……回家……"她紧紧地握着丈夫的手。

女人的弟弟不吵了，女人的妹妹也压抑着哭声。他们都弯下腰，听女人最后的声音。她的儿子突然从病房里走出去，站在楼道里。

夜里两点多，女人的血氧饱和度掉到了50%。男人问我："若是不要这么多管子了，会怎么样？"我说："也许会很快！""有多快，大概多长时间？""也许二十分钟，也许两小时，也许两天！"我嘴上这么说着，但心里却真的没底。"如果插着这些管子呢？""大概可能也是这样的时间！""那插着这些管子和没插，又有什么区别？"

我无言以对。

男人握着妻子的手，弯下腰，用另一只手抚摸她的头发，然后又把面颊贴在她的头皮上。女人的头发全掉了，头皮也溃破流液。她的面颊和嘴唇上，几乎处处都溃烂了，男人用面颊贴了贴她的头皮后，又把嘴唇贴到了上面。

女人的气息越来越弱，但男人仍旧能听清她在说什么，于是也跟着重复道："好，我们回家……我们回家……我们现在就回家……"男人大颗的泪珠落到了妻子脸上。突然，他抬起头，坚定地和我说："医生，帮我们拔管子，我们要回家！"他像变了一个人似的，突然松开女人的手，开始收拾东西："我们这就回家，医生，你这就给我们拔管子！"

我说："我不能帮你们拔，我不能做这样的事情！"

男人放下手头整理的东西："那好，你不能拔，是吗？你怕担责任，你不敢拔，那我来！"说罢，他就先拔掉了女人的输液器，然后撤掉女人的监护仪，紧接着拔了她的氧气管和导尿管。他一边拔，一边和旁边的人说："通知小吴，让他把车开进来，我们回家！"女人的弟弟和妹妹顿时放声大哭。男人拔掉这些管子后，女人终于安静了。

"我们回家！"男人把她抱到担架上。

我喊来两位战士帮忙，把女人抬到了他们刚刚喊来的车上。

我站在楼梯口，一路看着他们。下楼时，女人再没有说一句话，别人都在哭，唯独她的丈夫，不停地重复妻子先前说过的话："我们回家……我们回家……"她的儿子跟在担架的最后面……

那时，已是凌晨三点。

他们走了，我一夜未眠。我躺在值班室的床上辗转反侧，耳边总是女人的叫声，眼前全是男人的眼泪、儿子的失望、亲戚的愤怒和抱怨……我似乎总听到一个声音在说："庸医……庸医……"迷迷糊糊中，终于天明。

第二天早晨八点半，交完班，主任问我："1床走了？"我说："是的。"他又问："有没有打电话问问，现在情况怎么样了？"我说："还没呢……"话还没说完，女人的儿子就来了。

他来为母亲办出院手续。他仍旧穿着前一天穿过的黑色运动衣，仍旧背着前一天背过的那个背包。他看上去有些憔悴，但面容比前一天晚上沉静了很多。他说："医生，我来给我妈办手续。"我们不知道他妈妈现在情况如何，还在不在世，想问他，却又不敢唐突地问。大家都沉默地看着他，希望他能够主动讲讲他母亲的情况。他看到大家都不说话，就盯着大家看，似乎在等待有人能站出来主动接待他。终于，护士长打破了沉默，怯怯地说："你妈妈现在……"

男生平静地说："她过世了！"

大家听到这个答案，悬着的心似乎落了地，可能那时都在想：生病到了这种境地，早走一天就少受一天的折磨！女人的儿子似乎也这样想，因为在他的脸上已经看不出悲哀，只剩下疲倦！其实，久病折磨之后，家属的耐心也已经被磨光了，在他们心里，也早已经接受了生死分离这个迟早都要到来的现实，只不过在面临亲人惨状的那一刻，铁石心肠的人都会为之不安！

我陪他去了监护室，男生一边收拾母亲的遗物，一边说："医生，对不起，昨晚看到我妈太难受，我态度有些不太好……"

我说："没关系，我能理解。"

他接着说："我们也知道，她这病是没法治了，只是谁也不愿意看到她那么痛苦，现在，她终于解脱了。"

我把出院小结交到他手上，他收拾完东西后，平静地说："昨晚，从这里出去后，还没到家里，大概二十多分钟后，她就在路上过世了。"

那天，下了夜班，我走在回家的路上，突然接到前一天出院的那位老太太女儿的电话，她说："我母亲回家后捉了两只自己养的老母鸡，让我给你送过来，你现在在办公室吗？"

我说："我刚下夜班，正在回家的路上。"

电话那头说："我早上六点钟坐的长途车，刚到南京。现在我马上去你那里，就在你经过的地铁口等你……"

我在烧伤科的最后一位病人

　　他，四十多岁，是个装修工人，也是一名高三学生的父亲，在一次施工中由于他人指挥不当，燃气倒喷，导致全身 45% 深度烧伤，在某三甲医院治疗三天，花费五万后转到了我们院。送他来的人说，上一家医院一期治疗得四五十万，他们辗转打听，知道我们这里收费比较低，就转了过来。第一次谈话，他问我大概的预算，我说保守估计也得 20 万。他便走了，千恩万谢。

　　下班前，他等别人都走了，提着一桶鸡蛋过来，非要给我，说是他们的一点心意。我拗不过，便收下，把鸡蛋提到护士站，给了护士长，让她看着处理。

　　送我鸡蛋的人，就是指挥病人出错的人，他们是表亲，他知道表弟成现在这个样子，自己要承担很大一部分责任，所以急得要命。他每天查账，数目稍有不同，就来问我："今天怎么比昨天花得多？"或者在我给病人清创的时候，他总在旁边数落之前那家医院，说是医院把他表弟包裹成那样捂焦的。他问我能不能费用再少点，再少点……

　　药物敷料都已经压缩到最少了，如果再压缩，便无法保证疗效，我有些生气，也知道他是仗着那桶鸡蛋得寸进尺。

病人每天高烧，换药时痛苦万分，他的妻子在床边帮忙，一边帮我扶他，一边默默地流泪。但他那表亲，总在旁边唠叨埋怨。

那几天，病人刚度过休克期，正处在感染期，我每天都去看他好几次。后来，病人的体温渐渐恢复。一天上午，查完房后，我去换药，突然发现那个总是唠叨埋怨的男人不见了。我问："你表哥呢？"

家属说让他走了。那天换药时，病人精神比以前好很多，他跟我聊了事故发生前后的很多事情，包括送他来的那位表哥。说着说着，他便哭了："他并不是真的关心我，并不是真心为我省钱，他是怕我花他的钱。"

……

本来，如果费用宽裕，可以考虑早期削痂，那样就可以大大缩短病程，但正因为他们缺钱，也不同意这个治疗方案，才从那家医院转来这里。由于是夏天，躯干和大腿的焦痂溶解比较快，但四肢，尤其是小腿和前臂已经超过三度的地方，又干又瘦，几乎贴在了骨头上。这样，溶解速度就十分慢。为了加快溶解，我每天为他冲洗清创后在床边给他小范围削痂。

他很痛苦，每天都会哭叫。我每天穿着无纺布的手术衣，戴着帽子和口罩，在他床边一站就是两个小时，每次换药，汗都会湿透衣服。

时间一天天过去，我每天都去看他，无论是休息还是正常值班。有一次，我晚上六点多去医院，刚到三楼，就听到一些病人家属高兴地喊："陈医生来了。"他们在楼道里奔走相告，各自回房准备。我没去的时候，他们会一直等。

当然我最先去 26 床，因为他烧伤 45%，是我当时的病人中伤得最重的一位。

他看到我，高兴地唱起来，但当我走到他身边时，他却突然嘤嘤地哭了："我们都以为你不来了呢！"

他的躯干和大腿恢复得很快，大部分创面在二十几天后已渐渐愈合，但小腿和足踝暴露了肌腱，必须得植皮。

虽然我为他们千方百计省钱，但这个时候，他们还是已经花了十几万。

手术时间定在高考的前一天，和他老婆谈话时，我尽量含蓄，让她们预交一部分费用。当我说完预交费用的数字时，他老婆突然跪在地上哭起来："之前的钱都是借的，我表哥借了五万后，也不管了，你让我到哪里去找这么多钱？"

我赶快扶她："你先起来，慢慢说。"她不肯起来，我就蹲下来轻轻拍她。她突然站起来，从口袋里掏出一沓钱，往我手里塞："请你帮帮我们！"

我有些懵，但明白了她是什么意思，便推开她，让她把钱交到收费处。她看我生气了，突然不哭了。我说："你坐下来，我们好好聊聊。"她坐到了对面的木头沙发上，我跟她推心置腹："你的感受我完全能理解。"

说实在的，老让我去催费，我也不愿意，作为一个在进入医学院的第一天就宣过誓的医生，谁不愿意活得更高尚呢？但是生活在规则里，就只能按规办事。

理解万岁，她没有恨我，并答应我一定把费用交齐。

手术那天上午，来了很多亲戚，也来了一些教会的兄弟姐妹。查完房后，主任问我 26 床谈好话了吗，我说好了。他接着问："费用能交齐吗？"我说："他老婆答应可以交上"。主任说："那好，手术就定在下午两点半。"

上午忙完后，护士长找我，说 26 床的费用还没到账，让我问问。我喊来他老婆，委婉问她费用筹得怎么样了。她很高兴，说来了这么多亲戚，教会也来了人，筹一万块应该没问题，等他们把钱给她了，她就去交。我去 26 床时，他又高兴又伤心，高兴的是马上可以手术了，这样能早点回家；伤心的是明天儿子就要高考了，"儿子这么重要的日子，我竟然不在他身边"。

我有点担心，怕他的亲戚给的钱不够手术费，但我知道她不会骗我，也绝不会恶意逃费的。

午饭后，我从大厦三楼的餐厅里出来，碰见护士长，她说："26 床的费用还没交上，下午停手术，让你去跟他们说一下，什么时候交钱，就什么时候做手术。"我愣了一下，没有反应过来是怎么回事，等她离开时，才回过神来。

我很生气，也很难过。这么大的手术，说停就停，时间这么仓促，让我怎么和病人交代。

我十分沮丧，整整一中午坐在桌前胡思乱想。

下午两点钟，我回到病区，看到病人仍躺在床上，没有人接他去手术室。

我不相信主任真会说那样的话，但那天的手术一拖再拖，直到下午三点半，病人还待在病房里。26床的老婆问了我好几次，我不知道该怎么向她解释。她出去后，我忐忑不安：总不能因为拖延几小时的手术费，就停手术吧！我不相信主任会这样做，我得亲自找他问问。

拨通主任的电话，我说："主任，道理我讲不出那么多，只是这个时候——明天他儿子就要高考——当着这么多家属的面，你让我去跟她们说不交钱就不做手术，这样的话我说不出口。原本定在两点钟的手术，现在已是三点半，还没有人接病人去手术室，家属一遍一遍来问……他们答应我会交费，我完全相信他们。我是他的管床医生，我认为我比任何人更了解他们。现在，我把病人的详情告诉了您，至于您是不是还要因为费用没到账的原因而继续拖延，还是选择相信他们，马上安排手术，希望您再次考虑。"

我倒豆子似的说完这番话，还没等主任问我话或者答复我，就直接把电话挂了。以前我从未和主任那样说过话，但那天下午我像一个发怒的斗士，趁对方不备，就朝着对方的胸口狠狠地刺了一剑。被我刺了胸口的不是别人，正是我的顶头上司，也是这家医院最大的领导。我跟他说话的语气那样义正词严，那样咄咄逼人，因为我料定他不会因此而给我穿小鞋。

五分钟后，副主任打来电话，让我和护士长去趟主任办公室，马上召开紧急会议。

会议讨论的结果是：必须手术，并且必须马上手术！无论钱有没有到账，都必须先做手术！

主任拍着桌子训话，护士长哭了，原来问题出在沟通上。护士长和这位病人平时接触不太多，因为他们常常会欠费，经济上又的确很困难，所以她怕手术做完后病人会赖账。以前有过此类先例，所以当她看到这位病人的账户空着，便把顾虑告诉了主任，但在描述过程中加了一些主观臆想，让主任误以为这家人要恶意逃费。

事情弄明白之后，便马上安排手术。准备过程中，主班护士发现病人的账户里突然多了钱。原来是因为那些亲戚想等着他进手术室后再离开，但发现时间有点久，就先回去了，临走前才给了钱。

手术后十几天，我要离开 F 医院了。我一直没有告诉我的病人我要离开，只是跟他们说我要请假休息一段时间，休息期间会有更好的医生来照顾他们。可不知为什么，他们还是预感到我不会再来了。

26 床闷闷不乐，说你走了我们怎么办，我说以后的医生会比我更细心。他知道我不再来，就闹着非要当天出院："我知道你要去其他医院，反正你走到哪，我就跟到哪……"

我编了善意的谎言："我回西北去，你们总不能跟着我去西北吧。"他沉默了，过了片刻，却问："你具体在西北的什么地方，等我出院了，我要到西北去看你。"

他那天情绪很不好，老发脾气，他老婆也很难过，跟在我身后来来回回好几趟，跟我要电话号码和家庭住址。我知道他们的意图，但我离开这里后，不太可能再帮到他们了，我将从事另外的专业。新的环境里，我不会再看到大面积的烧伤病人，所以，我什么都没有告知。第二天，我离开了 F 医院。

第四章

进修见闻

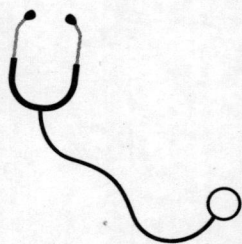

我离开 F 医院后，经过一场全市统一组织的大考，再经过 3 ∶ 1 的面试、体检和政审之后，拿到 Q 区卫健委的调派函，去了长江的一座小岛上，做了社区医院的家庭医生。

那座小岛很美，四周环水，绿树成荫，岛上居民四万多，我所在的医院是岛上唯一的一家医院，当地居民，尤其是老年人基本都来这看病，虽然医院规模不大，但门诊量不小。

当年十二月，我正式来这里上班，医院派我去参加院府合作的第一届康复治疗师培训班。我们区有 10 家社区医院和两家二级医院。院府合作的第一个项目就是建设医联体康复体系，首先在区人民医院设立了省人民医院康复科院区，而后辐射到区内所有的社区医院，并在每家社区医院成立康复科。

我是带着使命去学习的，出发前主任说："你要好好把握机遇，学成归来，要带动创建科室。你去了之后，不但要努力学习康复知识，还要多和老师交流，以后我们这里有解决不了的问题，需要你去和老师请教、沟通，也要你去联络老师来指导。"

我将主任的话记在心上，上课时坐在第一排。大学期间，我没怎么用过功，但那段时间，我起早贪黑，很有动力，结业考试时居然在那批学员中成绩领先，考了第一名。因此，接下来所有的培训、进修和学习，医院都第一个派我去。我想聊聊那段时间在外面进修时的所见所闻。

院领导的朋友来看病

我轮转到心内科时，来了一位病人，是院领导的熟人。第一天我去接诊时，问他哪里不舒服，他说："我什么问题都没有，就是住院来查查，做个体检，是你们的 ×× 说，'你要是担心，那就住院来查查'，我听他这样说，想了想也对，于是就来了。"

×× 是院领导，病人说自己是领导的朋友，关系十分好，好到要送他一台十万元的理疗仪，但他没要。

他住在靠窗户边的一张病床上，穿着一件军绿色的 T 恤衫，梳着二八分的发型，头发乌黑，黑得有点不像他那个年纪的人。他的床上总是摆着一件小仪器，仪器上连着两根线，线头的末端带着两个小圆棒，他将小圆棒插在鼻孔里，闪着红光，说那东西值七八万块钱。他把两个连着电线的小圆棒插在鼻孔里，每天照半小时，说可以提高免疫力，包治百病。我父亲也有一件那玩意，是在菜场旁边的一家小店买的，花了大概三四千，他是早晨去买菜时，跟着一群老年人，被热情的店员拉进去免费体验的。一个小小的仪器，被店员吹得天花乱坠，弥天大谎撒了一箩筐，但老人都信以为真，以为那东西真能包治百病。那时，父亲手上正好起皮疹，他就听了人家的话，把平时省下来的买菜钱全部拿出来，买了那仪器。他每天用那红光对着皮疹照，但照了两三个月，皮肤仍旧是老样子。有天，他大概觉得那仪器不管用，就把手伸出来给我看，问我有没有好办法。我一看，那皮疹先是起水泡，破了后会结痂角化。皮肤病我平时看得比较少，不太能诊断他那到底是什么问题，但根据症状，我配了两瓶口服的维生素和一支外用的维 A 酸，让他用着试试，没想到过了三五天，皮疹竟奇迹般好了。

当我眼前的这位病人鼻孔里闪着红光，用着一个和我父亲在菜场边的小店里买来的类似的东西，并说那值七八万可以包治百病时，我心里忍不住想：他这是在骗我呢，还是他被别人骗了呢？

病人看我走到他身边，就从床上坐起来，稍稍收拾了一下摊在床上的电线。我说："你哪里不舒服，来医院里是想查哪方面？"

他拍了一下胸脯，那是一副青年时代健过身、中年之后又发福了的身体。"我身体棒得很，比我小十几岁的人都没有我体力好，我从南京开车到北方，两千多公里的路，一口气不歇也不觉得疲劳，很多年轻人都跟不上我。"他跟我说起自驾游去北方的事，从几个朋友谋划怎么出发开始，一直说到他在目的地品尝了哪些特产，参观了什么风景，住了怎样的大酒店。有几次我试图打断他，但他都当没听见。他把沿途的风景也跟我详细地描述了一遍，包括见到了什么人，说了什么话，他都记得清清楚楚。我想听他说自己的病情，几次提醒他，但他就是不接话。他说得兴致勃勃，停不下来。"哎呀，你不知道，那里的风沙有多大，所有的山上都是光秃秃的，寸草不生，看不到一点绿色，路也在山牙子上，弯弯曲曲不知要绕多少弯。山底下就是悬崖，一不小心车就会翻下去，幸亏我车技好，换了其他人，都不敢走那条路，你是没去过，想象不到那地方有多荒凉……"

我插嘴道："我就是那里人。"

他听到这话，猛然停下来，愣了一下，盯着我看："你就是那里人？"

"是的"。

他惊讶地打量着我，像是打量外星人："不像呀，不像呀！"

我说："怎么不像了？"

他说："那里的人都身材高大，皮肤粗糙，黑黑的，红红的，而你瘦瘦小小、白白净净的，哪能是那地方的人呢？你的样子明明就是我们江南人！"

我说："那旦也不是所有的人都长成您说的那个样子。"

他看着我摇摇头："不像，不像……"

我说："哪里不像呢？"

"不过，听你这么一问，再听你说话，还真有那边口音。"他又开始天南海北聊起来。还有几个病人在等我，我便尽量引他进入正题。他来的是心内科，我自然要多问一些他心脏方面的问题："你平时有没有觉得胸闷、心慌、气喘，或者疲劳的时候觉得胸口疼痛？"

他若有所思，沉默了片刻后点点头："好像有这回事，有时候夜间会觉得这里像是压了一块重东西。"他把手捂在胸骨上，"有时候感觉很沉重，透不过气，必须要咳几下才能缓过来，但有时候就是咳了也不管用。有次我女儿回来，我无意中说起，她知道了，非让我来看。以前她也是你们医院的，你们医院太辛苦了，我就把她调走了，调到其他单位去了。"那是一个政府机构，他重复了好几遍。他女儿以前是护士，他说："护士太累，女孩子最多干五年，再干下去绝对不行！"他用一种极其优越的口吻说："我有几个朋友，都是大医院里的领导，有好几个专家，也是我的好兄弟……"他跟我说了几家当地知名医院的领导和专家的姓名，只是可惜，我见识比较少，他说的那些大人物，我一个都不知道。他有些失望，又开始聊别的。

他时不时要提一下我们院领导的名字："你们的 ×× 说……"他以各种方式不时暗示我，他是个重要人物。我真想问问他到底是什么人。但打探病人的身份，似乎不合适，只好作罢。

询问完病史后，我给他做了简单的体格检查。听到心音强弱不等，心律绝对不齐，我便停下来问他是不是有房颤。他想了想说："好像是有，我这次来，你们的领导好像说就是因为这个事。"我给他做了床边心电图，确证是房颤。他问我得这个病会怎么样，我告诉他房颤最常见的风险是血栓，如果血栓脱落，堵塞大脑就会得脑栓塞，堵塞心脏就会得心肌梗死。他听了后毫不在乎地笑笑："这些事都不可能发生在我身上，你看我身体棒得很。"他又拍了几下胸脯，"我从来都不生病，前几年冬天，我都还参加过冬泳呢！"他绝不相信中风或者心梗之类的疾病会落到他身上，但我还是委婉且明确地告知了他。我把可能存在的风险和并发症一一罗列，读给他听，最后需要他签字。他心不在焉地听着："我知道，你们要规避风险，所以故意说得很可怕，其实什么事都没有。有一次，我做了一个小手术，医生说得比你这个更可怕，但最后还不是什么事都没有。不过你放心，我知道这是你们的工作，我不会让你为难的。"说罢，他接过我手中的笔，龙飞凤舞地签上了自己的名字。入院沟通，是与每位新病人必做的一件重要的事。随后，我回到医生办公室，开始处理那些必不可少但又十分琐碎的事情：开医嘱、打印检查单、书写医疗文书，等等。这期间时不时有病人和家属进来询问，我就得停下手头的事情来为对方作答。一整天的时间，就这样花费在看不见成果却又必不可少的琐碎事情上。下午四点，医疗文书终于处理得差不多了，我再次去病房看病人。下班前，自己负责的病人得挨个儿查一遍，血压也得挨个儿再测一遍，重点病人，还需再次监测心电图。

　　我推着仪器去给新来的病人测血压，那位领导的朋友坐在床上，显得无聊，看我进来，迫不及待地说："我想晚上请个假回去一趟，有人来接我，马上就到了。"他正说着，门外进来一位女士，提着一箱牛奶，也提着一个精致的黑皮包。那女子看上去比他小十几岁，化着浓妆，脸上的油光从厚厚的惨白粉底上渗出来，血红的嘴巴上泛着一些干皮。他俩说了几句话，但因为要测血压我便打断了他们。一分钟后，血压测完了，数值在正常范围，他显得很高兴："我就说嘛，我没什么病，不过是来体检一下，又不是有什么大毛病。"他问我要电话号码，说有事情好跟我沟通。我留了办公室的电话。但他似乎不满意，所以又要我的个人手机号和微信号。我觉得有些为难，正想着该怎么回答时，他旁边的女子说话了："人家医生的私人电话怎么可能会告诉你呢。"她转而又对我说："医生你别管他了，你去忙吧。"他有些不甘心，但看到女人有些愠怒，便不再追问。

第二天早上，我去查房，他拿出来厚厚的一本书给我看，说那是他的基因检测报告。报告册做得很精美，他边翻边说："这是北京一家医院做的，全国就那么几家能做，国字头的，你们医院比不上，也没他们精确。"那报告的确十分详尽，有五百页那么厚，A4大小的硬皮封面，看着是件十分精美的印刷品。

我说你这报告做得真不错。他说你也应该做一个，当医生的也都应该做一下基因检测。"你们医院做一项几百，我全身都做了。你们应该给所有的病人都做一下。"我问他整套下来得多少钱，他说三万多。大多数老百姓看病都没钱，"三万多，太贵了。"

他听我这么说，似乎很满足，终于有种让我识了泰山的感觉。

他从病床上下来，想去过道。我说："你先别走，我得给你测个血压。"我推着机子理线、插电源时，他问我："你在南京几年了？"不等我回答，他又问："你住在什么地方？来这里多久了？

以前是做什么的？是有编制的还是应聘的？成家了没？老公是哪里人？是不是医生？是不是公务员？"

这些问题，我统统难以回答，只说了句："我是其他医院派遣来这里学习的，大半年了。"。

他听我不是本院的，就轻轻"哦"了一声，拉着长长的尾音，同情地看着我："那你是不是大学生？想不想去大医院工作？"他问我这个问题，就相当于是在问一个穷人想不想变成有钱人。我笑了笑说："不是每个大学生都能有机会在这样的大医院里工作。"

他说："要是有关系，那就不一定，别说是这个医院，比这更好的医院也都进得去。"

也许他说得有道理，但我并不认同。

"我觉得你人不错，如果你想到这里来，我去和你们领导说，让他把你调到这来。"

工作数年，遇到过一些有身份的人，也曾数次听过这样的话，但关于工作和前程的大事，怎么可以对一面之缘的人心存幻想呢！我不置可否，笑了笑，继续做自己的事。

他见我不说话，就接着说："这里肯定要比你待的那个小医院好，你在那里一个月拿多少钱，在这里肯定挣得多些。这里的环境、位置更好，社会地位肯定也比你之前强很多……"他不停夸赞，说他女儿在这里时的辉煌成就。同时，也不忘居高临下地评价我所在的小岛。我问他去过那里吗，他说没有，说那地方位置偏僻，以前二桥通车之前，连条路都没有，岛上出行都靠轮渡。我说："二桥通车十几年了，岛上河水纵横，绿树成荫，柳暗花明，空气宜人，八九十岁的老人出门都敢独自开马自达，你可以去看看，也许和你想象的不一样。"他摇了摇头，潜台词是那个小地方，有什么看头。

查完房后，他去做心脏彩超。路上，他突然跌倒了，陪他的人吓坏了，急忙拉他，但他再也站不起来了。他得了急性脑栓塞，左半个身子偏瘫了，被紧急转去神经内科。来为他办理转科手续的女人一边签字一边流泪："死了算了，天天围着狐狸精转，现在快要死了，却要我来伺候。"那女人看上去很苍老，穿着宽松的雪纺衬衫，脸色暗淡，扎着一个毛毛糙糙的小辫子……

我们能为这样的病人做些什么？
——纵隔型肺癌患者家耳

呼吸科病房里，住着的大多数病人，都正在经历肺癌晚期化疗，李家耳先生便是其中一位。那天上午十点，我刚刚查过房，户外就下起雨来。

这是一个落叶飘零、令人惆怅的秋日。橘黄的梧桐树叶在空中纷飞，像厚重的雨，不慌不忙地夹在雨点中缓缓落地。李家耳先生心情焦虑，他在过道里踱来踱去。人生本多磨难，他认为，五十三岁的自己，所剩时日恐都黯淡无光了。他突然生病，猝不及防，一经发现已是晚期。妻子兄弟陪他来住院，日日有人陪着，并不孤单，但他却觉得孤独无助，恐惧无边，着实叫人伤心。他一言不发，彻夜失眠。护士要挂水，喊他到病房，他便迈着沉重的步子，爬上了自己的床。

李家耳先生所在的病房里有三张床，他住中间。靠窗户那床是个六十多岁的男人，比他先来几天，已化疗 5 天，各项检查指标都不正常。现在，他全身水肿，呼吸困难，戴着吸氧面罩，正在艰难地喘息度日。他大口大口地叹气，让医生拔掉他的管子，医生和护士都在忙碌，一会儿喊家属出去谈话，一会儿又进来朝那塑料管道里推药水。他请求医生给他打一针，让他睡过去，但医生进来，只是听了听心脏的情况，说几句安慰话。李家耳先生看看邻床，又看看自己床头挂着的输液器。他恐惧到了极点，他在想，也许不久的将来，他也会变成那样。过了一会儿，医生进来，拉上了他和窗户边那张床之间的落地帘。他看不到那边了，就回过头来，望望自己的左手边。他左手边靠近过道的病床，住着一位二十几岁的小伙子，不停地咳嗽。他是这个病区里最年轻的病人，听说是个大学生，患的是间质性肺炎。与癌症比起来，间质性肺炎不算太严重。但那小伙似乎并不觉得自己幸运，他好像很反感住在这个病房，时不时往外看，像是要逃跑。

上午十一点，李家耳先生的液体输到一半时，他旁边戴着吸氧面罩的病人，在漫长的黑暗煎熬中，终于不可逆转地走向了生命的终点。监护仪上有一条直线时，他的家属大声哭起来，他儿子哭得全身瘫软，跌倒在地上。有人将他扶起，哭着说："你起来，你不能倒下，你是儿子，后事还得靠你料理。"病房里乱作一团，年轻的大学生从床上跳下去，一边发信息，一边推着自己的输液架，逃去了大厅。有几个惊恐的脑袋从外面探进来，想看看发生了什么事，但被护士拦住了。李家耳先生搓着双手，竭力让自己保持平静，但身体却控制不住地微微发抖：多么残酷的现实呀，今天死去的隔壁，可能就是明天将要死去的自己！

有一个女人，站在已逝病人旁边，搓揉着那双已经没有知觉、渐渐变得冰冷的手。她不说一句话，也不流泪，只是一个劲地搓着逝者的手，并时不时把手贴到自己的脸颊上。

李家耳望着窗边，虽然中间隔着帘子，但没遮住的地方他全能看见。他的妻子出去为他缴费了，他的兄弟出去给他准备午餐了，此时病房里全是逝者的家属，他觉得十分孤独，举目无亲。这个人，患着和自己同样的病，死在了自己面前，他是眼睁睁地看着他咽气的。李家耳孤零零地坐在床上，看着透明的液体从挂着的塑料软袋里一滴一滴地下落，通过弯弯的管道，缓慢地流进自己的血管，他觉得头晕眼花，口干舌燥，胸口发闷，胃里热乎乎的像是有什么东西在翻腾。他一阵恶心，突然"哇——"的一声吐了。他呕得胃肠痉挛，眼冒金星。

清洁工进来，打扫了地上的呕吐物。过了一会儿，进来了两位穿着特殊制服的人,他们抬着担架,把窗户边的逝者蒙上白布,从病房里抬走了。家属哭着,跟在后面。病房里突然安静了,只剩下李家耳一人孤零零地坐在中间的床上输液。很快,护士进来,把他和那张床之间的帘子拉开,重新换上了新被单。护士走了,病房里又只剩下他一个。他在想,死亡很快就要到了,他很快也将消失,万事皆空。以后地球上不会有李家耳先生了,多么伤心的事啊。他才五十三岁,人生才刚刚过半,就已没有了未来。但是,其余的人都还会活着、笑着。没错,他们都还会好好地活着,只有他,将很快从这个地球上消失。别人的生活都还充满希望,只有他,将面临死亡,不可避免,就像白天,总会过渡到黑夜。

他不停地工作,不停地赚钱,总有干不完的活。他有一个独生子,也刚刚有了一个小孙女,半岁不到,他应该好好抱抱她,可是,他却一直忙着为家人赚钱。现在,他快要走了,没机会抱她了。他开始头疼,隐隐也觉得后背的骨头疼。他不相信自己得了肺癌,他从来都没咳嗽过,甚至连感冒都没得过。可是,为什么会说是肺癌呢,并且一进医院就说已经到了晚期!他只是最近两个月有些失眠,一失眠就头疼。去看头疼,医生让他测血压;测过之后,医生说血压高,让他住院查查。他本不想住院,可是妻子不放心。

他包了几个工程,有几个好兄弟跟着他一起干,他们才完工了一两家,还有一半的活等着呢!可是,妻子不允许,他这才第一次进了医院。他起初去的那家医院,只是门口的一家社区医院,没什么大设备,好多抽血化验的项目都要送去外面的大医院,唯一让人欣慰的是，这家社区医院买了台新 CT。以往拍 CT，都要去其他大医院，但现在，他们自己就可以做检查，而后传到网上，外面的专家就可以下诊断了。李家耳在那里拍了 CT，医生说有问题，建议他转院。他不知道该去哪里、看什么科，辗转了两三家医院，看了三四个医生，最后诊断他患的是肺癌，便让他来了这里。

起初，妻子和儿子并没有告诉他患病的事。他只是觉得最近有点失眠，偶尔不想干活，却怎么也想不到自己会得癌症。他患的是纵隔型小细胞肺癌，没有咳嗽的症状。他最开始去检查发现异常，医生只说是肝脏上有转移灶，但那转移灶是从哪来的并不清楚，后续接着做了检查，花了几千块，才明确那东西是从肺脏转移来的。而他肺脏的 CT 片子上却看不到什么癌肿。最后诊断才明确，原发灶在纵隔上。不咳嗽的肺癌，他没听说过，纵隔型肺癌，连医生都说很罕见，可就是这样罕见的病，却被他遇上了。这世界太不公平，他真是一点也不想活了。他躺下来，闭上眼睛，一动也不动。

进来了一个护士，带着新来的病人，将他安排在窗户边那张床上。新来的病人话很多，一进来就和陪护的人聊个没完。护士安排好那病人后，走到李家耳旁边，看了一下他的输液器说："李家耳，你的液体没有了，怎么不打铃，家属呢？"他睁开眼睛，微微瞥了一眼，然后又闭上。护士取下架子上的输液袋，拔掉他手上的针，便出去了。隔壁的床上欢声笑语，似乎不像是来住院的。他听到别人那么快活，感到异常烦躁。过了一会儿，他的妻子和兄弟都回来了。妻子已经交完费，他的兄弟带来一锅参鸡汤。他们都很关心他，比往日对他更加友善，这更让他确定自己时日无多。

李家耳先生的兄弟把他从床上扶起来，妻子把参鸡汤端过来，用勺子喂他喝。他只不过是觉得头痛、后背痛，根本还没到生活不能自理的程度。可是现在，所有的人都对他尽力好，连喝汤这样的小事，都不能自己来。他从床上坐起来，像个孩子一样，乖乖地听话。妻子把汤送到他嘴边，他就乖乖地张开嘴巴，喝了两三口。可是，就在前几天，他还在为要不要继续去包工干活而和她争吵呢！他身边的人都在安慰他，说不要怕，没什么事，他一定会好起来的。可是，他自己很清楚，他很快就要死了，就要离开他们所有人，从这个世界上消失。以后，其他人仍旧会好好地活着，还会继续看到日升日落、春暖花开，而他，却看不到这些了。

晚上，陪护的人都回去了。李家耳躺在床上，辗转难眠。他觉得后背的脊梁骨越来越疼，疼得他睡不着觉。十一点后，他旁边两张床上的人都睡着了，但他却越来越清醒。他觉得自己马上就要死了，可是，他该以哪种方式离去呢？像之前右手边那位一样叹息着上气不接下气地死去吗？不，那样太可怕了。他不想那么难受，不想那么长时间地煎熬，他得想办法寻找一种轻快的死法。

李家耳从床上起来，脚轻轻落地，他穿上鞋，又轻轻地出了门。他走上过道，午夜的病区，静悄悄地看不到一个人。他走到过道尽头的窗户边，把头探出去看，外面黑乎乎的。楼下是一个大花园，花园的地上有个地灯，微黄的光照在草坪上，旁边是几株月季，还有一棵栀子树。他往下看了看，大概有几十米高，若是他从那里跳下去，应该会死得很快。但也说不定，万一那下过雨的地上太松软……窗外的小雨飘进来，打在他脸上，他想起小孙女，他只抱过她几次，突然他流下眼泪来。

轮到我值夜班，忙完手头的事后，我从医生值班室里出去，突然看到楼道的黑暗处，站着一个人，半个身子伸在窗户外面，我被吓了一跳，连忙走过去。一看，原来是32床的李家耳。我问他："为什么这么晚还没睡，你在这里做什么？"

李家耳回过头，淡淡地说："我睡不着，想从这里跳下去，但一想到孙女还小，还需要我抱，又不忍心，可是，我真不想活了。"他擦了一把泪，我把他带去医生办公室，安慰他，询问是不是还有别的什么事。他不说话，只是流泪。他忧郁极了，病入膏肓，已无可救药。他才五十三岁，这种疾病的平均预后仅仅三个月。我所有安慰的话，对他来说，都是隔靴搔痒。

第二天，李家耳先生的精神比来时更差了，他疲惫无力地躺在床上，液体输到一半，又吐了。妻子给他喂汤，他不愿意张口。他开始腹胀，肚子痛。第三日，他的面颊和双下肢肿了。第四日，他全身水肿，肿胀的手背上已经找不出一根完整的血管，输液器里的药水好半天都输不进去。

第五日，接连下了五天的秋雨后，天空突然放晴。地上铺满了黄色的落叶，清洁工推着车忙碌地打扫。清晨，我迈着轻快的步子，从地铁上下来，穿过琳琅满目的地下通道，来到四楼呼吸科。

八点，准时交班。护士读道："……32 床，李家耳，纵隔型小细胞肺癌，化疗第五天，抢救无效，于凌晨 3 点 15 分死亡……"

钱太贵

星期一，天气真好。太阳从东方升起，金灿灿的光辉倾泻而下。窗外的桂花开了，香气从半开着的窗户飘进来。但那些住院的病人吃完早餐后，都正襟危坐在自己的床上，忐忑不安地等着主任来查房。他们的生活像是停顿了，通往外部世界的门全关了，他们不再关心阳光雨露，不再看得见柳绿花红，不再闻得见鸟语花香，他们只关注眼前，只迫切地希望医生来告知他们一个消息——一个激动人心或者悲痛无力的消息。

朱珂主任是消化科肝病方面全国知名的专家，来他这里看肝病的人，大都是从全国各地慕名而来的。这是我轮转到消化科的第二周，朱珂主任是我们组的大领导。八点钟交完班，我们十几个医生，跟在朱珂主任身后浩浩荡荡地去查房。

时光已走入深秋，在一场持续了数天的秋雨之后，天气微凉。病房里有几个病人出现了轻微的咳嗽，也许是他们晚上忘记了盖被子，也许是天气变化让人一时适应不了。对于他们这些肝硬化吐血或者肝癌、壶腹癌晚期的病人来说，轻微的咳嗽着实算不上什么大问题。

朱珂主任五十岁开外，中等身高，外表颇不寻常：他满头花发，目光犀利，整个人看上去透着睿智和干练。我们跟在他身后，挨个儿去查房。病人见了朱主任，和见了我们完全不一样。他一到病房，病人全都表现得很顺从，平时有什么小情绪、小抱怨，在见了主任之后就都不见了。

到了 8 床，朱主任拿起片子，借着窗外的光线阅读。这是一个考虑壶腹癌的病人，由我分管。他瘦骨嶙峋，全身蜡黄，正襟危坐地望着主任。他的床位靠在窗边，上午的阳光正透过那蓝色的玻璃格子照进来。主任站在窗户边，我们一大群年轻的医生都围着他。病房太小，有些医生挤不进来，就站在门口或者过道里。轮到由我负责的病人时，我站到了离朱主任最近的地方，他一边阅片，一边示意我汇报病例。

这是星期六下午四点多收的病人，从外地来，当地医院怀疑他是壶腹癌，便建议他来这找朱珂主任。病人当时有些诚惶诚恐，朱主任问他话，他怕回答错，就朝旁边的女儿看，让女儿替他作答。但他女儿也常常答非所问。主任看完片子，将胶片装进白色的塑料袋，而后给病人做体格检查。他一边查，一边转头问我："病人是什么职业，哪里人？"

我没想到他会问这个问题，愣了一下，一时想不起来病人的信息。原本在查房前我都将病史熟记了好几遍，把可能涉及的医学知识，也都罗列了一遍，但没想到，朱珂主任不按常规出牌，不问那些重要的医学病史，也不问相关的解剖、病理、生化、鉴别、诊断和治疗，而是问这些与医学毫不相干的个人问题。我被他问懵了，一时不知道该如何回答。他看我杵在那，又接着问了几个与疾病毫不相干的其他问题，比如病人家有几口人，家庭成员是什么状况，爱人是什么状态，孩子又各自是什么职业，经济条件怎样，等等。

一直以来，我都不善于问病人这些问题，我认为涉及个人隐私，与治疗疾病毫不相干。但是那天，朱珂主任对我的沉默显示出了极大的轻蔑，他严厉地说道："作为医生，应该对自己病人的基本情况了如指掌。两千四百年以前，古希腊医学家希波克拉底就说：了解一个什么样的人得了病，比了解一个人得了什么病更重要。你来这里快一周了吧……"

大家都在听朱主任训话，但他后面说的，我再也听不进去，我当时只觉得脑袋发晕，像是有只蜜蜂嗡嗡地乱飞，我感到很不自在。这时，朱主任好像觉察到了我的窘态，没有继续说下去。

十点多，我们终于查完房。朱主任给我们讲了很多知识，但我记得最牢固的是那句希波克拉底的名言。

那位让我在朱主任面前难堪的病人，叫钱太贵。他的名字有点喜剧感，让人免不了会去想他的父母为什么要给他取这么一个名字，是希望他过得富贵一点，还是觉得卑微，不配"钱"所拥有的价值，抑或叫这样一个通俗的名字才能显得平安吉祥呢？他女儿的名字，叫钱小姐，也让人有点忍俊不禁。

钱太贵登记的年龄是五十九岁，看上去却像六十多岁，但实际上才五十六岁。他女儿解释说，是因为身份证办错了，所以比实际大了三岁。这是一个做苦力的男人，陪他来看病的钱小姐是他的小女儿。他是安徽界首市人，操着一口方言，听起来很费力。他讲述病史很凌乱，没有重点，总是答非所问。他女儿帮忙转述，普通话标准，和她父亲完全不像。通过反复问答，我终于理出头绪：患者全身皮肤瘙痒伴发黄一月余，大便偏白，在当地人民医院做了腹部的 MRI，报告还没出来，医生便把他转来了这里。看腹部的 MRI，我缺乏经验，他的大概情况我想看 MRI 的具体报告了解，我让家属打电话问老家。钱小姐把我的话转述给钱太贵，并说："你跟哥哥打个电话吧，让他把报告拍张照片发过来。"钱太贵马上打了电话，五分钟不到，报告就发过来了。诊断考虑是胆管梗阻，壶腹癌。我问病人平时有没有觉得哪里不舒服，病人说除了觉得皮肤瘙痒、小便发黄，其他真没发现有什么不一样。

壶腹癌不是小病，选择什么样的方案就得花相应的钱。我这才明白朱珂主任为什么让我去了解病人的家庭背景。不一样的家庭背景，就要出具不一样的治疗方案，也就代表着不一样的预期寿命。我们常常会说金钱买不到健康、买不到生命，但事实上，多数有钱人的平均寿命和生活质量比穷人要长要高。

钱太贵是民工，常年在外做苦力。做苦力的人显老，他满脸皱纹和满头花发，完全不像他那个年纪的人的模样。他穿得很厚，外套下面是毛衣、毛衣下面是衬衫，衬衫下套着保暖内衣，保暖内衣下又是一层秋衣。他的衣服很僵硬，毫无弹性，大概是穿得年限太久了。

他听说我姓陈，很开心，说他在外打工时有位工友也姓陈。有次他干活，有工具从高处落下，砸断了他的脚指甲，流了很多血，他匆忙去医院，结果忘了带钱，是那位姓陈的工友借了他钱，他兴奋地说："我是遇到好人了，姓陈的人都是好人！"我笑笑说："那也不一定，陈世美也姓陈。"

他笑道："陈世美是男的，你又不是。我看你很面善，心肠肯定也很好。"

我说："我是你的管床医生，以后有什么事，可以随时来找我。"他又忍不住分享了一些以前生病的经历。说完，他捶着胸脯乐呵呵地强调："我身体棒棒的，什么病都没有，这次不舒服，也还是那次咳嗽咳出来的病。那次咳嗽没好透，所以老发烧，一发烧就不想吃饭，饭吃少了干活就没有力气，闻见油烟也会觉得恶心。"他压根儿没想到自己得的是消化系统的癌症。

我问他的个人史和家族史，他挑了几项重点讲。说到他妻子，他原本微笑着的脸，突然黯淡了。他女儿在一旁站着，似乎有点不开心。有人进来，说晚饭时间到了，食堂的小推车来了，可以去打饭了。隔壁两位病人的家属，便拿着饭盒出去了。

钱太贵沉默了一会儿，说："她妈妈走了。"我愣了一下，没听明白是什么意思。他大概看出了我的疑惑，停顿了一下又接着说："她已经走了十几年了。"短暂的沉默后，他女儿难过地说："我妈不在世了，在我十岁时走了。"

钱小姐是个漂亮的女孩，皮肤白皙，穿着得体，戴着眼镜，斯斯文文的模样，完全和她父亲是两个世界的人。她父亲不说话了，我便和她接着聊。她是老小，二十九岁，在芜湖，孩子已经八岁了。她有一个姐姐，也在芜湖，带着两个孩子，最小的也快十岁了。她还有一个哥哥，哥哥也有两个孩子，十几岁了。他哥哥是老大，他们兄妹三人，普遍都结婚生子较早。

他们一家是安徽人，来南京看病，属于外地，不能直接结算医疗保险。钱太贵在老家上过合作医疗保险，我让他们跟老家的卫生院打个招呼，以便回去后能报销一部分医疗费。

正聊着，出去打饭的两位家属回来了，听到我跟病人支招，都凑过来听我怎么说。"我们出院了应该怎么办？"

钱小姐出去给父亲打饭时，已到下班时间。可是，我手头的活还没干完，怎么可能准点下班！我简单问了一下钱太贵旁边两位病人的情况，给他们做了一些简要的答复，建议他们明天详细问问各自的管床医生。两位病人和家属听了很开心。

钱小姐回来了，端着两个盒饭和一盆紫菜蛋花汤，放在窗台上。他帮父亲摇好床，洗好了毛巾，帮他擦手。我刚才问家庭情况时听她说还有个哥哥，便问："你哥哥怎么没有一起过来？"

她看着窗外，手里还捂着湿毛巾，一脸呆滞："我哥哥不想见他，躲开了。"

"为什么？"

她噘噘嘴，回过头指着他父亲："他生他的气。"

"他知道你爸爸生什么病了吗？"

"知道。"

"那为什么还不来？"

病人侧身躺下，闭上了眼睛。钱小姐看着他的背影，朝他噘噘嘴："你问他。"夕阳从窗户透进来，西边的大半个天空都红了。病人睡着不说话。

"你爸爸住院，得有人换着陪呀！"

钱小姐腼腆地笑了："我姐姐和我哥，我们会换着照顾的。"

"你刚不是说你哥哥不愿意见他吗？"

"那是我亲哥——我妈生的，他不愿意来，但我还有其他的哥哥和姐姐。"

事情有些曲折。钱小姐有些伤感，跟我说起小时候的事。她母亲去世后，她父亲就撇下还未成年的三个孩子，独自去了河南。他走后，很多年没有回来。兄妹三人当时还小，无以为靠，轮流着寄宿在亲戚家。"那时候，我还不满十岁，我们轮流住在叔叔家、伯伯家、阿姨家、姑姑家、爷爷奶奶家……就这样过，就这样长大了……"她突然红了眼眶，哽咽了一下，抽出一张纸巾，擦了擦鼻子，接着说："他去了河南好多年，我们都以为他失踪了，再也不会回来了，所以渐渐地都不再等了。可是好多年之后，有一天，他突然回来了。我们都很兴奋，问他这些年在哪里，过得怎么样。他说，他在河南，和另外一个女人搭伙过日子……"说到这里，她又停下来擦鼻涕和眼泪。

"那女人家里也有三个孩子，都比我大。他回来后，没待几天，又匆忙走了……"钱小姐没有再说下去。

钱太贵躺在床上，背对着我们，静静地闭着眼睛装睡。

钱小姐看着窗外染红的半边天，把窗户关上。"请你帮他好好看看，今晚是不是要挂水，能用什么药就尽量用，该做的检查就做，就当是来做体检也好！"

我说："我知道了，该做的我会去做，你爸爸的病，并不一定今晚就挂水，但我会根据情况安排他做一些相关检查。"

第三日，钱太贵的检查结果出来了。再过一天，就要做 ERCP 术。下午，他儿子来了，是个憨厚壮实的男子，和他长得一点也不像。下班前，我去找他们术前谈话签字。

我到病房时，他们一家正在吃晚饭。钱太贵坐在病床上，他女儿坐在床头的椅子上。那个壮实的年轻人蹲在窗台上，听说要签字，就放下饭碗从窗台上下来，说："我来签吧。"

我指着空白处："你和病人是什么关系，写在旁边用括号括起来。"

他写了个括号，里面写上了"儿子"两个字，"他是我父亲！"

他是他儿子，他终究还是不计前嫌，来医院看他了！

接下来的几天，那位憨厚壮实的年轻人无微不至地守护在病床边。血真是浓于水啊，大家都夸钱太贵生了一个好儿子。但年轻人似乎对别人的夸赞充耳不闻。

钱太贵的手术做得很顺利，也很成功，术后第三天，他就出院了。那年轻人结完账后带着病人下楼了。钱小姐来医生办公室和我告别，她满面笑容，和刚来的那天完全不一样，看上去很开心，和我们所有人都打了招呼。

我说："你哥哥真好，要不你一个人太辛苦了。"

她笑着说："那不是我亲哥，我亲哥没有来，他是那个河南女人生的孩子。"

住在高干病房里的女人

综合病区住着五十多位病人，主要分为四组：呼吸组，消化组，神经组，皮肤组。呼吸组的病人大多是慢阻肺、支气管扩张、肺癌晚期、重症感染。消化组的病人大多是来做胃镜或肠镜的，大多患有肠息肉、消化性溃疡、结肠炎、克罗恩病或者食管癌。神经组的病人多是脑卒中、癫痫，也有几位病人是轻微脑出血。我在呼吸组，跟着主任。呼吸组的主任也是整个综合科的行政科主任。

平时，科里病重一级护理的病人，多数来自呼吸组和消化组，神经组的病人大都比较稳定，皮肤科的病人最让人放心。但那天中午，护士巡视时发现皮肤科的一个年轻人突然倒在卫生间，叫不醒，便赶快喊大家来。我们赶去时看到病人躺在马桶旁，裤子缠在腿中间，半截热乎乎的大便还在肛门上，但是已经没有了呼吸和心跳。这个病人只有二十二岁，是个十分英俊的小伙子，他已经住了一周多，除了皮肤上有些问题，其他方面十分健康。上午，他姐姐来过，皮肤科的主任和他们谈过，如果没有特殊情况，考虑近两天出院。就在那小伙子跌倒的前半个多小时，主班护士还看到他出去买午餐。他出去时和大家打了招呼，说想到对面的饭馆里买点小吃，一个小时就回来。但是一小时后，大家再次看到他时，他已经离去了。

猝死，原因不明，家人又不在身边，医院必须尽全力抢救他。那时候，正是中午，好多医生都去吃饭了，还在科室的医生，无论是不是皮肤组的，都上去帮忙，大家轮流给他按压心脏。皮肤组的主任还没有吃完午餐，也被他的研究生喊来。主任匆匆赶来，一边指挥抢救，一边给家属打电话。小伙子不是本地人，家属赶到，至少得两个多小时。

大家轮番按压了半个小时后，病人仍旧没有自主心跳和呼吸。换作平时，这种情况已经可以宣布死亡了，但那天皮肤组的主任说："家属一刻钟不到场，就一刻钟不能停。"我们的抢救持续两个多小时，从中午十二点多，一直到下午三点。家属来了，一对沉默寡言的乡下父母和一个伤心欲绝的姐姐。早晨，小伙子的姐姐跟主任询问病情时，还心疼地哭过，但仅仅过了几小时，她回去后又返回，弟弟已经不在了。小伙子死因不明，医生做什么解释，都是苍白的，接下来的事只好交给法医和法院来处理了。

主任宣布病人死亡后，医护人员陆续撤走了。我看着被按压了两个多小时的年轻人苍白地躺在床上，觉得十分遗憾。他的床头还放着上午写过的日记，记录着上午用过的药、医生说过的话，和他对于疾病的体验和感受，他的字很整齐，看得出来，生前是个严谨的人。

按压心脏是个体力活，直到所有医护人员都离开了，我才发现汗水已经湿透了白大衣，两臂酸软，抬不起来。

我从病房出去，穿过走廊，路过一间高干病房，听到有位老太太正在惨叫，护士推着抢救车正往里面走，我跟了进去。呼吸组的主任正在给老太太听肺脏，她烦躁不安，一边叫，一边用手抓鼻导管。监护仪上收缩压下降到了80多，心率快到了110，病人呼吸急促，每分钟三十多次。她已经用了一盒多巴胺，但仍不见血压回升。主任说："这个病人，大概熬不过今夜了，今晚是哪位上夜班，到时候多关注一下。"

我说："主任，今晚我值夜班。"我站在主任对面，按住病人正在乱抓的一只手，她的另一只手被护工按着。主任听完病人的心肺后，让护士把氧流量调高一些，继续加多巴胺。

下班前，大查房。结束后我们回到办公室，主任说："高干病房里的那位老太太，今晚可能就要走了，要是到了那一刻，该走的流程你就象征性走一下：按压心脏十几分钟或者二十分钟，然后通知家人。"

我说："今晚是我来这里值的第一个夜班，对流程还不太熟悉，有些担忧。"

主任说："你不用紧张，万一有什么事处理不了，可以随时给我打电话，我的手机 24 小时开机。"那位老太太已经住了两个多月，她是分院院长的亲姐姐。病人来之前，那位院长已经知道他姐姐生命垂危，没有恢复的可能了，但放弃治疗，于情于理都说不过去，于是把姐姐安排到这里。主任对院长的姐姐尽心尽力，随时通报她的情况，但对于一个大势已去的病人，无论是谁，医术再怎么精湛，都无力回天。老太太要走，是迟早的事，只是很不幸，她要在我值班的这个夜晚过世了。

我来这里才一周多，对操作系统和流程还都不太熟悉，就要去面对病人的死亡，这让我有些焦虑，一整夜都紧绷着神经，生怕疏漏了什么，或者突然发生什么。过了午夜十二点，我觉得有些困，但听着病房里时不时传来的呻吟声，却丝毫不敢松懈。我一遍一遍查看病房和病例，楼道里有人声走动，我也会出去看看。这是一幢旧楼，住着很多老年病人，大都处在终末期。

我在呼吸组，这个组的病人，基本都时日无多。他们来这里，不过是做最后的努力，想让活着的时间稍微舒坦点。凌晨一点，消化组的一位病人突然因大量呕血被紧急转去外科。凌晨两点，转进来一位手术后的病人，因血红蛋白达到危机值，需要紧急输血，我便申请了 200cc 的红悬。之后，病区里稍微安静下来了。可是没多久，大概到了凌晨三点，高干病房里那位休克的老太太，情况急转而下，血氧饱和度突然掉到了 70%。

上小夜班的护士下班了，上大夜班的护士接班后，我去了高干病房。那个房间比普通的房间大，有单独的微波炉、饮水器，也有单独的茶几和沙发，洗澡间比普通病房的大很多。只可惜这一切优待，躺在病床上的那个女人，是丝毫都享受不了了。她一丝不挂，全身插着管子，两只手被护工绑在床两边的铁护栏上。我进去时，护工正在用巴掌扇她的脸。她躁动地翻动着，想拔掉身上的管子。她一挣扎，身上的被子就滑下来，把她的整个身子暴露在外面。

房间里开着冷气，气温很低，我忍不住打了个寒战，但病人身上却渗着密密麻麻的小汗珠。我看看监护仪：收缩压维持在 60 多，舒张压 40 都不到。她的一条腿暴露在外面，护工拍了她一巴掌，把她的腿使劲往被子里推："不要动，把腿放进去。"然后帮她重新盖上被子。她接着挣扎，她叫一下，护工就扇她一巴掌。

我说："你怎么能这么对她呢？"

护工是个五十多岁的女人，留着短发，说话很干脆，动作也很利索，她听我这样说，有些难为情，解释道："你不打她，她就不听话，老是动来动去，被子不知道要盖多少次！"

我说："但你也不能老打她呀，谁都有老了生病的一天。"

护工摊开双手，讪讪地笑了："没打……没打……我没打她，我都看护她两个多月了，白天黑夜都只有我一个人陪她，除了我，再没有任何人管她。"

　　"那她家里人呢？"我问护工，这位病人是另一位医生分管的，我对她的家庭情况了解甚少。

　　"她没有家里人，"护工说，"你不知道吧，你才来科里，可能没人告诉你，这个老太太是童院长的亲姐姐，是个老姑娘，一辈子没嫁人，也没有生孩子。年轻的时候，十分了得，官做得很大，连童院长都怕她，也没她有能力。她很好强，做官做到了省里，听说现在的很多大领导，年轻的时候也都在她手下。她刚住进来的时候，省里还有人来看过她，但渐渐地，她的病情越来越重，就再也没有人来了，只有我一个，每天给她擦身子、换尿布……"

　　我看着躺在床上的病人，丝毫没法把她和护工口中那个意气风发的女人联系在一起。她头发花白，乱蓬蓬地罩在头上，面颊浮肿，思维错乱，喉咙里不停地发出古怪的声音。我不知道她哪里不舒服，只看见她躁动不安地不停地翻身和挣扎。这是一个七十多岁的老太太，没有衣服蔽体，躺在病床上的是一堆雪白松软的肉体，好像已没有思想，没有灵魂，只不过是条件反射地做出一些动作，发出一些声音。

　　我看不出来，曾经健康的时候，她会是什么模样。我也想象不了，年轻的时候，她是如何在高位上指点江山。此刻，我只觉得她是一个十分可怜的病人，在生命垂危的最后时刻，没有家人，没有亲戚，没有朋友，只有自己一个人孤零零地躺在病床上，还时不时遭受护工的扇打。现在她躺在这里，和所有快要死去的病人一样，除了病痛，一无所有。除了这间全病区最昂贵的高干病房外，再没有其他任何东西可以表明，她曾经是那样辉煌，那样身份非凡。

　　我从房间里出来，去了趟护士站。护士看到我来，问道："你怎么还不去睡觉？"我说："高干病房里那个女病人，血氧已经很低了，我不敢睡。"

　　本院的资深护士比我见多识广，镇定地说："没关系，她是童院长的亲姐姐，童院长和我们主任是老朋友，这个病人好不了，他们安置在这里也是尽尽责任。她全身插着管子，已经拖了两个多月，要挂是肯定的了，只是迟一天早一天罢了……"她看我仍旧不放心，就安慰道："没事的，你才来，所以比较担心。你放心去睡吧，要是人不行了，我再给你打电话。"

　　看到护士这么沉着，我也就稍微安心了。我回到值班室，躺在床上想睡一会儿，但脑海里总是闪过那个女人凄惨的样子，耳边也总是护工扇她巴掌的声音。迷迷糊糊中，我睡着了。大概一个小时后，我被尖锐的电话吵醒了。护士说："你过来一下吧，五十三床快不行了。"我匆忙下床，去了高干病房。护士正在给她准备静推的药，监护仪上显示，心电图已经呈正弦波浪线了。我要按压，护士说："其实按不按压，今晚都是过不去了，要不你先给主任打个电话吧。"

　　打电话时，病人的血氧饱和度降到了30%。主任说："你给童院长打个电话，把情况跟他说一下，可以按压一会儿。他若是半个小时之内能来，你就听他的。若是来不了，你最多就按压二十分钟，然后拉个心电图，宣布死亡，把记录写一下。"挂了主任的电话后，我拨通了童院长的电话:"我是今晚的值班医生,您的家人室颤了,血氧下降到了30%。您过来一下吧。"童院长在梦中,声音朦朦胧胧有些小:"好,我知道了,你看着办吧,我半个小时就过来。"

挂了电话,监护仪上的心电图就变成了直线,我站在床边开始按压。我知道对于这样一个已经插着管子躺了两个多月的病人来说,这一切都是徒劳,但我还是想在家属来之前,尽我最后的努力,为这个可怜孤独的女人做点什么。她活着的时候身材太胖,即便病在床上两个多月,也没能消耗得了她那一身厚厚的脂肪。身体还是温热的,但此刻,她再也发不出任何声音了,只一动不动躺着。护工站在一旁,开始收拾雇主的东西,一边收拾,一边落泪:"这个老不死的,折磨人这么久,今晚总算要死了。"

十五分钟后,我停止按压,病人仍旧没有自主心跳,但童院长还没有来。护士说:"按不过来了,你也不要那么辛苦,象征性地做做罢了。"半小时后,家属仍旧没有来。我再次给童院长打电话。

"我在路上了,你停止抢救,让他们穿衣服吧。打电话给太平间,让太平间先把人接走。"

护士拉了一张心电图,宣布病人死亡。太平间来了人,护工拿出早早准备好的寿衣,两三个人手脚麻利地给逝者擦洗身子,穿衣服。我站在旁边,最后一次仔细地打量床上刚刚死去的这个女人:她很安详,平静地躺在床上。灯光下,她面色苍白,微微闭着双眼,两个眼角挂着泪痕,我不知道她什么时候居然流了泪。护工一边为她穿红绸子的绣花鞋,一边流泪:"遭了这么多罪,现在你

终于死了。到了那边不要那么好强，要记得成个家，不要像这一世
一样，一辈子只想着当官……"她为逝者穿好绣花鞋，又帮忙扣上
衣服的扣子，随后用梳子轻轻地梳着逝者头发，一边梳一边抚摸：
"你说你当那么大的官有什么用，到了死的时候，身边也不见一个
你活着的时候巴结过你的人，你说你那么好强有啥用……有啥用！
一辈子争强好胜，快要死了，躺在病床上，没有一个人来看你，就
我怕你着凉，给你盖个被子，你还又踢又骂……"她喃喃地说着，
泪不停地往下流。

　　护士出去了，过了一会儿又进来了，看我还站着，便说："你怎
么还在这里，赶快去睡一会儿吧，天都快亮了，这里有我在就行了。"

　　我出了病房，路过护士台，那里还坐着另一位值大夜班的护
士，她看到我过来，老远说："现在，你终于可以放心地去睡一会
儿了。"

　　第二天，天亮了，是个晴天。下班后，我走在铺满金色阳光的
路上，看着路两边开满了鲜花，但我的脑海里却全是按压逝者的镜
头：那个小伙子，还有那个老太太。生前，他们两人的人生大相径
庭，但在离开世界的那一刻，却殊途同归。

　　三天后，法医的鉴定结果出来了，那位小伙子是死于脾动脉
畸形破裂出血，家属和医院协商后了结了此事。那天，殡仪馆为
老太太举办了一场规模隆重的追悼会后，便把她的骨灰安葬到了
祖堂山上。

第五章

社区里的故事

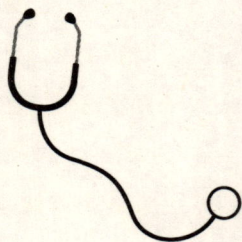

提到社区医疗，很多人的第一印象一般都是家门口的社区卫生服务中心：看不了大病，只能开开药、挂挂水，或者打疫苗之类。除此之外，可能再想不起它有什么作用。相比其他医院，社区医生的学历普遍偏低，很少有人上过大学，也鲜有医生受过正规培训。如果你想抽血化验、做检查，或是想做小手术，几乎都很难。这是社区医疗在过去很长一段时间里的状况，但时至今日，在"强基层"的背景下，社区医疗也日臻完善，逐渐可以满足当地居民的基本医疗需求。

在大城市里，很多人生病不愿意去社区医院看，因为在他们眼中，社区医院做不了什么。人们会这么想并不奇怪，因为这么多年，基层医疗一直是医疗链上最薄弱的环节，就算现在有了进步，但与大医院相比，仍然没有达到同质化的医疗服务水平。

我所在的这家岛上社区医院，在我初来时也是如此：医院没有完善的检查设施，没有全面的治疗用药，没有实力雄厚的医疗技术，也缺乏医疗环节中最关键的优秀医疗人才资源。当地老百姓来看病，最多的诉求就是开点药或者挂挂水。但是在二〇一八年以后，社区开设了住院病房，医联体定期下基层展开帮扶，这里的医疗状况发生了很大变化。

社区医院里的故事虽然平淡，但也绕不开生老病死的波折。

殉情男女：有些错，一旦犯了，就是阴阳两相隔

一天傍晚，有个女孩来看病，那时候正好是下班时间，挂号处和药房已经关门了。我从二楼的住院部下来去门诊接班，正巧碰上他们。女孩面色苍白，神情淡漠。陪她来的两位男子，一位四十多岁，一位二十多岁。年轻的男子走在前面，年长的跟在最后面，女孩走在两人中间。

走在前面的男子怯生生地问道："医生，你们下班了吗？"

我打量了他一下，说："是的，不过我是今晚的值班医生，你有什么需要，可以告诉我。"

年轻人回过头看了一眼身后的女孩，又转过头看我："你们这里能不能缝针？"

我看不出来他们三个人中谁受了伤，便问："是谁要缝针，怎么受伤的？"

年轻人没有回答，年长的男子走过来，指着旁边的女孩说："是她，我女儿！"

　　我这才注意到女孩穿着一件宽大的男式防风服，刻意用长长的袖子遮住受伤的手腕。我把他们带到换药室，查看伤情。

　　女孩抬起胳膊，轻轻往上拉袖子，伤口暴露了出来。她的手腕上缠着几圈卫生纸，纸上渗着鲜血。我在桌子上铺了一张垫单，让她把胳膊摆上去。女孩不说话，只按照我说的做。我取出一个换药包，戴上橡胶手套后准备仔细查看她的伤口。女孩别过头，看旁边的地面。我一层一层拉开卫生纸，渗血的创面完完全全暴露在我眼前：那是一道不太整齐的切口，边缘有毛刺，手腕内侧的皮肤和肌腱全断了，白花花的筋膜缩在创口的边缘。

　　女孩的父亲看到我有疑惑，便主动说："这是不小心划伤的。"他的陈述并没有让我信服，因为对于这样"不小心划伤"的伤口，我看过不止一次：那是割腕自杀，错把肌腱当成血管而反复切割过的伤口。

　　我用镊子轻轻夹了一下，肌腱已经完全断裂，如果处理不当，后期可能会出现手功能障碍。我处理创面时，女孩背对着我一声不吭，平时要是换作别人，早都喊痛了。我遗憾地说："这个伤口很严重，肌腱断了，我缝合不了，你们得去大医院。"三个人都不说话，我把创面包扎好后，女孩的父亲才开口："那好，我们现在就去大医院。"

　　他们走了，穿过宽敞明亮的大厅，从通透的玻璃感应门出去，上了一辆自驾的马自达，然后沿着长长的沥青路，从我的视野里消失了。

我站在门口，一直目送他们远去。

这时是四月，人间最美不过江南的四月天。病人走后，我望着门口花园盛开的鲜花，沉默良久。

这个夜班，十分平静，再无病人来。我睡着了，睡得很沉，没有做梦。沉睡中，突然一阵惊雷将我惊醒。我从黑暗中睁开眼，听到外面在下雨，看看时间，才凌晨两点多。四月份打雷，很不常见，狂乱的雨点密密麻麻敲打着玻璃窗，让人睡意全无。

我闭上眼睛，眼前又浮现那割腕女孩的模样。我辗转反侧，开始胡乱猜测她割腕的原因：她看上去很年轻，还不到二十岁，正是花季年龄。可是，她为什么要割腕呢？我猜想着，思绪便飘到了更早的时光，想起另一个自杀的女孩。

那是我刚来社区的第一年，新大楼还没有建好，门诊设在老楼的一楼，诊室很狭小，房间里有些阴暗，只能并列摆下两张办公桌，供两个医生同时办公。有天下午，快要下班时，来了一位二十多岁的女孩子，小巧玲珑，皮肤白皙，五官精致。她进来后，站在门口跟我的同事说："我最近失眠，夜里睡不着，请帮我开一瓶安眠药。"那时候，对于艾司唑仑这类药品的管制还不像现在这么严格，通常情况下，对于失眠的人，开一瓶20粒装的艾司唑仑是符合处方规定的。艾司唑仑的最小中毒剂量是20毫克，如果购药的人不想自杀，是不会一次性吞下20粒药片的，或者即便是一次性吞下，也达不到致死量。

我同事的位置背着门口，我坐她对面，可以将她身后的人看得一清二楚。那个来开安眠药的女孩十分漂亮，在这个小岛上难得一见。她留着随性的齐耳短发，穿着休闲服，衣服很宽松，但掩盖不了苗条的好身材。她看上去很美，像明媚的春光，那飘忽不定的眼神，却显得黯然无光。她一直低着头，看上去像是有心事。药开好后，她就拿着处方出去了。我觉得她好像有些不对劲，就跟同事说："刚才这个女孩，你说她会不会遭遇了什么事？"

同事有些惊奇，开安眠药的人那么多，每天都要来十几个，为什么我偏偏会问这个病人，她便问我："你觉得她会有什么事？"

我说不出来她到底哪里不对劲，但总觉得好像有什么事要发生，不过这个念头转瞬即逝，很快就被别的事情打断了。有人进来洗手，是辅助科室的同事，还带着一份自己做完检查的化验单，想让我们帮她解答。看过后，我们给了她一些建议，她表示认同，表达了一些自己的想法后就走了。这时，刚才那女孩也进来了："医生，我想再开一瓶安眠药，刚才出去不小心把药弄丢了。"

大概是因为我才跟同事说过这个病人有些异常，所以当她再次来时，我们就警惕地跟她说："医院有规定，艾司唑仑的处方量，每日不能超过 20 粒，我不能再给你开了。"

女孩请求，希望能破个例，但我同事态度坚决，明确表示不可以，她便失望地走了。

我再一次感觉要发生什么事！再有十分钟就下班了，病人也走光了。我和同事做完清洁后站在窗前，看着窗外的花园。花园里有株长刺的植物，开着鲜红的花瓣，味道十分清香，窗户一开，香味就从外面飘了进来。我说那是玫瑰，同事说那是蔷薇。正当我俩讨论那株带刺的花到底叫什么名字时，有一位男青年进来，说要开安眠药。

已临近下班，为了不耽误病人的时间，同事便赶紧为他开了药。他眉眼低沉、心事重重，神情像极了先前来的那个女孩子。

这完全是不同的两个人，但我却莫名其妙地把他们联想到一起。他拿着处方，趁着下班前的最后一分钟，匆匆去了药房。

他出门了，我望着他离去的背影，那种不祥的预感又浮上心头："今天这两个人，我总觉得不对劲。"

同事问我："哪里不对劲？"我说不上来。不过这种感觉，等下班时，已消失得无影无踪。

第二天中午，主任吃过午饭后回来说："桥头有个人家，女儿死了……"

我忙问："怎么死的？"

主任说："吃了安眠药，又喝了农药，早上发现时身体已经硬了……"

我问他那女孩长什么样，并且把前一天遇到的那个女孩的模样跟主任描述了一遍。主任说："没错，就是那个女孩，你描述的样子就是她。"

主任和那家人是邻居，那女子现年二十七岁，结婚后生下一个女儿，还不到三岁。但婚姻不幸，丈夫嗜酒嗜赌，还隔三岔五打她，她就与别人有了婚外情。她和那婚外情的男子相约与各自的另一半离婚，然后组合新的家庭。那女子先与丈夫离了婚，净身出户。但那男子的妻子，不同意离婚，男子的父亲也声称要断绝父子关系进行威胁，要他保留现有家庭。两人阻力重重，女孩被当成了第三者，被男方的家人和妻子围攻咒骂。两人眼见这世不能在一起，就双双约定：不能同年同月同日生，便同年同月同日死。于是，那女子便死了。而那男子，看着心爱的人在眼前垂死挣扎时，却突然改变主意，不想死了，但是，一切都晚了。主任把那男子的相貌也描述了一遍，和前一天下班前最后来开安眠药的人的模样完全吻合。

人的预感有时候真神奇，当你预感的事情还未发生时，你会惴惴不安，因为你不知道到底会发生什么，但当它终于发生了，你会恍然大悟：原来就是要发生这件事。多年过去，那位男子一直维持着原有的家庭，听说偶尔也会和妻子吵闹，但日子依旧过得有滋有味……

我回忆到这里，想起了梅艳芳和张国荣主演过的一部老电影《胭脂扣》，不知那个女孩在另一个世界里，没碰到和她一起殉情的男子，会不会后悔，觉得自己那样早死有些不值？

外面又响起春雷，我的思绪就断了。过了一会儿，我迷迷糊糊睡着了。我做了许多梦，有些是关于那女孩的，也有些是《胭脂扣》电影里的画面，直到一阵急促的门铃声将我惊醒，才发现已经是早晨七点钟。

"120"抬来了一位急诊病人，是个二十多岁的女孩，她躺在担架上，面色苍白，裤子潮湿，一动也不能动。我问家属女孩发生了什么，哪里不舒服。陪同的人说，她是从四楼跳下来的，下半身不能动了，他们赶去时，女孩的裤子已经湿透了。

我做了检查，女孩发生了尿失禁，双下肢不能动弹，已失去知觉，初步判断是脊髓损伤。从四楼跳下，发生脊髓损伤，大概率是要在轮椅上度过余生了。我把病人的情况跟家属交代了一下，让他们赶快转去上级医院。家属一听病情这么重，就催着"120"的医生又把病人抬走了。

我跟在担架后面，送他们上了车。"120"关上车门，"哇呜……哇呜……"地走了，我站在门口，看着他们消失不见才回过神来，再有半小时，同事就全都来上班了。我抬头望望天：雨后放晴，天空蔚蓝，没有一丝云彩，一阵微风吹过，泥土的清香夹杂着鲜花的香味扑鼻而来，鸟儿鸣叫着飞过天空，又是风和日丽的一天。

失败的出诊：对于放弃治疗想要回家的病人，社区能做些什么？

交完班、查完房，下夜班时，已到了上午九点。出了医院的大门，我走在洒满阳光的路上，看着两旁盛开的鲜花，觉得格外轻松。在这大好的四月，在春光明媚的上午，轮到休息就倍感幸福。

我一边看着美妙的风景拍照，一边在计划该如何更好地度过这美好的一天。正当我走在每天上下班必经的那座石桥上时，手机突然响了。是宁医生打来的电话："你今天有空吗？"

我靠在石桥的栏杆上，看着小江河碧绿的水，告诉他自己刚下夜班，有什么事。

宁医生说："我想请你出诊，去看个病人。"宁医生调走已经有大半年了，他在另一家社区医院做行政副主任。刚才他跟我们医院中心的林主任打了电话，想请我出诊去看一个烧伤病人。

我问他病人大概是什么情况。宁医生做了简要介绍：病人是个七十多岁的老太太，在家做饭时，煤气罐突然爆炸。她被人从火中救出来后，送到一家医院，住了两天多，花费近三万，到了第三天，也就是这天早上，办理出院回家了。"现在，病人在家里，他们希望我们能诊断一下。"爆炸烧伤的病人，三天时间不到，还没有度过休克期，情况应该不会太乐观。

我问宁医生老太太为什么这么早就出院，以及目前情况是否严重。

宁医生说："挺严重的，身上皮肤 70% 三度烧伤。"病人住院两天时间，一直在输白蛋白和血浆，看病的钱都是借来的。"现在他们借不到钱了，就出院了。"宁医生跟我说完病人的病情后，又提了一下家庭情况。老太太有两个女儿，如今全都出嫁了，家里只剩下老伴一人和她相依为命。平时老两口种点蔬菜和水果补贴一下家用，现在，生了大病要用钱，靠那点补贴根本就是杯水车薪；两个女儿的家庭也都各有难处，谁都拿不出多余的钱来。"但是，人病成这样拖回家，总不能什么都不管，就那样眼睁睁看着……我说这话，你能懂了吧……"宁医生有些上气不接下气，他是一边走路一边打电话的。

话说到这里，我完全明白了。这是很多老年病人的困境，尤其是那些经济条件不好或者无法治愈的终末期病人和他们的家属，常常会面临的窘境：一方面他们没有足够的经济实力来支撑看不到希望的无尽的治疗；另一方面他们又要承受着伦理道德和舆论的双重压力，必须尽最后的责任和努力。所以他们回到家后，明知社区医疗肯定无能为力，但还是去求助社区医生，希望我们能为他们做点什么。

"可是，我们能为她做点什么呢？已经到了这个地步，请我们去，是不是就只图心理安慰呢？"

"大概就是这个意思！"宁医生停顿了一下，电话那头有个男人和他小声说话。不一会儿宁医生接着说："我现在就和病人的家属在一起，大家都是熟人，我请你和我一道去，你是 F 医院烧伤专科出来的，对于烧伤的病人，你肯定见得比我更多！"

"GL 医院的医生什么建议？"我问。

"GL 医院肯定是希望病人能留下来继续治疗，但病人家里很困难，没有钱，再住下去不现实，并且病人已经七十多岁了，还有高血压、糖尿病、脑梗死等各种基础病，就算没有这次爆炸烧伤，平时也是'药罐子'，所以对于预后，家属也没有太多期望。我们去一下，看能不能用最简单的办法维持目前的状况，尽量简单一点，经济一点。"

宁医生的意思我懂了，可是对于一个全身70%三度烧伤的病人，还没住够三天就出院了，恐怕无论我们做什么，都将无力回天。我让宁医生把这一点跟家属交代清楚。宁医生说："这个你不用担心，大家都是熟人，他们也是想尽最后的孝心。而我也是希望能在这个时候帮他们一把，如果你愿意和我同去，半小时之内，我们去桥头接你。"

挂了电话，我去桥头等他们。

这里是一个丁字路口，横竖都是桥，我每天都在这座桥上走。河岸两边的风景四季不一，但春天最为明媚：垂柳拂在水面上；海棠花开得更浓；垂钓的人站在绿色的草地上，举着鱼竿聚精会神地盯着水面。我望着清澈碧绿的水，想象那个烧伤的老太太，不知道此刻她会是什么样的景象。

不久前的一个中午，我也出诊过一次，是郑院长喊的我。那段时间因为疫情，他被抽调去卫健委。中午，他打电话问我能不能请假去一趟病人家里。他跟我谈的那个病人，患的是肺部疾病，病了好几年，每年冬春季节会加重。"前段时间，听说他在我们这里住过院，但出院没几天，就又犯病了。后来，他们去了上一级的大医院。可是回来没几天，就又成了老样子。现在病人躺在家里，他们希望我们能去一趟。"那家有个女婿和郑院长的同学是朋友，因着这层关系，他们找了郑院长。接到他电话时，我正好在去食堂的路上，便说："等十五分钟，我吃完午饭就去。"

等我吃完饭出来，那病人的家属已经在食堂楼下的停车场里等我了。来接我的是两位男家属，副驾驶的位置上坐的是病人的儿子，开车的是病人的女婿。女婿对于医院到岳父家的路不太熟悉，病人的儿子全程都在指路。我们从医院出去，经过河岸边那条长长的水杉林荫路，走到尽头，向右拐个弯，就上了宽广的马路。我们沿着那条路一直往前走，在红绿灯处又拐个弯，车子拐进了一条小路。沿着那条小路一直往前走，我们到了目的地。车停在村子里一户人家的大铁门前。

我们进了院子，家属指着对门的房子说："他就在里面，你去了就跟他说这个病看不好。我们哪都去过了，医生都说他好不了。他不信，一天到晚嚷着要去医院。现在，我们把您请来，您进去和他说说………"他们没有介绍病人的病情，也没有提检查和诊疗结果，只是一直反复强调让我告诉病人，他的病看不好。

他们请我来难道不是给病人看病的吗？病人的具体情况我还不清楚，怎好就此下定论。于是我打断他："我们先看病人吧。"

他们带我进了病人的居所：房间里光线暗淡，黑乎乎的墙角摆着一张陈年的老木板床，一个瘦骨嶙峋的背影对着墙壁蜷缩在床上，肩下垫着两个枕头。病人听到有人进来，便转过身来。

我俩彼此看到对方，都大吃一惊：他是前不久才住过院的一位患了慢阻肺的老病人，经常来医院，大部分医生都认识他。他看到我，很吃惊："陈医生，你怎么来了？"他挣扎着要起身，气喘得很厉害。前不久，他在我们那住了大概五六天，还没彻底好，就匆匆忙忙出院了。那时候，他虽然有点喘息，但生活完全能够自理，也不用卧床。现在还不到两个月，他却变成了这等模样，真叫人心酸。他已经瘦得脱了形，眼窝深陷，皮包骨头，锁骨、胸骨和肋间隙的凹陷比以前更深了。他喘着粗气，已经说不了一句完整的话。

我将听诊器放在他背上，听到两侧全是啰音。他抓着我的手，像是抓住了救命的稻草："我要去医院，你救救我，我现在就去医院。我的病你知道，只要一输液就能好，但他们不让我去，非说看不好……"他上气不接下气，开始咳嗽。我握着他的手安慰道："你慢点说，不要急，我听着……"

病人的家属都进来了，问我怎么样。我说他肺上全是啰音，病情比较重。病人的女婿说："那怎么办，能治好吗？我们到省人民医院的呼吸科都看过了，专家说治不好。"

"是的。"病人的儿子接着说，"你就告诉他这病治不好，不是我们不给他看，是这病根本没法治。"

我说："现在是急性加重期，想要缓解，得抗感染，还得用点平喘的药……"

"就算用了，也好不了，去了医院也没用，是吧？"他们不等我说完，就打断，"你就直接和他说这病治不好，去了医院也一样。不一定非得挂水，吃消炎药也一样，你就这样跟他说。"

"能好！"病人插嘴道，"我得的不是癌症，也不是绝症，我就是气管炎，每次犯病，只要一挂水就能好。每次都这样，我知道能好……"病人搂着我的手要哭诉："陈医生，你是我的救命恩人，你一定要救我，我现在就跟你去医院……"他拉着我，要从床上下来，反复要我跟他的家人讲他能好，他要去医院。就如同他的家人反复要我对他讲：他好不了，不要去医院。

他喘得很厉害，我轻轻拍了几下，让他先静静，慢慢说。

"你不要总是搂着人家医生不放手，我们又不是不给你看病。要是我们真不想管你，就不会把医生请来家里了。"家属又开始轮番告知我他的病如何看不好。

病人反驳，但反驳无效，没有一个人愿意顺从他。他儿子说："水挂多了也不是什么好事，你看国家现在都不提倡挂水了。"说完他转过头问我，想得到我的肯定回答："医生，是这样吧？"

原本我以为他们费些周折托关系找到郑院长，是真想让医生上门看病人，可事情发展到这一步，我便明白家属喊医生上门，只不过是想打消病人去医院的念头，让医生给病人当面宣判死刑，以便他彻底死心。

病人不想死，求生的本能驱使他在生命垂危的最后时刻，也仍不放弃挣扎的机会。他一直抓着我，想跟我去医院，就像母亲要出门，孩子抓着不放手，想要跟着去一样。我心里一阵难过，想让他松开我，但也很想带他一起走。可是，家属不送他去医院，我终究什么都帮不了。我想说几句安慰话，但觉得无意义，就又咽了回去。我们没有上门挂水的服务，我只能说："吃药也是能治病的……"

病人大概也明白了我帮不了他，就松开我的手臂，失望地重新躺下来，说："那你让他们给我开点药来……"

我比他更失望，看他躺下，再次握了握他的手，说："好的，我给你开点儿药。"

接我来的人又重新送我回去。路上，他们说："你看吃药是不是也没什么用，其实也没必要吃药了，对吧？"他们根本没有任何想为病人治疗的意思，我也没必要再回答任何问题了。他们要给我一百块钱，我谢绝了。家属给郑院长打电话，郑院长问我情况，让我公事公办。我脑海里浮现出病榻上那瘦骨嶙峋、绝望无助的病人，心里五味杂陈："这个老病人，我认识，现在是我的休息时间，就算是我去看了趟老朋友，没做诊疗，不收费。"

……

桥下钓鱼的人，突然挑起杆子，细线上钓起一只鱼。一辆银灰色的小汽车停在我旁边，玻璃摇下，探出来一个熟悉的脑袋，我的回忆一下子中断了。

"你在看什么，这么入迷。"宁医生坐着家属的车，已经到了桥上，"我刚才喊那么大声你都听不见，想什么呢？"

我上了车后，宁医生做了简单介绍。开车来接我的家属又是病人的女婿。他一边开车，一边描述病人的情况，我们一问一答，很快就到了。

病人家的院子里，进门的地方堆着一些碎砖、钢筋和混凝土，有烧黑的痕迹，地面上渗着一摊水。旁边是一座黑瓦水泥墙的平房，久经年月，已经看不出原来的颜色。平房的门开着，里面黑魆魆的。大约是听到院子里有人进来，就走出来两三个人招呼我们，是病人的老伴和他们的女儿、外孙。

"医生来了！"老头子对病人说。房间里空荡荡的，又黑又暗，天花板很高，墙角挂着灰尘。房间的正中摆着一张方桌，周围摆着四条长板凳，方桌后面是床，病人就躺在那张庆上。

"妈妈，医生来看你了！"病人的大女儿弯腰和她母亲说，"你哪里不舒服，就和医生讲！"

病人躺在床上，双眼紧闭。那是一张用旧木板搭在两条木板凳上支起来的床，上面铺着红色的鸭绒褥子，和上次我去过的那位慢阻肺病人家里很相似。病人躺在床上，全身包裹着白纱布，面部肿胀得如同快要破了的水笔包。我掀开她身上的白棉垫，问道："你觉得哪里不舒服？"

"我是不是快要死了？"老人闭着双眼问道。她的两只眼睛被黄色的分泌物紧紧粘在一起，分离不开。她躺在床上一动也不动。我用手指轻轻按了一下她身上的创面："疼吗？"

"不疼。"她想摇头，但是脖子肿胀得厉害，根本动不了，"我哪里都不疼，就是不舒服，医生，你告诉我，我是不是活不长久了？"

"你不要乱想，你看医生都亲自上门来看你了。"病人的丈夫走到床边安慰妻子。这位老人前几天才来医院找我开过高血压药。

病人胸前和腿上的皮肤烧焦了，裹着厚厚的焦痂，胳膊、手和脸烧伤的程度比较浅，起了大量的水泡，流着淡黄色的液体，枕头和床单都湿透了，一圈一圈像地图似的。她总是不停地问我："我是不是快要死了？"

检查完病人，我和宁医生走到院子里，把情况和家属谈了谈。她不仅是烧伤这一种疾病，还患有很多基础病——高血压，糖尿病，腔隙性脑梗死和冠心病，这次恐怕是很难挺过去了。

家属听完我的陈述，淡淡地说："年纪大了，走到哪一步算哪一步吧。"

"吃饭！"病人的丈夫和小女婿说。他们已经端上来好几个菜，有鱼汤、排骨，也有河虾，是为了招待客人而精心准备的菜肴。他们不停地给我夹菜，可我实在吃不了多少。病人家属的心情都很沉重，我和他们一样。

午餐后，病人的小女婿送我回家。路上，宁医生让我把该用的药和辅料写下来，让家属去药店买，买好了再喊我们。可是，我没等到他们再次喊我去。

我料想，他们喊医生上门，大概和那个慢阻肺病人的家属一样，不过是做做样子罢了。不想也罢！

第三天中午，下班路上，我碰见值班的李医生，问她门诊忙不忙。

她说："一上午，尽忙着给人开死亡证明了。有一个老太太被火烧死了。"

我说："怎么这么巧，前天我还去看过一个被火烧的老太太，该不会就是她吧……"

李医生说不太清楚哦，让我问问看。

我连忙给宁医生打电话，他说："这两天他们也没有联系过我，情况不太清楚，你等我问问。"

半小时后，宁医生回了电话："我们看过病人后的第二天早上，她就去世了。"

面对空巢老人，我们该如何尽责？

我所在的这座小岛，居民普遍比较长寿，大街上随处可见骑电动三轮车的七八十岁的老人。这样高龄的老人还能随意地独自开马自达，这要换作我西北的老家，完全不可思议。江南和西北完全不一样，岛上四面环水，温润潮湿；西北常年干旱，空气干燥，西北乡下的老人能活到七十岁已是高寿，他们平时不敢出远门，哪怕步行一两里路程，也可能需要翻山越岭，更别说骑电动三轮车自个儿上街了。

我在这岛上生活久了，对当地的情况也渐渐熟悉起来。这里的老人虽然大多数也从事着农业生产，但在生活习惯和养老方面，与西北山区的老人截然不同。在西北的乡下，老人基本都是和儿子后辈生活在一起；但这里完全不同，大多数老人都是和子女分开生活的，经济上也很少依附子女，即便到了八九十岁，也都仍然坚持自力更生。子女一般也不会给老人赡养费。老人有房产，这座岛是块风水宝地，普通人家的房子，都得值数百万。若是老人有好几个子女，在他们临终前，可能就要面临分遗产的苦恼：给谁多点，给谁少点，似乎怎么分都会有人觉得不公平。相比而言，西北乡下的老人就没有这种困扰，黄土高原上的土地不值钱，随着城市化进程的加快，能干的子女全都"飞"走了，乡村变空了，谁还会稀罕那破破烂烂的土房子。

在我成年离开西北老家之前，那里的老人生病，都由子女陪着，哪怕不去医院，也会有人留在身边照顾。这些年，我回去得少了，不太了解老家的情况。但对于这岛上的情况我了解得越来越多：老人们生病，基本上很少有子女留在身边。对于有特殊情况的空巢老人，政府会有专项资金补贴，建档立卡的人员，到了医院，也是先看病后付费，有些病人住院十几天，出院时结账，自付金额也就一两百。

相依为命

在一座灰暗的江边居民楼里，一位老人坐在窗户旁。他个头很小，颈部歪斜，偏身瘫痪，手中拄着一根拐棍，走路时胳膊蜷缩在胸前。

那是傍晚六点钟，夕阳落在江面上。他望着远方，沉思了好久。他的窗户面对着长江，前面是高高的堤坝和茂密的芦苇，偶尔有几只水鸟飞过，拍拍翅膀沾一下水面又飞走。晚风吹过，芦苇在风中轻轻地摇摆，发出阵阵哗哗的声音。远方，夕阳染红了半边天空。

余松江站起身来，拄着拐杖艰难地走出去。他经过灰暗的楼道，一瘸一拐到了门口。家里有个小院子，他在院子里站了几分钟，又从院子前面的大铁门里走出去。

他来这里已经五十多年了。五十年前，他风华正茂。那是饥荒的年代，他从安徽逃荒到了这座小岛上，跟着先辈开辟了一片芦苇滩，盖了房子成了家，从此定居于此，成了这里的长住居民。

岛上的居民大多和他一样，是从外地逃荒而来。岛上水土肥沃，勤劳的人们很快过上了幸福的生活。余松江丰衣足食，将还在家乡遭受饥荒的父母和兄弟姐妹全都接了过来，安家落户。现在，他已经想不起那些辉煌的年轻岁月，那遥远的过去，已经一去不复返。

他从院子里出去，走在门前的小路上，路边的蔷薇开花了，在夕阳下反射着金色的光芒。远处，夕阳渐渐落下，天空连着江面，一片血红。他觉得自己就是那江面上的夕阳，而他的这一生就像那片血红，惨淡而淋漓。也许，这是一个遭受过诅咒的家庭。在他的弟弟妹妹都还没有成年之时，他的父母便双双早亡，未成年的弟弟和妹妹，由他和妻子两人抚养长大。

五年前一个阳光明媚的清晨，他穿着藏蓝色的外套，戴着鸭舌帽，扛着锄头，走在碧绿的田野上，赏心悦目地看着自己的杰作：那是一片茂密的芦蒿地，水田里是他一根一根插进去的禾苗，如今那些禾苗早已不像起初那样单薄，它们铆足了劲开枝散叶，一束连着一束，叶子相互交叉，遮住了地上所有的空隙。他没有孩子，那些庄稼就是他的孩子，他把所有的爱都花在那些禾苗上。一阵风吹过，绿浪此起彼伏，一浪高过一浪，他忍不住伸手去抚那些婆娑的叶子，他太喜爱它们了。他想蹲下来看看里面有没有杂草，但田垄太窄，他怕挤压了庄稼，就弯下腰尽量不让自己的身子压伤禾苗。他弯着腰在水田里挑了几根杂草，本想直起身子缓缓腰。他缓慢地抬起头来。突然，他眼前一黑，腿上一软，觉得有点儿头疼，然后他就什么都不知道了。

他睡着了，睡得很沉，连个梦都没有做。他快醒来时，听到有警报的声音，睁开眼睛时，自己已经躺在了医院的病床上。他得了脑出血，半边身子已经不能动了。

他不明白为什么厄运总要落在自己一家人身上。他有两个弟弟也得了脑出血，一个死了，一个瘫痪了。现在，厄运又降临到了自己身上。他想从床上坐起来，可是半边身子根本动不了。他十分沮丧，想起他的庄稼，也许以后他再也种不了庄稼了，不由难过地流下泪来。他不知道一个残疾的人往后还能做什么，活着还有什么意义。他胡思乱想着，突然护工过来说，探视时间到了，他妻子来了。监护室的门打开，护工扶着他的妻子走到他床边。

那是一个双目失明的女人，她在护工的帮助下，摸到丈夫床边，摸到了他的手，那是一双粗糙的庄稼人的手。女人一碰到那双手，就知道是她丈夫。"你这是怎么了……"她话没说完，就哭了。他没有说话，看着妻子苍白无神的眼睛，心如刀割。过了好久，他才说："我眼前一黑，就什么都不知道了，醒来时已经在医院了。"

他没有告诉妻子他的半边身子已经不能动了。他躺在床上，妻子也感知不到他的具体情况。

妻子糖尿病视网膜脱落失明后，丈夫就成了她的眼睛。这几年，都是他牵着她的手出外散步，给她讲看到的一切。现在，他病了，瘫痪了，不能走路了，再也不能像以前那样牵着手一起走了，不能告诉她树上开了什么花，田野上长了什么庄稼。探视的时间只有二十分钟，两人没说几句话，就那么一直握着手。女人不停地流泪，空洞的两只大眼睛，就像两口不停涌着水的泉眼……很快，她要走了，护工扶着她往外走，她舍不得放下他的手："你一定要好起来，你要是有什么三长两短，我也活不下去了……"

花了很长时间，他重新学会了翻身、坐起、穿衣、下地、转移、上厕所、吃饭、步行……经过大半年的康复训练后，他终于可以拄着拐杖重新走路，但那瘫痪的半边身子，再也恢复不到从前了。他拖着残疾的腿，用不上力气，手臂也痉挛地蜷缩在胸前，伸展不开。他成了一个靠低保过活的残疾人。

他没有孩子，妻子在十几年前失明后，练就了一副好本领，她可以摸索着走到厨房里做饭。她虽然眼睛看不见，但在这座灰暗的房间里，她仿佛跟什么都看得见一样。什么东西放在什么位置，她摸得一清二楚。盐放在哪里，醋放在哪里，油放在哪里，筷子放在哪里，碗放在哪里，她全都摸得清清楚楚。但是，一旦出了家门，她便东南西北什么都分不清了。在外，她寸步难行，如果要出门，必须拽着他的后衣襟。他就成了她的眼睛。

现在，妻子正在做晚餐，他一个人走到院子外。他想到堤坝旁看一看，看看芦苇、水鸟，吹吹江风。他想看着夕阳从水面上落下去的全过程。他已经连着看了很多天，觉得没有任何风景比夕阳落下时染红的大半个天空更悲壮。

江边风很大，从江面上吹过来，穿过芦苇和树丛，吹在他身上。他忍不住打了个喷嚏，坐在堤坝上让他想起很多事，大都遥远得记不清了。如今他老了，已是八十岁的老人。他的妻子小他三岁，也七十多岁了。

他穿着藏蓝色的中山服，那是他以前的衣服，缝缝补补已经穿了十几年，他的人生也快要过去了。他一想到自己就像那夕阳，很快也要落下地平线，便不由地回过头望望他身后的房子，那是他和妻子生活了一辈子的地方。

几十年前，他盖起了身后这幢二层居民楼，几十年后，这幢居民楼的周围新起了更新更漂亮的小洋楼，只有他的房子仍旧是几十年前的模样。那幢楼，久经年月，已经很老很陈旧了，像暮年的他，无从维修。

他已经回想不起，几十年前他是怀着怎样的心情来到这座岛上的。但是现在，看着夕阳，他唯一放心不下的人就是他的妻子：万一有一天他先走了，往后的日子，谁来给他的妻子当眼睛呢？

他坐在草地上，觉得身底下的潮气一阵一阵渗上来，便从地上起身。风比先前更大了，夕阳已经完全落到了水里，江面静悄悄地一片血红，近处有了乌云。海鸟在空中飞过，叫了几声。一阵冷风吹过，灌进他的衣领，他忍不住打了个喷嚏，流出泪来。

他从堤坝往家里走。妻子已经做好了晚餐，正在门口等他："你去哪里啦？我喊了好几声都不见你回！"

"我到堤坝上走了一趟，今天的夕阳很红，明天可能要下雨。"

"天这么凉，江边风大。你出去这么久，明天又要感冒了。"

"不碍事的。"

他们坐到饭桌旁。桌上摆着两种蔬菜：一碟包菜，一碟芦蒿，还有两小碗米饭。晚餐后，两人和往常一样，去外面散步。他挂着拐棍走在前面，妻子跟在他身后，两只手拉着他的后衣襟。他们沿着沥青路一直往前走，那条路上行人很少，偶尔会驶过一辆汽车，按着喇叭从他们身旁经过。

他们走得很慢，时不时停下来，给车让路。那条路他们走了几十年，两边的水杉高耸入云端，旁边的河岸上杨柳低垂，杨柳边有月季、栀子花，还有桂花树，一年四季清香宜人。但是熟路无风景，这些美好的自然风光，他早已无心欣赏了。他的妻子已经失明十几年，更是什么也看不见。他们走在这里，只是想让傍晚的时光在睡觉之前变得快一点而已。

他妻子很早就患上了糖尿病，但她一直不知道，直到视力越来越差，看不清了才去医院。但是一切都晚了，当她去看医生时，她的视网膜已经脱落了。医生说："若是你们早点来，血糖控制得好，眼睛不至于这么快失明。"他们后悔过，但有什么用呢。

他们沿着那条沥青路走了很远，天空暗下来，头顶布满乌云，他们原路返回。风很大，他连着打了好几个喷嚏，回到家时，天已经完全黑了。

夜里，下起了大雨。他发高烧了，不停地咳嗽，妻子为她倒了杯热水，从桌子的抽屉里拿出两板从前买的药，等水温凉，让他服了下去。

第二天，他醒来得很晚，妻子已经把早餐端到他床前。他吃了两三口，再也吃不下去，就又躺下睡着了。他病得很重，一连睡了五天。雨连绵不断下了七八天。第七天时，他烧退了，早上醒来，觉得全身比往日轻松了许多。

他坐在客厅的板凳上，看屋外的大雨：地上，水流成河。有邻居过来说堤坝决了口子，可能会发水灾。堤坝上有人轮流值班，正在抢修。但万一口子变大，水从长江里溢出来，岛上的人就得全部撤离。

他就住在江边离堤坝最近的地方，如果发生水灾，最先遭殃的肯定是这里。队长来打招呼，让他做好随时撤离的准备。他回了队长一声："好！"但队长走后，他和妻子仍旧像往常一样，该做什么照做什么。妻子说："去哪里呢？就算真被淹了，我也哪里都不去。"他没有接妻子的话，只是陪她坐着，继续默默地看窗外。天空微黄，像破了个窟窿，水从天上不停地流下。他的妻子是基督徒，做完家务后开始祷告："主啊，请您保佑您的羔羊，让她免于灾难，免受痛苦，请您怜悯世人的愚昧，让这大雨停了吧，不要让河坝决堤，不要让洪水淹没家园！"

下午时候，雨变小了。他突然想起自己病了这么多天，应该给家庭医生打个电话。他从桌子上的塑料台布下拿出一张名片，走到明亮处，照着那上面的号码，拨了过去。电话通了，他听到那头人声嘈杂，就大声说："陈医生，是我！"

大雨连着下了好多天，长江水位上涨，超过了历史警戒线，坝上开了小口子，已经堵上了，但不断上涨的水位，使堤坝的压力越来越大，随时有决堤的可能。一旦江水决堤，岛上就可能都被淹没。下雨前一天，我们的工作群里已经收到了黄色预警，全员做好了撤离准备，医院里，领导也做了应急预案，万一水漫上来，值钱的东西全搬去四楼。住在家属楼一楼的，尽量用黄沙和水泥挡住门口。若是这一天真的到来，我们就得离开。政府、街道、居委会、事业单位的职工和当地的居民都轮流在堤坝上值班巡查。一年一度的防汛工程才刚开始，就已经如此严峻。

如果居民要撤离，医生就要护送做保障。卫生部门已经做好了部署，临时调动了区里的十家社区医院参与到医疗保障工作中，每家医院至少派送医生护士各两位。我被分派在撤离保障团队的第三批。

早上八点多，几辆救护车和大巴车从江面上过来，停在了服务区。卫健委的领导也来了。我们二十几个医护人员撑着伞在雨中待命。那天，经区里和街道评估后决定，暂不予全部撤离，而是部分撤离，先分批撤离养老院的老人和失独家庭老人。其余人员根据堤坝巡视情况和水位情况再做下一步决定。

我在服务区的马路边撑着雨伞，和伙伴们一起待命。我们两人一组，严护士和我搭班，她提着保健箱，时不时朝前面的大巴上看。雨淅淅沥沥地下着，我们站在树底下，风一吹，大滴大滴的雨点从上面落下来。卫健委的领导在最前面安排医护人员跟车的事，两位医护人员上车后，主任就跟着上了第一辆接送撤离的大巴，往岛上去了。接着，开进来第二辆大巴，副主任安排另外两名医护人员跟车，随后自己也上车。接着是第三辆……

我和严护士被安排在最后一辆进岛的大巴上。正当我上车时，手机突然响了，号码显示是我辖区的一位病人。雨下得很大，路上声音很嘈杂，我听不清那头说什么，就大声问："你怎么了？"

那头说："我是余松江，你管理的病人。"

我说："我知道是你。"他半身瘫着，妻子双目失明，两人没有孩子，相依为命，我在六年前才来岛上时就认识他们了。

余松江说："我病了！"我问他哪里不舒服。

他说："我发烧咳嗽，已经七八天了。"

我们上了大巴后便向已经做好撤离准备的目的地驶去。车上噪音小了，我放低声音说："今天我值班，你弟弟正好在住院，现在我在外面有事，一会儿回去，让你弟弟先帮你带点药过去。"

他的听力已经大不如前，没听清楚我在说什么，又把自己的问题重复了一遍。这一次，我声音放大，他终于听清楚了，解释道："我已经吃过七八天药，但一直不见好。"他本想再多说几句，可能因为听到我这边声音嘈杂，就停顿下来。我听他沉默，就问："那您希望我为您做点什么呢？"

他大概是想我能到他家去看看，但现在下着雨，我又在外面，所以他就把想说的话又咽了回去，只是淡淡地说："你是我的家庭医生，你说过若是我有什么不舒服，可以给你打电话，所以我就给你打电话，汇报一下我的近况。"我知道他心里怎么想，但是这个时候，上门去看他，是无法做到了，但我答应会给他想办法。

他不知再说什么了，于是就那么握着电话呆呆地站着。他妻子知道他木讷少言，就从他手中抢过电话："你给我，我来和她说。"

他的妻子把丈夫的情况向我简明地做了介绍："他现在好多了，你放心。目前你不要担心，我们再观察几天，若是还有什么，就再找你！"说罢，便挂了电话。

他们住在江边，这个时候生了病，身体残疾，又没有子女，我怕他们会发生什么事，就和村里的卫生联络员通了电话，希望他能够去他们家看一趟。联络员去了，回来后给我回复，说老人没什么大问题，就是前几天患了感冒，但现在已经无大碍，让我放心。

我们来回几趟转运撤离了老人后，雨渐渐小了，便回到居委会待命。我们等了好大一会儿，仍不见有人通知我们做下一批转移。雨势又大了，噼里啪啦，地上瞬间水流成河，但没几分钟，却又停了。这时，有人进来通知我们，说接下来的几天，水位可能比较稳定，所以还没有撤离的居民，暂时可以待着，如果真到了万不得已的地步，再大批撤离。

傍晚时分，断断续续的雨终于完全停了，西边乌云遮蔽的天空，突然开了一道缝，血红的晚霞从那条缝里穿出来，一直落到了江面上。那条缝越来越宽，终于，整个太阳都从云缝里出来了。余松江拄着拐棍走出门，对身后正在做饭的妻子说："下了十天雨，我到堤坝上看看去……"

雨停了，严峻的汛情终于过去。两周后，岛上撤离的老人又回来了。岛上日升日落，恢复了往日繁华。

老金——一个被子女"清算"的老人

你看到的不孝，也许只是一种清算。

对于老金这位病人，我记忆比较深刻，不是因为他的疾病比别人特殊，而是因为他的子女的确太令我难以忘记。社区医院里的很多病人，他们大多生活在周边，在医院附近的街上常常能遇见他们。

老金就是这样一个病人。他的二儿子就在医院附近不到 500 米的菜市场卖水果。他体格强健，头发中分，脑门很高，说话嗓门很大，留着八字胡，鼻唇沟上有一团黑，看着像荧幕上的日本人。他的水果摊比附近其他几家都要大一些，生意很不错，我妹妹经常在他家买水果。有天晚上，吃完晚饭，妹妹和我说："9 床的老金，他儿子在菜市场卖水果，今天我在医院里见到他了，他来看老金，说那是他父亲，让我们多关照。"我是老金的管床医生，对于老金这样一个瘫痪在床的脑梗死病人，花费的精力自然要比其他病人多些。

老金共有四个孩子，两个儿子两个女儿，兄妹四人轮流照顾他。脑梗死的病人，右侧肢体偏瘫，讲话口齿不清，生活完全不能自理，又并发了肺部感染、急性胃黏膜损伤，既不能翻身起床，也不能下地去大小便。他瘫睡在床上，日复一日地叹气、咳嗽，吃不进去，拉不出来，生不如死。

其实并不是所有的脑梗死病人都是这样，老金的病情是重了点，但与很多脑梗死的病人相比较，他的病情还没到那种最严重的程度，但是他早早就放弃了自己，从我见他的第一天起，他就不停地说："不如早点死了罢了。"

我第一次见到老金时，是在九月的一个早晨。那时正是金秋，天空高远湛蓝。老金的病室靠近马路边，外面是一个小花园，有草坪，里面有冬青、花圃、栀子树。他的病床靠近门口，我去查房时，他正靠在床头的被子上，仰面躺着。他大概很多天没洗澡了，头发油腻枯燥，睫毛上沾着分泌物，身上散发着难闻的气味。门一推，迎面扑来一股尿臭味。他的衣服不知道多久没换了，牙齿不知多久没刷了，身子不知多久没擦了，夏秋的汗味和着尿味、口腔的臭味和头发的腥味，让人不由自主地胃痉挛。

我把床摇起来，让老金试着坐起来。他蹙着眉头，不愿意配合，他的腰像是缺乏脊柱没有骨头，软塌塌地直不起来。"死了算了，好不了了……"他不停地咕哝，用另一侧可以动弹的手捶打那侧不能运动的肢体，他一边捶打，一边骂。我去安慰，他便冲我说："说这些有什么用，肯定看不好……"

在医院，早已见多了被疾病折磨得毫无生活质量的病人，有时的确会觉得他们生不如死，甚至医生也会认为：与其毫无质量、毫无尊严地活着，真不如早点死了。但是，脑梗死常常不是那种能让人马上就死的疾病，它只会让那不幸的人半身不遂、口角流涎、言语不能、失去尊严和人格，变成一具只可让人摆布的木偶。老金很不幸，他的身体完全不听他指挥，他想翻身，翻不过来；他想坐起，坐不起来；他想下地，根本无从着手。他这一病，生活能力一下退步了几十年，自理能力连个一岁的孩子都不如。面对这突如其来的变故，老金接受不了，他摔打着瘫痪的肢体，一遍一遍地说："还不如早点死了算了……"

我给他打气，举了几个例子："你看同室的老高、隔壁的老周、对门的老朱，来的时候都比你严重，都不能坐立、不能大小便、不能吃饭、不能穿衣、不能走路、不能说话，但经过大半个月的康复治疗后，他们都可以从床上转移到轮椅上，再从轮椅转移到厕所里，可以自己吃饭、自己穿衣、自己大小便，甚至可以挂着拐杖，在家人的搀扶下在病区的过道里行走了。"

老金眼睛里有了光，半信半疑："我……也能行吗？"

我刚想说行，但话还没出口，他女儿就在他的胳膊上拍了一巴掌："你天天死死死的，不知道说点吉利话，这样下去，你还没死，我们就被你折腾死了！"

老金低下头，不敢再出声。

这是我见到老金的第一天。他的四个子女，我见到了三个：老二、老三和老四，老大住得远，这天没有来。老二是卖水果的，打老金的是老四，老二说那是他小妹，另一个微胖的女人，是他大妹，一直没有说话。老二说了几句客气话，让我们多关照，就和他小妹离开了，留下他大妹，也就是老三照顾老金。

老三和老二长得极像，都是魁梧的身材，大脸庞，说话比较客气，那是一个柔和的女儿，对老金比较宽厚。她给老金换了衣服，擦了身子。老三照顾了几天之后，老金就可以翻身，可以穿衣、脱衣，也可以在轻微的帮助下自己坐起身了。他看到自己有了进步，便对未来有了希望。

如果按照这个进度治疗下去，再有大半个月，老金就可以达到老周、老高和老朱那样的康复效果。从病理上来看，老金要比其他三人病得轻。但是一个病人到底能不能康复、能活多久，有时候和他的病理程度并不完全相符。

老金出院后，没过三个月，早早死了。

他总共住了十九天，出院的时候，已经可以扶着助行器在楼道里独自行走了。按理说，他只会越来越好，但是，谁也没想到，他出去之后，连三个月都没有活过去。而他的同伴老周、老高和老朱，在一年后，都可以拄着拐杖独自行走，甚至可以和老友打牌了。

对于老金的死，我是在一个冬天的早晨，去逛菜市场时，碰见他二儿子，在他那里买甘蔗时知道的。老金的二儿子为我选了根竹节少的甘蔗，一边帮我削皮，一边说："我老爹死了，你知道吗？"我愕然，问他怎么这么突然。

他将甘蔗削好后一截一截地切断，说："我老爹在我家住满一个月后，就轮到我小妹家去了，但住了不到十天，人就突然死了。我们去时，他已经不在了，脖子上有一圈淤青，我小妹说他是上吊死的。我们把他安葬了，但心里总有个疑问：瘫痪的病人，抬不起胳膊，是怎么把绳子挂到高处的？挂到高处之后，又是怎么打结的？打了结之后又是怎么把自己挂上去的？平日里，他连吃饭、穿衣、上厕所都需要人帮助，怎么突然有了力气去上吊呢？所以我们都怀疑是小妹把他勒死了。"

他平静地说着，把甘蔗切好后放进塑料袋，又去帮别的顾客称水果了。

他有这样的怀疑，我并不惊讶。我第一次在医院看到他小妹时，她就当着我们所有医护人员的面扇老金的脸。

老金住院期间，四个子女轮换照顾，每当轮到老大和老小时，老金的病情就会突然加重。老金的大儿子和小女儿长得很像，这两个子女都是瘦小的身材，黑瘦的脸。脾气急躁，性格火暴，说话就像吵架，他俩和老二、老三不但长相不一样，性格也完全不同。老大照顾老金时，给他喂饭，不等老金咽下去，就又把勺子往他嘴里塞，老金呛得直咳嗽，他就骂老金矫情。第二天，老金发了高烧，得了吸入性肺炎，精神萎靡，刚燃起的活下去的希望又被扑灭了。过了几天，老大走了，换了老二和老三来，老金的病情就好转了。再过几天，换成老四，老金的病情就又急转直下。

老金出院的前几天，我去查房时，老四正在一边骂老金，一边抽他嘴巴。我拦住她，劝她别这样，她就将我拉到过道里，细数老金的不是。老金是自费病人，账户里欠了钱，我告诉她补交一下费用，下午，老三就来了。老三说："我没有工作，家里吃低保，没钱，我都已经多照顾病人了，还要我掏钱，我哪有！"

老四说，老金还有八万块。"我的意思是，兄妹四人先各垫一些，等他死了，我们再把那八万块分了。但钱在我大哥手里，他不同意。"

第二天一早，老大来了，老二也来了，兄妹四人都在，我去查房时，他们正吵得不可开交。老大说老金胡说八道，他哪里拿了那么多钱。老金低着头，一声不吭，不敢看他们。不等老大骂完，老四就插嘴："你这个老不死的，你一天不死，就是往死里害我们！"她又一边抽他，一边骂他。老四和老大又吵起来。他们的声音太大，惊动了整个病区，楼下的病人也听到了。我去劝他们，他们争相告诉我老金如何不好。老金年轻时，他们的母亲就死了。老二说："你问问他，我们的母亲死后，他都做了些什么！"

老金一直低着头，后来，他们都走了，商量好第二天出院。起先，是想把他送去养老院，但打听了一圈后回来，了解到养老院比医院花费还大，便决定先把他接到老大家的地下室。老大家的地下室，常年装满杂物，结满了蜘蛛网。老大说，让老金再在医院里待一天，等他把地下室腾出来，再把他接回去。

老金天天和我嚷着说："不如早死了罢了，我不想治疗了。"那天下午，等他的子女都走了，我去看老金。"现在，你已经可以扶着助行器步行了，你是真的不想再康复了吗？"

老金突然哭了："我怎么会不想康复了呢，我当然还想活着，是他们不想让我活了……"

虽然老金天天和我嚷着"不如早点死了算了"，但当他真的要离开医院时，却不舍地哭了。

在我们尽全力帮助老金康复时，他始终认为所有医务人员的治疗和照顾都是毫无用处的。每次查房，他总是抱怨，总是提防，总是埋怨，总是愤怒地摔打。

尽管我们帮他从瘫坐不起恢复到可以扶着助行器行走，尽管他告诉我他还想康复，但他依然觉得医生护士对他所有的友善，都只不过是想骗他花钱，花那八万块钱。

在他没死之前，他的子女已经争吵着商量等他死后要如何分那八万块钱。现在老金真的死了。他带着怨恨，带着戾气，带着对这人世间的绝望，去了另一个地方。而他生前最看重的那八万块钱，却一分都没有带走。

失眠的背后

没有明显器质性病变的失眠，大多数都是心因性的。我们常常会告诫失眠的患者，要"想开一点"。但什么是"想开一点"，该怎么做才能"想得开"呢？他们身上到底发生过什么，我们似乎很少去探究。也许当一个人说她睡不着的时候，只要我们稍稍抽出一点时间，听听她怎么说，情况就可能完全不一样。

有一位八十多岁的老人，曾是个童养媳，在她七十岁的时候，坚持要和丈夫离婚。离婚后，她和小儿子在一起生活了几年，然后就住进了养老院。

这位老人名字叫李淑华，患有腔隙性脑梗死，八十多岁，满头银发，戴着金边的眼镜，穿着真丝的绿衬衫和乳白的雪纺裤子。

有天晚上，我夜班，她说失眠，要我帮她开点安眠药。我问她为什么会失眠。她说："我也想不起来是什么原因了，反正已经服了几十年安眠药，习惯了。"

我说："你坐下来，和我聊聊，把你能想起来的、可能的失眠原因都跟我讲讲。"她便坐下沉思起来：

八九十年前，兵荒马乱。

南京，青砖黑瓦的胡同巷里，有个生意人家的独生女，生得十分美。那年，她十六岁，春天的傍晚，她站在两只装满米粥的木桶旁，给军阀混战中失去家园的难民布施。难民中，有个男子，负了重伤，衣衫褴褛，满面尘灰，她替他疗伤。伤好后，男子随国民政府去北伐。后来，她就成了他的妻。

"那个生意人家的独生女，就是我母亲，那个被救活的军人，就是我父亲。"老人摘下金边眼镜，用握在手心的一块小纸巾擦了擦镜片，然后重新戴上。

"十八岁前，我父亲是有钱人家的大少爷，家有货铺百间，良田万亩。但很不幸，他五岁不到就死了亲娘。父亲的父亲娶了五房姨太太，二太太管家。父亲十八岁那年，二太太把亲侄女娶给了他。洞房花烛夜，父亲掀开新娘的盖头，看到一副龅牙的脸，那是他小时候记忆中二太太恶毒的脸。于是，他扯下胸前的大红花，连夜逃了，沿着长江，一路南下，到了南京。路上，父亲剪了辫子，参加了革命，加入了国民党。战争中，他娶了妻，生了子。母亲遇见他时，他已是人夫和人父，父亲长母亲整整二十岁。

"一九三七年，南京沦陷，日军所到之处，奸淫抢掠，无恶不作。凌晨三点，汽车碾过路面，满街都是狗、马和人的尸体。国民党的残兵败将，到了日本军手里，死得比普通的老百姓更惨烈。日本军到处搜败兵。父亲成了没有逃出去的败将，母亲为了保护他，就烧了他的军装和所有证件。

"父亲为了糊口，隐姓埋名到一家工厂干活。一家人平静地过了几年。有一天下午，突然来了几个日本人，揪着父亲的头发，用枪杆子顶着他的脊背，把他抓走了。那一年，我五岁。日本人来时，我正在门口跳皮筋，看到父亲被日本人抓走，吓得大哭。日本人在我家里到处搜，搜不到什么，就又把父亲放了。

"我是老五，哥哥参加了革命，姐姐出嫁了，家里的孩子就只剩下我一个。生计困难，日本人奸淫抢掠，母亲怕我受玷污，就把我卖给有钱人家做童养媳。那家的少爷十五六岁，很早没了爹，女人当家。那少爷有了心上人，觉得我碍事，就常常骂我、打我，还嫁祸于我。我是他家的童养媳，也是他家的小伙计。有次，我给他送饭到学堂，下过雨的路面十分泥泞，我不小心滑了一跤，瓦罐里的鸡汤就洒了一大半。我到了学堂，看到少爷和一个美丽的大姐姐

偷偷地牵着手。少爷看到瓦罐里的鸡汤只剩下一小半，就打了我一顿，并且说：'看你以后还敢偷吃！'

"我回去后，婆婆听了少爷的话，以为我偷吃，就又把我绑起来吊打了一顿。我全身血痕，气息奄奄，被下人包上白帆布，放到木板上，抬到了大门口。邻居看我可怜，给我喂了水和饭，我这才活下来。少爷说：'若她真死了，就枉费了买她的那些钱，也枉费白养了她这几年，倒不如卖了合算。'婆婆就把我卖到了戏班子。

"戏班里的孩子，不是孤儿就是从穷人家买来的，共有十几个，我们都叫老板妈妈。戏班子里，十八般武艺，样样得精通：下腰、劈叉、翻筋斗、走钢丝，样样得练，练不好，就得挨抽打。

"我想念母亲，想念我的家。从我被卖到婆婆家，我就想逃跑。我逃过几次，但没有逃出去，因为我根本不知道往哪逃。每次，我被抓回去，都会被暴打一顿。我想：母亲不要我了，父亲不要我了，整个家里也都不要我了……"

说到这里，她停顿了一下，擦了擦眼泪，接着说："我逃不走，就不再逃了。"

我不知道该说什么，就从抽屉里拿出一包纸巾，放到她面前。她推了一下说："我不难过，我没有哭，我只是眼睛有点儿不舒服。"然后就笑了，接着又开始讲下去。

"那时候，天天在打仗。十四年抗战，一九四五年，日本人终于被赶出去了。女孩子再不怕被日本兵糟蹋了。但我的抗战还没有结束，我仍旧是戏班子里的一个小演员，没有家人，没有地位，活在社会的最底层，靠卖艺、卖笑、给妈妈挣钱，才能活着。

"内战又持续了四年，终于在一九四九年，战争结束了，中国解放，新中国成立了。全国上下一片欢呼，我在欢呼的队伍中载歌载舞，欢迎解放军。那一年，我十三岁。我从五岁被母亲卖给人家当童养媳，到那时十三岁，整整过去了八年，在解放军进入南京的这一天，我这八年的悲惨时光，就算过去了。

"那天，是解放军到来的日子，表演的队伍中，我翻了几个跟头，站到了同伴的头顶上。人群一阵欢呼，接着掌声雷鸣。我在高处看着人群，突然看到遥远的地方，有一个解放军正在朝我拼命地挥手，并隐隐听见他喊：'淑华……'那是我五岁之前的名字，我认出了他，那是我大哥。我的心突然咚咚地跳起来，差点从同伴的头顶上掉下来。

"表演结束后，大哥就从人群里挤过来，到了我跟前。起初，我看到他，就跑了。但他追上来，拉住我说：'我是大哥呀，淑华，你是不是已经不认识我了。'我甩开大哥的手，问他：'这几年，你干吗去了，我找你们找得好苦，但你们从来都没来找过我，是你们不要我了……'"

她说到这里，哽咽着说不下去了，眼睛里渗满了泪。我递给她纸巾，她擦了擦："你看我，大哥都去世这么多年了，说起他来，我还是这么激动……后来，大哥就把我从戏班子里赎了回去。"

"太久远了……"她擦完泪后淡淡地笑："是不是觉得我的经历像传奇？"我望着她满头的银丝，看着她金边眼镜后那历经沧桑却仍清澈透亮的眼睛说："你本来就是传奇，每个人都是传奇。"

她整理好情绪后接着说："是我大哥，给了我第二次生命，他把我赎回去后，供我上学，一直把我供到二十八岁。我学了财会，成了一位国有企业的会计师。我结婚后住到了江北，丈夫是一家银行的行长，七十岁那年，我和他离婚了。"

我说："都已经到七十岁了，为什么还要离婚？"

"他一直都在支配我，还把钱给别的女人花，所以就算到了七十岁，我也不愿意再忍了。"

她有两个儿子，都已成家立业多年，孙子也都学有所成。她对十三岁之后的时光一带而过。

我说："最近这些年，您还有什么记忆深刻的事吗？"

她笑了："以前那些事，我记得深刻，是因为太惨痛。惨痛的时光，一天就像一年。一九四九年后的事，我记得浅淡，因为那时候日子好过了。好过的日子，一年就像一天。"

她给我看手机里的照片。她退休后，做了兼职的模特和演员，常常走秀，在电视剧里客串。她还给我看了一张她父母年轻时的照片。除此之外，她似乎已经没什么话再跟我说了。

但我还沉浸在她的故事中，久久回不过神来："您是江北人，离这里很远，我们也不是大医院，您为什么会选择来这里？"

"那你是不知道……"她打断了我："很多年前，这个岛上还很荒凉，到处是芦苇滩，没有高楼，没有大桥，只有轮渡，里面的人出不去，外面的人进不来。我常常会在江那边的高楼上，向这里眺望。那时候我想，要是岛上通了桥，以后我退休了，就住到岛上来。你看现在，我以前想过的、没想过的，全都有了。二桥通了，长江下面又在修隧道。高楼有了，一座座小区红白相间，宽敞的马路，干净的河道，美丽的樱花，柔美的垂柳……所有这一切都像极了电视上欧洲的小镇。你看，你所在的位置，宽敞明亮，哪一处不美？我想要检查的项目，你们也可以做到；我想要的宽敞舒适的病房，你们样样都有；我想要的治疗方案和效果，你们也不比大医院差。所以，像我这样的病人，又不是病入膏肓，也不是疑难杂症，为什么不能选择这里呢？"

她停下来，看着我笑。突然，有人敲门，护士进来，告诉我43床的血压比较高，让我过去看一下。我们就起身一起出去了。

她忘了为什么来找我，而我，也忘了要给她开安眠药。

第二天早晨，我去查房，问她："昨天夜里睡得怎样？"

她答道："十分好，一觉睡到天亮。醒来后，才想起昨晚忘了吃安眠药。"

寡居的老人

病房里住着三十八个病人，大部分是老年人。叶瑛是一位八十三岁的老太太，由我分管。

我们医院的医生和护士一直很短缺，病人一多，人力资源更是捉襟见肘，医生和护士忙不过来，延误几分钟，有些病人就会抱怨。医院每年都有招人计划，但总会因为各种各样的原因，迟迟招不够人。

一个周末，病房里的医生只有我一人。从早晨上班开始，我就一直处于小跑状态：查房、调医嘱、约床位、背动态、接诊新病人、办理出院病人、处理在院病人临时状况……一直到晚上，我手头的工作都没有忙完，还有一大堆医疗文书等着我加班书写。

晚上九点多，突然有人进来，要我到一楼去一趟，说他妻子从电动车上摔下来，跌坏了腿，让我去看看。住院病区在二楼，门诊和急诊在一楼，因为人手不足，住院病区和急诊合起来，晚上值班的医生只有一个人，所以要是一楼的急诊没病人，我就蹲守在二楼的病区。

我从二楼下去，老远看到全科诊室门口的铁椅子上坐着一个穿黑色皮衣的女人。她双手捂着膝盖，正在等我。她的衣服上染满了绿色的植物液体和褐色的泥巴，颈部的皮肤上渗着暗红的血。她的膝盖肿胀，不能活动，轻轻按压就疼得躲避，初步判断，是膝关节损伤。我们放射科夜里没人值班，没法拍片子，我就建议她先喷点云南白药，然后到上级医院去做 X 线检查。女人说家里有这个药，她丈夫就把她搀扶起来，问我离得最近的大医院在哪里。我说："你们在小城镇坐车，到了底站下车，一下车就能看见医院。"她丈夫便搀着她往外面走去。

女人比她丈夫矮了一大截，小鸟依人般依偎在他怀里，一跛一跛地从大厅里出去了。看着他们相互搀扶的背影，我不由地又想起了正在住院的叶瑛，要是也有人照顾她，那该多好。

叶瑛白发苍苍，患有高血压、脑梗死、慢性胃炎和恶性贫血，她最近一直头晕，食欲不好，时不时要跌倒，有邻居来住院，她便跟着她们一起来了。她是一个人来的，没有人陪，已经住了四天，住院期间没有任何人来看她。晚饭后，我看她坐在住院部拐角处的椅子上，正和同伴聊天。

她怕孤单，有人和她说话，她就会很高兴。

叶瑛已经很老了，老得让我所有的同事都觉得她需要人陪伴。她的头发全白了，白中泛着焦黄。她驼着背，几乎弯成了九十度。她一只眼睛萎缩，失明了。叶瑛第一次来住院时，我的同事都十分担心，让我去跟她谈谈，让她喊家属来陪伴，"一个八十多岁的老太婆，患着头晕的毛病，没人在身旁，万一哪天不小心在地上滑倒了，或者起夜时不小心绊一下，后果不堪设想"。

我去和她谈："我希望你家人来陪你。"

她耳聪目明，口齿清楚，思维清晰，一听我说这话，就哭起来："没有人会来陪我的，我就一个人。"说罢低头擦起泪来。

她的丈夫已经去世几十年了，在她四五十岁的时候就早逝了。子女长大成家后，全都离开了，这二三十年来，她都一个人过。

她是我辖区的慢病病人，常常来找我，对于她的病情，我比大多数同事更了解。她虽然经常头晕，经常来门诊挂水，但她最突出的问题不是高血压或脑梗死，而是严重的贫血，她的血红蛋白常常只有50g/l。她贫血的原因大概是因为慢性胃炎。她长期服用奥美拉唑，对于这个年龄的人，患有慢性萎缩性胃炎，长期服用奥美拉唑并不是最好的选择。但是，一旦停用，她就会马上觉得上腹痛，所以不得不长期服用。

她贫血最严重的时候，血红蛋白低到了 30g/l，去大医院输过血，但维持不了多久就又会回到老样子。我跟她说："你头晕的大部分原因，可能还是因为贫血。"

她说："我知道，贫血是几十年的老毛病，治不好的，我现在就是想挂挂治头晕的药水，你知道我有高血压，也有脑梗死，所以你只要给我挂挂这个药水就行了。"

我说："就算我给你挂了，贫血纠正不了，你头晕的毛病可能仍然存在。"

她说："那我不怪你，你只要给我挂治脑梗的水就可以了。"

她很清楚自己贫血的事，她的子女也知道她的身体状况。七十岁之前，她经常去输血，但贫血只是慢性胃炎的一个并发症，后者的问题解决不了，输血也就不能从根本上解决。但她不当回事，觉得这就是她本该有的状态，治疗与否都没有什么特别的意义。她只希望我能为她输点治疗头晕的药，能不能达到预想的效果已经不重要了。她每年这个时候都要来输液，说否则就会病情加重。其实这已经形成了一种心理暗示：输液的心理安慰作用大过药物的真实作用。

她每次住院，都是跟着同伴一起来的。她的同伴也是个寡妇，比她小十岁，她希望她俩能住在同一个房间。寡妇住的病房是三人间，比她的床位便宜十块钱。省钱是一方面，最主要的是，在陌生的病房里，她怕孤单，希望有个熟悉的伴，能在夜里和她聊聊天。

叶瑛刚入院的前两晚，她同伴的病房里周转不出空床来，她就被安排在拐角处的双人间。双人间病房外就是河岸，河两边是垂柳，还有正在盛开的美人蕉，人站在窗前，就可以看到屋外的风景，但她从来不到窗户跟前去。我每次去看她，都看到她把自己包在被窝里，弓着身子蒙着头，把脸朝向门的这一边。我说："外面阳光这么好，你为什么不去看看？"

她说："没人和我说话，我一个人害怕呀！"说着，眼眶里便涌出了泪。

隔了一天，她的同伴一大早来找我："医生，你一定要帮帮叶瑛啊！昨天晚上，她打完开水后，找不到病房了，走了好长的路，绕了好几圈，才找到自己的房间。她怕一个人待着，就一直哭，拽着我不肯让我走。她想和我住在一起，我没什么办法，只能一大早来找你！"

下午，她同伴的病室里有一位病人出院了，叶瑛便搬去了。

第二天，我去查房，看到三个病人熟络地坐在窗户前聊天。叶瑛握着同伴的手，看到我进来，愉快地打招呼。

我说："你搬过来了？"

她笑得很开心，放开她朋友的手高兴地回应："是的，我昨天下午就搬过来了！"

空闲的时候，两个老太太常常牵着手，一起站在窗户前，一边看风景一边聊天。那景象，免不了让人想着：岁月静好，渐渐老去。可是，漫长的岁月里，一个八十多岁的老太太，日复一日地一个人生活，那又该是一种怎样的孤单啊！往后的日子里，她还会越来越老，身体也会越来越差，如果有那么一天，她躺在病榻上，老得动不了，那又会是一番什么样的景象呢？

卖栀子花的老太太

宋小花是我分管病床的另一位寡居的老人，八十二岁，住院的原因也是高血压和脑梗死，她是我同事的亲戚。

宋小花刚住进来的时候，有位同事说："这是护理部李明明的堂外婆，有点不讨人喜欢。"据说平时在门诊，这位堂外婆来看病，一见到医生，不等医生开口，就会先亮出自己的身份："我是李明明的堂外婆，家里就我一个人生活，我先给你说明白……"然后她就会接着说一大串条件：我不要这样……我不要那样……你不要给我开这个……也不要给我开那个……她列举完后，才会说："我今天主要是来看……"

大家碍于李明明的面子，就都睁一只眼闭一只眼，任由老太太随心所欲地开条件，只要不是太过分，不真正违背原则，大家一般都会满足她。李明明对自己这位堂外婆的处事方式也很有意见，不太待见这位远方亲戚。堂外婆自己也知道堂外孙不喜欢她，所以每次来看病也不去打扰人家。

她入院那天上午，我正在查房，护士通知我接新病人时，我还差最后一位病人没查完。那病人情况比较复杂，我多花了一些时间。等我忙完去看李明明外婆时，她正在病房里急不可耐地发火。看到我进去，她批评道："你们这些医生，眼里还有没有我们病人？我都等这么久了，你到现在才来……"她说话的声音很大，嗓门很粗，个头也比一般的老太太高，身材很胖，顶着一头乌黑的头发，口齿十分清楚，思维也很清晰，完全不像一个八十二岁的老人。

我说："老人家，您哪里不舒服？"

她说："我哪里都没有不舒服，我身体棒得很，我住院就是想挂个水，我本来只想在门诊挂，但他们都说住院划算，所以我就想着，那就住个院吧。"

我问她："那您想挂什么水呢？"

她说："我头昏，有脑梗呀，走路都差点跌了一跤，当然是要挂脑梗的水呀。"

我问她多大年龄了，她说："我八十四了，哦不，我身份证上写的是八十二岁，要比实际年龄小两岁。我没什么病，你不要给我开一些没用的药，乱七八糟的药你开了我也不吃。"

我还没有开始诊疗，她已经预设了我会给她开没效果的药，并且在假定的事情上开始了真实的反抗和情绪的对立。她拍着胸脯从床上坐起来说："你看我身体棒棒的，什么活都能做，扳苞谷、挑担子、摘枇杷、种菜、浇水，什么重活我都能干，今天早上天刚亮，我还去外面大市场卖花呢！"

我问她卖什么花。她说："栀子花呀。我种了20多棵栀子树，也种了枇杷树。"她卖栀子花，也卖枇杷。"现在我来住院，你们不让我回家，我的枇杷就被鸟吃了。"

她停顿了一下后接着说："医生，我最多只能住一周，要不最好住三天，三天后你就让我出院。"

我说："依你现在的情况，走路都会头昏跌跟头，住三天是解决不了问题的，如果你真的只想挂三天的水，那你也可以去门诊。"

她说："那可不行，我这病门诊又不能报销，只有住院才可以报销多一些。"她精打细算，住院的目的不是为了治病，而是省钱。她说到了这个年龄，得了这种病，治疗与否其实意义都不大。我说："那您来住院，还不是想让身体变得更好一点吗！"她说好不好都已经是朝着阎王爷招手的人了。只不过时间到了，就像生锈的老机器用久了需要保养一样，她也得到医院里"保养"一下。

社区里的很多老年人都有这种古怪的观念，并且根深蒂固，尤其是有头昏症状又伴随多种慢性基础病的老年人，一到冬春季节，就会一窝蜂地往医院挤，想要挂水"疏通疏通血管"，或者"保养保养身体"。你若是这样劝他们：没什么明显的肢体活动障碍、面瘫或者口齿不清等症状，完全可以在家继续吃药。但他们似乎听不进去，并且言辞凿凿，坚持认定不挂水症状就会加重，最后还会加一句"人家都是这么说的"。你问他"人家"是谁，医生、护士还是街坊邻居？他们便笑而不答。不过有一个现象也很有趣，若是医生在他们身体并没有明显变化的情况下，拒绝"挂水预防"这一并不合理的要求后，过不了几天，他们头晕乏力的症状可能真的会加重，并且当他们再来医院时，的确已经到了口服药物难以改善症状，必须要静脉用药治疗的地步。那时候他们就会怨医生，怪他们没有先见之明。

宋小花给我提了一大堆要求后，我说："你要求三天就出院，那我治不好你的病。"

她说："我知道，别说三天，就是给你十天，你也治不好；别说你治不好，去任何一家大医院也都治不好，我没指望你能把我的病治好。"

我说："那你为什么还要来住院？"

她说："时间到了，我难道不应该保养保养吗？自行车骑久了都要修养一下，我是人，虽然已经不中用，是半个废人了，但也得保养一下。虽说阎王爷已经朝我招手，但我还不想那么早就跟着他去！"

她说得头头是道，让人无法反驳。我给她检查身体，她摩拳擦掌，在空中比画："你看，我身体好吧！"

我让她拉一下裤脚，看她腿是否水肿。

她就把裤子拉起来，把脚伸在半空中："你看我厉害吧，腿都能抬这么高，你恐怕都做不到我这样。"

我说："不错，你的确很棒。"她头发很黑，比一般年轻人的头发还要黑，我忍不住感叹，问她有什么秘方，怎么保养得这么好。

她突然有点害羞，不好意思地说："哎呀，不是……这不是我自己的头发……"她伸开手指头，插进头发梳理了几下，"这是假发。"

她的假发被手指这样一弄，突然盖到脸上，差点掉下来。

宋小花很爱惜钱财，总是和我讨价还价，问我每天能花多少钱，最后总共要花多少钱。我告诉她大概的数字，她一听，从床上翻起身："我已经交了 1000 元，难道还不够吗，难道出院时不是退我三四百，还要我再交这么多？"

我说："有可能！"

她气呼呼地跳起来："我都八十多岁了，一个人生活，你们医院就对我没有一点同情心，国家就对我没有一点照顾吗？"

我给她算了一笔账："医保可以给你报销 70% 到 80%，那就是国家对你的照顾。"她听不明白，觉得只有免费或者倒贴钱给她才算得上是真正的照顾，如果不是这样，无论报销多少，只要她自己掏了钱，都不算照顾。

"你既然说报销，那为什么还要收我的钱？我可是听说有些人看病一分钱都不掏的，你可不能哄骗我这老太婆。"

我说："也许有看病不花钱的人，也许人家为国家做了重大贡献，但我也没遇见过这样的人。"

她突然情绪激动："我生儿育女，把孩子都拉扯大，从未给国家添过麻烦，辛辛苦苦一辈子，难道就不是给国家做贡献吗？"

我给她讲道理毫无用处，反倒让她更加强词夺理，便只好用她的思维方式来回答："人家每个月都会往医保卡里充钱，你有工作吗，每个月都往卡里充钱吗？"

　　她有点不好意思，笑着说："我没有工作，也没有交过钱。"

　　我说："那就对啦，你一分钱都没有交过，国家还给你报 70% 到 80%，难道不是对你的照顾吗？"

　　她笑笑说："也是。"

　　我说："您只掏了卡费，一年总共交三四百，也不能指望国家把你看病的费用全部掏了吧！"

　　"那也是。"她点点头，算是接受了。

　　宋小花一个人独居，我问她有几个孩子，起先她说有三四个。我再问，她说有四五个。我再问："您到底有几个孩子？"她就扳着手指头数了一遍："那就三五个吧，我年轻的时候小产过一个，后来又夭折过一个，现在就剩下三个了。"

　　我问她老伴的情况，她爽快地说："老头子不在啦，他已经死了一万零七十天了。"

　　我听到这样一个庞大精确的数字，脑袋突然像是被什么东西敲了一下，我问过无数病人他们配偶的情况，也有无数的病人丧偶，但他们的回答一般都是伴侣去世了多少年，从没有人像宋小花这样，用这样一个庞大精确的数字回答我。我一时间根本无法弄清楚一万零七十天到底是多长。

　　我重复道："一万零七十天？"

　　"是的，他离开整整一万零七十天了！"她突然变得柔和起来。

　　"一万零七十天是几年？"

　　"二十七年半。"

我对这个刁钻精明的老太太有了新的认识。我不知道该说些什么，沉默了一会儿，才接着说："你住院了，需要有人陪……"

她不等我说完，便打断我，恢复了刚开始的说辞："我一个人住，孩子都不在身边，自从老头子死后，这一万零七十天都是我一个人生活的。"

我强调住院和在家里不一样，得有个人照顾。她摇摇头："没事的，我什么事都可以自己做，不需要他们照顾我。我自己在家几十年都是一个人，没有任何陪过我。我天天都到树上摘枇杷、摘栀子花，每天早上都去市场上卖花、卖枇杷，我所有的生活费、医疗费，都是我自己挣的，我不需要任何人来照顾我，我住院也没有告诉任何人。"

她态度坚决，没有任何商量的余地，她提出每天必须要回家一趟，理由是要回去看她的枇杷和栀子花。"你要是不让我回去，我的栀子花晒蔫了，我的枇杷被鸟吃了，你赔我损失吗？我可是要靠着卖枇杷和栀子花过日子的。"

我说："你都八十多岁啦，你说你每个子女退休金都有一万多，那你生病了，就让子女孝敬孝敬你吧。"

她坚决不同意，说自己能走能动的，不愿意花子女的钱，也不愿意给任何人添麻烦。所以最终她还是没有告诉任何人她住院的事。

她的病情比较稳定，不用操太大的心。但是，住院的第三天，她突然说必须得回家一趟："医生啊，我已经三天没有回家了，我的栀子花肯定要蔫了，我的枇杷肯定也被鸟吃光啦。平时我都是一大早摘了枇杷和栀子花就到市场上去卖的，但这几天我住院，你都不肯让我回去，今天无论如何，我都必须得回去一趟。"

我劝不了她，只好准许她回去一趟："回来带点枇杷和栀子花吧，我买一些。"

"那不行呀，我怎能收你的钱，你可是我的主治医师呀！"

那天下午她回去，总共花了两小时。晚上回到医院时，带了两把栀子花和一袋枇杷。第二天我轮休，妹妹下夜班回来，提着一个红色的塑料袋说："这是宋小花卖给你的枇杷和栀子花，钱我帮你付过了。"

母亲把东西从袋子里掏出来：栀子花已经全蔫了，枇杷上面是一个一个被鸟啄过的小洞，已经挑不出来能吃的了。

宋小花住院的第六天早晨，我刚到医院，她老远就追上来："陈医生啊，你马上让我出院，我大祸临头了！"

我不知道她发生了什么事，让她坐下来慢慢说。

她就坐下来气喘吁吁地说："我儿子脑出血住院了，现在昏迷不醒，正在中西医结合医院的监护室里抢救。说不准快要死了，我必须得去看他，我要给他揉揉脚，给他搓搓手，我要帮他擦擦身子，他可只有我一个老妈妈呀！"说着，哭天喊地起来。

我劝她："你儿子生病了，你的心情我可以理解，但他在重症监护室，你是进不去的呀！"

她怕我拦着不让她出院，就急了，从板凳上跳起来大声说："你看我好好的，什么都可以做，我可以给他喂饭、给他端水、给他洗脚，我可以给他揉揉胳膊、揉揉腿……你今天无论如何也得让我马上出院，我必须得出院。昨晚我一整夜都睡不着，我的心都快要从嗓里出来啦，我必须要去见我的儿子。我是他的妈妈呀。"

她听不进去任何劝告，当天下午，我便让她出院了。

第二天，我的同事李明明来帮她的堂外婆办理出院手续，签字时，她说："这个老太太，自己住院的时候，子女一个都没来看过。现在倒好，自己还没治好，一听儿子病了，就急吼吼地要出院，非要跑去照顾人家，真不知说她什么好。"

拨打12345的老人

一大早天空就阴沉着，断断续续下着小雨，空气沉闷，地面湿滑。二楼的玻璃窗外，一条由南往北的马路正好从楼下穿过。路上时不时有车辆发生剐蹭，人从车上下来，相互指责，旁边就会围上几个看热闹的人。争吵无果，就又散了。

前面不远的地方——马路的对面——有一幢红瓦白墙的二层楼房，楼房的下面是院子，院子里是一排低矮的平房和一扇长年累月紧锁的大铁门。那幢楼房后面有棵柿子树，深秋时，树上的叶子落光了，光秃秃的树上就只剩下几颗红彤彤的火柿子，风吹过沉甸甸地往下坠。从来没有人看到过有人去那里摘柿子，也没有人亲眼看到过那柿子是不是被风吹落的，但果实却是一日一日减少了。突然有一天，当有人站在窗前再次望向那里时，发现柿子树上光秃秃的什么都没有了——冬天到了。

一个深夜，有位八十多岁的老爷子，拄着拐杖敲开了值班室的门："医生，麻烦给我开盒救心丸……"他上气不接下气，"我的药快用完了，今晚不来买，怕是熬不到明天了……"

我看到他喘得很厉害，便说："您的家人呢，怎么这么晚一个人来？"

老人捂着胸口，长长喘了一口气："老太婆跌了一跤，翻不起来……"他看到我犹豫，喘了口气接着说，"你放心……我没什么事……我就住在对面……"他望着窗户，指着黑乎乎的外面，"马路对面……就那——"原来那幢红瓦白墙的二层楼房就是他的家。

我说："您的孩子呢，病得这么重，得有人陪着。"

老人摆摆手，回答道："孩子都在市区，他们都有自己的事业，大儿子在政府，二儿子在银行，小女儿在大学当老师，他们在市中心，不和我们住一起……"他顿了顿，接着说，"他们都忙，没必要打扰。我有退休金，一个月一万多，就我和老太婆，花不完……你别担心……我拿盒救心丸就走……"

我还想说点什么，但他摆摆手。

老人走了，我目送他出去，望着他蹒跚的背影，又看到了他家楼后面的那颗棵柿子树。昏暗的路灯下，柿子树隐在阴影里，那上面曾经沉甸甸地挂满了火红的果实，如今却在岁末寒冬的黑夜里，光秃秃地连一片叶子都没有，着实有些凄凉。我想问那老人，楼背后那柿子树是不是他家的，可是，我还没来得及问，他就已经从对面的铁门里进去，从我的视线里消失了。

一阵冷风吹来，我连忙回去。过了几分钟，外面狂风大作，铺天卷地，紧接着大雨倾盆。暴雨在电线和水杉树梢上呜呜咽咽叫起来，雨水顺着外面的玻璃窗倾泻而下。

次日，天光拂晓，窗外的雨停了。

拉开窗帘，我看到晨曦的光亮从东边透过来，照亮了整片天空。天色蔚蓝，没有一丝云彩；水杉的红叶落了一地。地面是湿的，河岸边的草地上铺着一层厚厚的白霜。家属楼后面那只流浪的小狗，已经早早地在院子里转悠了，并时不时停下来嗅一下，好似闻到了什么好吃的。

深冬到了，空气又湿又冷。早上九点多，我们查完房后回到办公室，大家冷得瑟瑟发抖，想开空调，却怎么都找不到遥控器。也许是天冷的缘故，病人比往常少些。往常这个时候，楼下门诊的叫号器总是叫个不停，但这天十点才过就听不到声音了。临近中午，来了一个老爷子，穿着陈旧褪色的蓝色外套，斜挎着一个军绿色的帆布包，里面装着一沓厚厚的病历资料：从七八年前他第一次看病开始，往后每年在不同医院里的检查单、化验单、门诊病例、出院小结，包括所有的发票，他统统叠得整整齐齐拿来了。他不但拿着所有的旧病历，还提着所有的旧片子——足足有十几张。他从一楼上来，上气不接下气地说："医生，我要住院，楼下的郑医生让我来找你！"

我说："你是什么原因要住院？郑医生今天不在。"

老人愣了一下："他在呀，就是他刚才让我来找你的。"

往常床位紧张需要预约，有些病人不想等床，就会说认识医院内部的某人。我明白老人的意思，但那天他来得正巧，刚好有空床。

我说："你要住院的话，现在就可以去办理手续……只是，今天郑医生真的不在。"

他立即点点头，不好意思地笑了。

他患有脑梗死、高血压、糖尿病、心房纤颤，两年前因突发脑梗死在中大医院溶过血栓，一年前因为再发脑梗死又去军区总院在大脑里放过支架，一个月前因为疝气又去迈皋桥医院做疝气修补。脑梗死让他留下了口齿不清和右侧肢体轻微偏瘫的后遗症。这次他来住院，主要是因为口齿不清加重了，并且右半边身子比以往更加不灵便了。

我让他先做个头颅 CT 明确一下情况，他拿出几张片子给我看："我做过了，你看片子都在这里，还做过造影和核磁共振。"他递给我的那些片子，全是一两年前的，我说："你这片子时间太久了，不能反映现在的情况，得重做。"

他有些不高兴："我都做了这么多，还要做啊，那郑医生也没说让我做……"

我知道他心里怎么想，搬过来一张板凳，让他坐下。我在纸上画了一幅图，给他比画，我说："你有过脑梗死的病史，以前梗过的地方，现在是一个软化灶，这个软化灶没有血液供应，就像一块死肉或者一个旧疤，有疤的地方容易出血。其二，你的大脑里还放着一个支架，你又长期吃着阿司匹林和氯吡格雷，综合这几种原因都容易导致出血。你现在右侧肢体无力的症状比以前加重了，你觉得自己就是脑梗死，但脑梗死和脑出血的症状，很多时候都是一样的。万一你不是脑梗死，而是脑出血，那我们盲目的治疗反而会加重病情。试想一下，若是有出血，却仍然给你活血，那是不是会越治疗越严重？"

他听我说得有道理，就渐渐不那么对抗了："依你的意思，我在治疗前必须得再照一次脑CT？"

我点了一下头说："是的。"

他把病历和片子重新装进帆布包，坐在原地思考了一会儿，然后突然直起腰从板凳上起身，爽快地说："好，我听你的，我找你看病就由你做主，你说该怎么做就怎么做。"

我们这里只有一个放射科医生，新买的CT机周末没人操作，我建议他先去上级医院做个头颅CT平扫。他说："好，我这就去。"但走到门口，却又停下来，"要不这样，你看行不行，你先让我住进来，给我挂水，等到星期一我再去拍CT好不好？"

他还是没有完全明白我让他先做CT再做治疗的原因，于是我喊他进来，再次解释。他认真听着，不停地点头，但我看得出他是似懂非懂。我说："如果等到下周，那就过了三天时间，若是你有脑出血，或者有别的什么问题，我们没有拍片子，没有看到里面的情况，就直接给你挂水，那可能会误诊、会出大事，所以你必须先做检查，然后才能挂水。"

这次他终于听懂了，但听懂不代表认同。他还是不愿意去外院拍 CT："你看我说话不清楚，半边身子也不灵便，出去了要坐车，到了人家医院要排队、要挂号，还要找医生开单子，开了单又得排队去交钱，交完钱了去拍片子，说不定还得等，等多长时间谁都不知道，就算检查过程顺利，等我终于做完拿到片子了，那时候我回来，恐怕你这里也早都下班了……"

他说的这些问题以前的确都存在过，但自二〇一八年开始，在区卫健委的牵头下，我们和上级医院成立了医联体，并建立了内部结算渠道，以上那些环节可以统统省略。病人只要拿着我们盖过章的申请单，就可以直接去医联体医院的放射科检查。

他听后半信半疑："这样做行得通吗，你们的单子人家会认吗？"

"会认！"

他立刻眉开眼笑："要是能这样，那就太好了！"他听到上级医院可以不用排队、不用挂号、不用交费、不用找医生开单便可以做检查，十分高兴，说了很多感激话。

他叫江城堡，七十八岁，原本不是本地人，但因爱人的娘家在岛上，岳父岳母留下一幢老房子，他们是唯一的继承人，所以退休后就搬到了这里来养老。

江城堡办理好住院手续后，坐到我旁边等我给他开检查申请单。他一边等一边说："你对病人这么好，我要打电话给 12345……"

我愣了一下：12345 不是投诉电话吗？他既然觉得我好，为什么还要投诉？

你 的 苦 痛 ， 与 我 相 关

他看我疑惑，就骄傲地说："你肯定不知道吧，12345既可以投诉，又可以表扬，我常常这么干……"他说遇到不满意的事情，他就打12345投诉；但遇到感动的事情，他也会打12345表扬。

他掏出一个老人机，拨通了电话，开了免提，声音很大。这时候进来了几位辖区的慢性病病人来拿体检表，还有一位出院病人的家属来拿出院小结。他们看到江城堡那么声势浩荡地打电话，不知道发生了什么事，都静静地等候。

江城堡把自己就诊的过程跟电话那头叙述了一遍。他有些耳背，所以说话声格外大，以致外面的人以为里面在吵架，都好奇走过来在门口围观。电话那头听他说完后，重复了一遍，然后问他："……是这样吗？"

他说："是的，是这样的，这个医生姓陈……"他把方才的话又重复了一遍，并且表扬了我一番。他词汇很丰富，说了很多赞美的话，用的都是一些成语和名言警句，一屋子的人都在静静地听他打电话。他出口成章的精彩句子与他的穿着打扮和外表不太相称，让大家都很纳闷。

我这是第一次经历病人拨打投诉电话来表扬，这让我想起以往被投诉到12345的经历，觉得有如坐过山车，让人头晕目眩。

以前遭到过投诉。有天下午，一位男子带着孩子来看病，没等喊号就直接进了诊室，那时候我正在给一位同事开药。男子看到开药的人也穿着白大褂，就怒气冲冲问我们："他有没有挂号？"

同事把手中的挂号单挥了一下说："没挂号怎么能开到药呢？"

男子要插队，说他家孩子手掌被刺划伤了，要先看。

我说："你稍等下，我给他把药开了就给你家看。"他出去了。我开完药后喊下一个号，不见有人进来。

出去一看，隔壁的换药室里，我的另一位同事正在给一个孩子换药，我问："刚才的病人怎么不见了？"

同事说："这就是，我已经在处理了。"

我看到病人已经被同事接诊了，便重新回了诊室。可是第二天中午，医院办公室的人打电话告诉我，我和那位开药的同事一起被人投诉了。

医院一楼大厅里的墙壁上，挂着我们全体医务人员的工作照，我那位开药的同事和其中一位院领导长相相像，那位想要插队的男子以为开药的人是院领导，就在投诉中说："院领导没挂号，直接找医生开药是滥用职权，是置老百姓的生死安危于不顾，是利用特权侵占老百姓的就医权利。"他说这样的人没有资格当领导。他列举我的"罪过"是："作为医生，不是先为病人着想，而是首先想着怎么巴结领导、怎么拼命讨好上级、怎么想着法子往上爬，这样的医生没医德，也没有资格当医生。"医院找我调查，了解到情况完全不是病人投诉的那样，便跟对方解释。但对方不信，又打了两次投诉电话，说医院包庇，要求彻查那位院领导，并且又扣来几顶莫须有的大帽子，越说越离谱，到了后来竟然对我再只字未提了。

还有一次被投诉的经历。有天早晨上班前，一位病人来换药，说在全科诊室门口碰见一位女医生，寻求她的帮助，但女医生说还没到上班时间。后来，来了一位男医生，病人就去找那男医生。男医生说："你去挂个号，挂好了再过来。"那位病人想赶回去上班，觉得等不了，骂道："没挂号你们就不给人看病啊，见死不救，太缺德了吧！"男医生听她骂人，就说："你看病不挂号就来找医生，还这么理直气壮！"她听到男医生回怼她，就开始吐脏字。男医生被她骂火了，也冲她发火："你爱找谁就找谁去，不要来烦我。"那病人就把我们投诉了。

那天早晨，我下夜班，领导以为病人碰见的第一位女医生是我，找我了解情况。我一直在急诊值班室，没有遇见过病人，自然不存在拒诊。但那么早就出现在全科诊室门口的女医生，不是我还会有谁呢？调了监控，才知道被投诉的女医生是家住在医院附近的另一位女同事，那天她休息，穿着便装来全科门诊拿自己的东西，正好被那位病人碰到了。

……

想起这些经历，我心有余悸，所以当江城堡当着我的面拨打12345时，这些往事就像芥末，一股脑儿呛进了我的后脑勺……

进来的病人，有人和江城堡认识，等他打完电话就和他打招呼："电话声音这么大，我还以为是收音机呢！"

江城堡说："不是收音机，是我给12345打电话表扬陈医生呢！"

我缓了一会儿神。开好医嘱后，让他拿着单子去上级医院做CT。

下午两点钟，江城堡拿着片子回来了。和既往的CT扫描结果相差不大，可以放心地挂水了。他是老病人，二月份住过院，个人史一栏写着未育。一个七十多岁的老爷子，没有孩子，这让人有些意外。他刚来时，我看到他肢体偏瘫，有心脏病，脑袋里又放过支架，便跟他交代："你若是要住院，得喊孩子来，有些情况也得要孩子知道。"

他说："我自己能走能动，有任何事你可以直接和我说。"我以为他是怕麻烦孩子故意找托词。

那天下午，天气越来越冷，外面阴沉沉的，马路上渗着水，行人包裹着厚厚的衣服时不时从窗外经过。我捂着暖手宝，不停地喝热水，仍抵不住脚底渗上来的寒气。我浏览了江城堡既往的所有病案，也问了他的病史，但在我写入院录之前，我仍然想听他亲口把那些病史详细讲述一遍。

他躺在床上，手臂上已经挂了水。看到我进来，他马上从床上起身。签好谈话记录后，又躺下了。他的房间里开着空调，很暖和。他的病床靠在窗户边，窗户外是碧绿的河，河岸边有杨柳、芦苇，还有高高的水杉，水杉的叶子黄了，风吹过，时不时会碰到外面的玻璃。我靠在窗台上再次问他："你家里几个人？"

他说："就我和老太婆两个人。"

"没有其他的人了吗？"我想让他自己说孩子的事，我无法开口问他是不是未育。

他没看出我的窘迫，叹了口气说："我是失独家庭，二〇〇一年的时候，儿子被火车撞死了。"

我听到这话，愣了一会儿，不知道说什么好。过了好大一会儿，才又问他："你这个病是二〇一七年得的，当时你去了好几家大医院，也放了支架是吧？"

他说："是的。"接着就把患病的整个经历又向我叙述了一遍，他的叙述和既往的病案记录稍微有点不一样。他突发脑梗死之后，先是溶栓、抗凝，半年后复诊，发现另一半大脑的动脉供血也很差，便再次住院放了支架。出院后一直服用阿司匹林、氯吡格雷和他汀。近期因为腹股沟斜疝做手术，把这些药全停了。

他一直没有用抗凝药，房颤的病人，既有高血压又有糖尿病还有脑梗死，没有抗凝的话，很容易再次脑梗死或者心肌梗死。我经常遇到房颤的病人，跟他们聊抗凝治疗的事，很少有病人马上就能听明白。但江城堡对自己的情况很了解，没等我提起，就主动和我谈起抗凝的事，这让我们之间的谈话很顺利。

江城堡谈完了自己的病史后，又和我说了一些以前工作上的事，还有他妻子的事。最后，他终于谈到了我一直想问而又不敢多问的事情上，他主动和我说起了孩子。

"他被火车撞死的那年，二十三岁。也怪他自己不成器，十八岁进公司，二十三岁就失业了。失业后档案发配到了当地的社会保障局。他认识一个朋友，但那朋友是骗子，骗他说可以为他找一份工作，但前提是得把手机给他。那时候，手机还很稀缺，大多数人用的是 BP 机，只有很少的有钱人才用手机。他朋友拿走他的手机后，第二天就搬家了。他找不到朋友了，四处打听，终于在桥底下的一户人家里找到了他。他跟朋友要自己的手机，朋友说手机在客户家里充电，得等到晚上才能去拿。那人是个油漆工，那天，是十月的一个晚上，八点过后，天已经很黑了。他们要经过一条路才能到他朋友的客户家。那条路上，有十几条铁轨，他们要穿过那些铁轨到对面去。等走到那些铁轨跟前，正准备穿越时，有一辆火车亮着灯从老远的地方飞驰过来。他的朋友连忙从轨道上跑过去。火车很长，他怕朋友会耍花招，等火车所有车厢全部开过就跑得不见踪影，于是他也从那轨道上冲过去。结果，他就被那火车撞死了……"

江城堡躺在床上，平静地讲述着遥远的往事，似乎那个被火车撞死的人与他毫不相干。他口齿不太清晰，话语虽然连贯，但听上去有些颤抖。他睁着两只眼睛，看着天花板，他的右眼睑有些下垂，总是半睁半闭。讲到这里时，他妻子来了电话，问他什么时候回家吃饭。他说："我今晚不回来了，就住在医院，明天早上起来还要做检查……"

挂了电话，他接着说："他被撞后，现场抢救了四十分钟，没救过来，被作为无名尸送到了火葬场……"

突然，江城堡身上有个清脆的声音响起来，他停下来在胸口摸了摸，然后掏出来一个大红壳子的智能机。

我说："你有这么一个时尚的新手机，怎么还用那么旧的老手机？"

他看着屏幕笑了："这东西，太先进，我不会用！"说完，把手机的声音关掉，重新装进口袋里。他停顿了一会儿接着说："我们一直不知道儿子被撞死了，一直想着他可能去了什么地方找工作，但是谁知道……后来，过了好久，才有人通知我们去火葬场，说有个无名尸，让我们去辨认一下……我们看到他时，他已经死了很久。他那朋友只赔了我们三百块钱……"他伸出三根手指头，没有再说下去。

"那你们没再去找他们吗？"

"没有了，那时候我们极度悲伤。人都没了，要别的还有什么用？即便他们给我们一百万、一千万，又有何用！也是孩子不争气，亲手酿造了自己的苦果。而我们能不给人添麻烦，就尽量不给人添麻烦。针能过去的事情，线也能过去……我们来到这世上，不是给别人添麻烦而来的，而是为了方便别人。我们活着，不仅仅是为自己，还要为父母、为亲人、为兄弟姐妹、为邻居、为身边的每一个人……"

护士进来发药，跟他说晚上的服药事项。他停顿下来，表扬了护士。

窗外寒风吹过，水杉的枝头在玻璃上撞击了几下。窗户内，他的病房很暖和，我的手也已经变热了，脚下也慢慢不那么冷了。护士出去后，他接着说："无论什么时候，人都应该有感恩之心，别人对你好，你应该领情，应该赞扬他。举手之劳可以帮助别人的事情，为何不去呢！你对我负责，我就应该感谢你。我没什么礼物，你也不见得要我什么东西，所以我就打个电话到12345，把我对你的表扬传递到上面，再由上面传达下来……"说着他拿出手机，给我看12345的反馈。

一周后，医院办公室通知我去拿奖励，说有人在12345表扬了我。

在那之后，他每年都来住院，每次都是一个人，并且每次来都指明要住我管理的病床。

皮肤瘙痒的老妇人：
可恨之人，必有可怜之处

这位可怜的老妇人依靠着政府发放的居民养老金和摘芦蒿困苦度日。自从她的老伴儿在一年前得了脑出血之后，便瘫痪在床，生活不能自理。家里的一切，都靠她操持。几个孩子结婚后都离开了小岛，一年半载见不到两次面。她和老伴儿都生病了，需要人照顾，也需要钱看病，但她打了一圈的电话，孩子们个个都在忙，手头都缺钱。老伴儿瘫在床上每天要吃药，如果她不想现在就变成寡妇，就必须得想办法弄到钱。于是，七十八岁的她，加入了摘芦蒿的大军。

岛上种植着大量的芦蒿，到了收割的季节，需要大量的劳力，这些劳力大部分是留守在岛上的老年妇女，我上面提到的老妇人张兰英，就是其中的一位。

张兰英是外省来的，五十年前，她的丈夫外出打工，四处飘零。有一天，他和同乡的伙伴乘着一艘破落的船，在长江里漂流，漂了两三天，漂来了这座小岛。那时候，岛上荒芜，人烟稀少，四处都是芦苇。他们把芦苇砍下来，开垦荒地，种了农田。这里是风水宝地，土地肥沃，农田茂盛，他们没费什么劲就吃饱了肚子，过上了好日子，便又把家里的妻儿老小亲戚叔侄全都接了过来。他们在这岛上生根发芽，一代又一代传承下来，变成了本地人。

张兰英的亲戚、邻居大都是那时候和他们一起从安徽逃荒到这里的。他们靠种植庄稼生活，几十年来，他们在这岛上过着衣食无忧、与世隔绝的生活。有一天，长江上架起了一座桥，岛和外面连了起来，他们这才走出去，发现外面的世界更精彩。子女们再也不满足于起早贪黑的农耕生活，长大后一个个都飞走了。留守的一代越来越老，年迈力衰的他们，没有文化知识，与现代生活渐渐隔绝。他们生怕连累了子孙后代，所以到了八十岁，也不忘自食其力。

初春，张兰英跟着邻居妇女去大棚里摘芦蒿，工钱一天七十元。大棚里既潮湿又闷热，老年人抵抗力弱，挨不了几天，就患上了咳嗽或者腰背痛的毛病。更有甚者，凌晨下地，忙到天亮还没顾得上吃早餐，就一个跟头栽倒在田野里再也没醒来。虽然去大棚摘芦蒿有诸多艰辛，也有个别死过人的例子，但仍然挡不住她们自食其力的决心。总之，她们不觉得自己已经老得不能胜任这样高强度的劳作了。

张兰英七十八岁高龄，患有高血压和糖尿病，骨质疏松让她全身疼痛，必须弯着腰、拄着拐杖才能走路。不过一开春，她仍旧满怀信心地跟着邻居去大棚干活，但很不幸，不到两天，她就患了严重的咳嗽和皮肤过敏。

她拄着拐杖来医院，坐到医生对面，开始陈述自己的苦难："唉，医生，我咳嗽……"说着，上气不接下气地咳起来，"你看，我身上也起了红疹子，痒死了，整夜都不能睡觉……"她撩起衣服给医生看。

冷医生给她做完检查后，考虑她是呼吸道感染和皮肤过敏，建议她先查查血常规和 X 光片。

"说句实在话，"张兰英哭起来，"要不是家里还瘫着一个老头子，我这把老骨头，今天这里疼明天那里疼的，还不如早点死了罢了。"

冷医生见不得老妇人哭泣，安慰了几句，让她去做检查。张兰英擦了一把泪："医生，我没钱啊！我只带了一百块，那个检查得多少钱，我怕做完检查，药还没开，钱就没了……"

冷医生听她没钱，又这么艰辛，改变了主意，直接给她开了药："要不这样，你先吃药挂水，这样可以省点钱，如果效果不明显，你明后天再做检查。"

老妇人一听可以省钱，就从板凳上站起来激动地说："你真是好人啊，帮了我这么大的忙，你姓什么，我可得好好宣扬宣扬你的功德。"

冷医生说："我姓冷，以后你看病若是有困难，可以直接来找我。"

张兰英千恩万谢，拿着处方和病历出去了。她原本以为不做检查，是花不了多少钱的，但当她把一张百元大钞塞进窗口，只找回来二十几块钱时，她很失望。她以为自己数错了，就站在窗口前，一遍一遍数，但不管她数多少遍，钱数仍旧那么少。她问里面的工作人员："我什么检查都没做，为什么还收那么多？"

收费员告诉她："我们是按处方收费的，处方开多少，我们就收多少，如果你有疑问，就云问医生。"

她极不情愿地离开窗口，想去跟冷医生问个究竟，但一想到刚刚才夸赞过他，就忍住没有去：万一这药用下去，第二天就好了呢！这样想着，便罢了。

谁知第二天，张兰英的咳嗽不但没见好转，身上的皮疹还越来越多了。她挂好号后，没等喊号，就直接冲进诊室找冷医生要说法。很不巧，那天冷医生休息，接诊她的是钱医生。张兰英把病历扔到桌子上，撩起衣服愤怒地说："你看，昨天我还好好的，冷医生看完，今日就变成这样了。"她将以前在其他医院开的几袋中草药放到诊台上，"这是中医院开的治疗腿疼的药，这几天我身上痒，怀疑是这个药有问题，本想问冷医生这药还能不能继续喝，但冷医生什么都不问，就直接给我开药挂水，现在你看，他把我治成这样了。"

钱医生一听老妇人这样说，不敢给她看了，建议她去上级医院。张兰英说："我就是吃了他们大医院开的药才身上痒，你给我挂水，我哪里都不去。"

钱医生说："你都说了挂水没用，还越挂越严重，我哪敢再给你挂！"

张兰英改变了态度，语气缓和了下来："你今天再试试看，若是这次没效果，我绝不怪你！"钱医生不肯，她就发誓，说自己不是那种诬人耍赖的坏人，若是真好不了，她也绝不找他麻烦。钱医生就让她按了红手印，给她挂了两瓶抗过敏的药，然后再三嘱咐："若是不缓解，一定得去大医院。"

第三天早晨，我上门诊，刚到诊室，钱医生进来了，他要下夜班，临走前跟我交代特殊病人的情况。他提到了张兰英，把她就医的大概过程跟我描述了一遍，嘱咐我若是遇到她，得格外注意。

那天真是凑巧，我坐诊的第一个病人就是张兰英。

她拄着拐棍气喘吁吁地进来，不等我问话，便直接坐下来把病历扔到我面前。

我问："您哪里不舒服？"

她拍了一下桌子，气冲冲地说："你自己看吧！"

我打开病历，详细看了前两天的记录，问她："和前两天相比，今天你觉得有没有什么变化？"

"能有什么变化，变化就是冷医生把我看坏了。"

我说："那你今天来是想要我为你做些什么呢？"

张兰英说："你就按照上面写的药水给我开，我要挂水。"

我说："那你得告诉我咳嗽有没有好一点，还有你身上过敏的地方怎么样了？"

她撩起上衣襟："你看，我现在变成这样，都是冷医生搞的，我要找他算账，但这两天都看不到他，他是不是躲起来了？"

她腹部和躯干全都是酱红色的斑疹，密密麻麻成团成簇，的确是很严重的过敏反应。我仔细地查完她的身体后，想起钱医生的话，便和她说："你若是要挂水，我今天能用的药，和昨天一样，若是没有缓解，我建议你去大医院。"

她犹豫了一会儿后说："那你就先按昨天的开吧，若是不见效，我明天再去。"而后她没有再来，我以为这件事就这样过去了。谁知事情远远没有结束，这不过才是一个开头。

张兰英出岛去上级医院看病，她在上级医院持续挂了一周左右的药水，花了两三千块钱，十几天后，身上的皮疹才全部消退。但自那以后，她总觉得身上不对劲。以前她就有皮肤瘙痒的老毛病，如今她觉得比以前更频发了，动不动全身就会起斑片。她认为这是冷医生用错药留下的后遗症，要冷医生赔偿她。

冷医生给她解释，她听不进去，坚持认为这一切都是冷医生造成的。她跟冷医生要钱，冷医生不答应，她就去找院领导。院领导调查后发现冷医生的病历写得不够完善，存在非技术层面的失误，当着张兰英的面把冷医生批评了一顿。但纵观全程，冷医生在诊断和治疗方面不存在原则上的失误，也不存在用错药的情况，至于她的病情为什么会加重、为什么好了之后还会反复发作，只能猜测是疾病本身的演变，因此医院也不能给她经济赔偿。

张兰英出去看病花了三千多，对于一个靠摘芦蒿挣钱的老太婆，那是很大一笔钱，她哪能承受这样巨大的损失，她必须得找一个人来替她买单。她看到找医院领导讨不到说法，便又去找冷医生。

冷医生说："如果你认为是我给你看错了病用错了药，那就让你的子女来找我，或者你干脆去告我，让法院来判决，法院判我赔你多少，我就赔你多少。"

张兰英听冷医生这么说，心里没底了：冷医生到底有没有用错药，她也不知道，但白白花了几千块，她得想办法挽回。她拿着病历资料四处求证，希望大医院的医生告诉她冷医生用错了药，可费尽周折，没有任何一位医生让她得偿所愿。奔波无果，她就不再出去，只把目标集中在冷医生身上。

有天特别冷，她包着头巾，一层套一层穿着厚厚的衣服，拄着拐棍，来找冷医生。她跟在冷医生身后，出现在二楼病区的医生办公室。"我身上又痒了，今天你必须给我一个说法……"

冷医生走到窗前："我给不了你说法，能说的早都告诉你了，若你非认为是我把你看坏了，那就让你家的子女来。"

老太太跛着腿走到他跟前："让他们来干什么，是你把我看坏了，你就得给我说法！"

冷医生抱着病历往外走："那你就去告我呀！"

她挡住他："你不要走，你要是不给我说法，你走到哪，我就跟到哪。"

冷医生绕开她，出去了。

张兰英吃力地转了个身，追着冷医生往外走："你要我去告你，我可没那功夫，我就跟着你，看你躲到哪里去……"

她行动迟缓，腿脚不灵便，还没走到门口，冷医生就从她的视线里消失了。为了这件事，她已经折腾了大半年，冷医生也被她纠缠得烦恼不已。

对于此事，大家都认为是无理取闹，但面对一个久病缠身的老太婆，除了躲着，谁都没有什么更好的办法。

我走到张兰英跟前，试着去解这个结："你是不是哪里不舒服，要来看病？"

她看到我微笑着过来，怔了一下，有些警惕："我是来找冷医生的……"

我搬来板凳，放到她面前："你是哪里不舒服要找冷医生吗？"我装作不知道他们之间的事。

她迟疑了一下，停下来，她已经不记得我给她也开过一次药，也已经不认识我了。"我全身痒，是冷医生把我看坏了，我来找他，他不理我，还骂我是大白狼。"

我笑了，轻轻拍拍她说："他骂你是大白狼，那不对，你先坐下来，慢慢跟我说。"

她放松了警惕，扶着桌子，将拐棍放下来。她右腿跛着，坐下时十分吃力，我扶着她。她艰难地坐好后，便上气不接下气地说："我全身痒，就是他把我看坏的，自从四月份他给我开了药，我身上就起了很多大疹子，你们这里看不好，我就到大医院去看，花了几千块钱，疹子下去后我回来，就经常痒，要不是他，我不会成这样……"

我说："你把衣服拉起来我看看。"

她把衣服拉起来，动作和半年前一模一样。给我看完前面后，又给我看后面，一只手撩着衣服，一只手指着后背，弯下腰："这里……这里……还有这里……全都痒……"她放下衣服，用食指和大拇指弯成一个圈："当时，我全身都是这么大的红饼子，痒得睡不着，到了大医院，人家说是过敏。花了很多钱，红饼子下去了，但留下了后遗症：隔三岔五全身痒，实在受不了，老头子就用蒜头给我擦，开始辣一下，觉得很有效，但后来就全都没用了。没办法，我又到大医院去看……"

我绕着她看了一圈，让她把衣服拉好，免得着凉。现在，她身上的皮肤除了干燥掉皮屑，已经看不到其他任何异常体征了。"大医院怎么说的，你现在用什么药？"

"他们也说不上到底是为什么，就给我开了好几大瓶药，我每天都擦，但现在一点用都没有。我再去找他们，他们也都说没什么好办法，但是，我不能就这样呀，我有高血压、脑梗死、冠心病，我的心脏里装着一个三万块钱的支架，我还有关节炎……"她伸出右腿，指着半屈的膝盖："我腿疼得连路都不能走，我全身不舒服，一走路就气喘，我想去看病、想去买药，但现在，我没有一分钱。老头子得了脑梗死，瘫痪在床上，还需要我照顾，你说我该怎么办，我不找冷医生要钱，我找谁！"说到这里，她有些伤心，停顿了一下，但很快又坚硬地说："我必须得让冷医生给一个说法，反正我是文盲，他骂我是大白狼、大灰狼，我也不知道是什么意思，但不管怎么样，是他开错了药，就必须得给我赔钱！"

我忍不住笑了，冷医生也许说她是白眼狼。"你前半年身上起红疹，找我开过一次药，还记得吗？"

她有些恍惚，摇了摇头："我想不起来了。"

我打开电脑系统，问她名字，我说："冷医生有没有用错药，我可以帮你查一下。"

你的苦痛，与我相关

　　她看到我认真地听她说话，少了很多顾虑。她把医保卡拿出来，放到我面前。我调出她的就诊记录和档案，详细阅完，和她一一核对，她听我说得正确，一边点头一边答应。查询完毕，我转身叹口气和她说："您想听我说几句真心话吗？"

　　她盯着我看了几秒钟，然后说："你说吧，我听着。"经过二十几分钟的交流，她已经开始慢慢信任我了。

　　"谈了这么久，你肯定还不知道我姓什么吧？"我指着自己的胸牌给她看，"我姓陈，你可以喊我陈医生。今天，你本来不是来找我看病的，但我看到你很不容易，所以让你坐下来和我谈谈。我想知道你到底哪里不舒服、遇到了什么问题，我希望能和你共同商量，帮你一起想办法，解决你面临的问题。"

　　她似乎有些动摇了："我就是没钱，我得找冷医生要说法。"

　　我说："你认为冷医生造成了你今天的问题，但我刚才看了，他给你开的药并没有什么错，也就是说，如果我是给你看病的第一个医生，那么今天你要找的人，可能就不是冷医生而是我了。"

　　她若有所思，但仍坚持："反正就是冷医生把我看坏的……"

　　我继续说："作为一个从医多年也在好几家大医院学习过多年的医生，我可能会和冷医生一样，给你开一模一样的药。换成大医院，当病人身上突然出现瘙痒时，也有可能会这样用药。但是你现在痒，应该与那次没有任何关系，我想知道你后来多次去大医院看，医生是怎么说的？"

　　她有些不自在，望着我的眼睛突然低垂下来，她看着桌面，揉了揉眼睛，欲言又止。其实她心里是明白的：她早已经知道自己的病情和冷医生没多大关系，只是她不愿意承认，也不想就此作罢而已。"反正我不管，我就得找他……"她的底气明显不足了，将手伸进衣服里挠痒痒："我真是痒得受不了，全身就像有什么细细的、尖尖的东西不停地在扎我……"

也许她是老年性瘙痒，也许是她身边存在什么持续的过敏原，但在没有任何体征和没做任何检查的情况下，我真的无法明确她到底是什么病。但我还是想从自己能理解的角度和她解释。

我用指甲在自己的手背上画了一条痕，划过的地方立即出现了一条红线，并从皮肤上凸起来，我说："你说的这种情况，我也经常出现，所以我完全能理解你的痛苦……"我将手背伸到她跟前，"你看，我划过的地方是不是红了，是不是肿了？"她凑过来看，点点头。

我告诉她，有一种人是过敏体质，遇到过敏原，就会出现皮肤瘙痒，这种过敏原有可能是衣服，有可能是灰尘，有可能是食物，有可能是冷空气，有可能是花粉，也有可能是药物。总之，自然界存在的任何物质都有可能引发这种症状；还有一种可能，到了冬季，皮肤干燥，老化脱屑，也会出现瘙痒；再有就是黄疸、皮炎、湿疹、真菌感染等等都有可能会引起这种症状。

她似懂非懂地点点头。

我接着说："我也和你一样，从小很容易过敏，冷风一吹，身上就会起风团，但第二天醒来，就什么都没有了。我也吃过很多药，但常常不顶用。可是，有时候，我不去管它，隔一会儿，它自然就不痒了。"

她赞成地点头，表示有同感。

我觉得这样的谈话有效，就接着往下说："你今天的感受，我完全能体会，只是，我还是得告诉你一些常识：药物其实和饭一样，即便当时冷医生开的药没效果，但现在过去了大半年，你身上再次痒，也和当时的药物无关了。你即便天天来找他，也是起不了大用处的，即便是打官司，也是不占理的。你现在要做的，应该是让孩子带你去皮炎所，或者大医院的皮肤专科看看……"

她突然有些崩溃了："孩子们都不管我，谁都不愿意理我，我身上装着一个三万块的支架，是他们掏的钱。"她突然眼眶红了，"他们谁也不肯再为我花一分钱，老头子瘫痪在床上，他们也不管，大小便全是我一个人操劳。我哪里都去不了，我浑身是病，腿疼得走不动，我想去买药，可是没有一分钱。我给他们打电话，他们都说忙，嫌我烦。没有一个人愿意陪我去看病……"她说不下去了，伤心地停下来，撩起袖子挠痒痒。她皮肤太干燥，挠过的地方皮屑就飞起来。

可恨之人，必有可怜之处。谈话至此，我便明白她常常缠着冷医生不放的真正原因了。我同情她，却无能为力。

我从抽屉里拿出一支护手霜："这是我用的，你若是不介意，就拿回去在胳膊和腿上擦擦。"

她盯着我放在桌子上的护手霜，说了声谢谢，赶快把东西收起来装到自己的包里。我想给她开点氯雷他定或者西替利嗪，但怕没效果她会来找我算账，就写在纸条上，让她去皮炎所问问能不能吃这个药，若是能吃、吃了有用，等下次有需要了再来找我。

她说："好。"

我又想到，万一护手霜她用了也不适应，便又补充道："刚才我给你的东西，你先在手背上试试，若是不痒，再往胳膊和腿上擦，若是痒或者起疹子，就扔掉。"

她点了点头，说："好的。"

我给了她一张我的名片，先让她去皮炎所看看，之后告诉我情况。我说："你可以随时给我打电话，也可以随时来找我，我就在这里。"

她的坚硬终于融化了，说了声"谢谢"，颤巍巍地站起来准备离开。我扶她起来，把拐棍交到她手里，让她慢慢走。

她出门前，冷医生回来了，她看了一眼，没有再去纠缠他，只是扔下一句话："我若是看不好，还会来找你……"

她走了，我长长地叹了口气。

冷医生问："你不怕被她缠上吗？"

我怕，怕自己成为第二个冷医生，但是，我没有回答。她走了，心平气和地离开了。现实中她面对的种种困难，我无能为力，但我希望她的病能好，也希望她不要再来纠缠冷医生。我希望过去这大半年她心中的疙瘩能慢慢解开，也希望她心中的冰雪能渐渐融化。

我不知道她往后还会不会再来找冷医生，也不知道自己会不会变成第二个冷医生，但在她平静离开的那一刻，我觉得自己花费在她身上的时间是值得的。

张兰英的故事到这里就结束了。后来，过去了两三年，她再没有来找过冷医生，我也再没有见过她。

慢病和康复

慢性病常常是那种身在其中，感受却又不是很明显的疾病，如果你自己、家人或者朋友患有高血压或是糖尿病，平时控制不达标的话，最好去医院，或者找找家庭医生，让他们帮你调调血压或血糖，尽量控制在目标范围内，因为压死骆驼的绝不仅仅只是那最后一根稻草。

不听忠告的慢性病患者

有天深夜临睡前，我刷了刷手机，看到最上面的一条朋友圈，是"郑长虹小女儿"刚发的：祈祷母亲平安！信息很简单，只有一张监护室门外的照片、一串双手合十的图标和一个简短的句子。"郑长虹小女儿"是我给病人家属起的备注名。

郑长虹是一位慢病病人，一直患有高血压，但从来不服药，后来突然得了脑梗死，变得半身不遂，不能说话，吃饭穿衣大小便全都需要人伺候。他妻子叫李月兰，也是位慢病病人，患有 2 型糖尿病，吃着两三种降糖药，血糖仍高出正常范围两三倍，医生建议她打胰岛素，但她坚决不同意，理由是"我能吃能喝的，为什么非要戳上一针，挨那个不舒服"。

就在我看到这条朋友圈的前两天，郑长虹的两个女儿和妻子才推着他来门诊找过我。瘫痪之前，他每年体检，血压都很高，我建议他吃药，他说："我又没毛病，吃什么药！"

我向他说明高血压的危害和不吃药的后果，他不耐烦地摇摇头："你们医生就知道吓唬人，我又不像别人，得个高血压会头晕眼花或者胸闷不舒服，我哪里都不疼不痒，就算血压高到两百多，那又能怎么样！"

我想继续给他普及高血压的常识，但只说了一两句，又被他打断："我邻居家张旦旦，血压没我高，天天吃药，年龄还没活过我，上个月就死了！"

我问他邻居是怎么死的，他说是肺癌。

我告诉他肺癌和高血压是两种病，不能把肺癌的死亡原因归结于吃高血压药。他很不耐烦，努力克制着情绪听我陈述。我以为他可能在认识上有所变化，不料他却说："我的身体我知道，多少年过去了，什么药都没吃，还不是活得好好的……"

社区里有很多慢病病人，都有一套自己固有的观念，无论医生说什么，他们都不会相信。要是医生举一些后果严重的例子，即便其中有他亲眼所见的熟人，他也会认为那些倒霉的事情，绝不可能落到自己身上。

郑长虹坚持认为吃高血压药会上瘾，也坚信自己的认识完全正确，他认为过去那么多年自己没吃药没发生什么事，往后肯定也不会有。可是很不幸，在一个天冷的早晨，他像往常一样，从温暖的被窝里探出脑袋，怀着美好的心情准备穿衣起床时，突然发现自己的半边身子不能动了。他吓坏了，连忙喊身旁的妻子，但一开口，他发现了一件更可怕的事：他不会说话了。他不但瘫痪了，而且还变成了一个哑巴。妻子连忙通知女儿，等女儿从市里赶来时，已经过去了两三个小时。女儿看到父亲不能动也不能说话，赶快联系车辆和就诊医院。但当他们赶到医院，明确诊断时，已经为时太晚。

郑长虹患了大面积的脑梗死，已经失去了溶栓和介入治疗的机会，只能保守治疗。他在医院生不如死地度过两周后，带着永久性的后遗症出院了。我再次看到他时，他已经半身不遂。

郑长虹坐在轮椅上，歪斜着嘴巴，半睁着一只闭不上的眼睛，满身是尿臭味。这是他脑梗死出院后第一次来社区医院，两个女儿和妻子都陪着。我说："郑长虹，你有没有什么话想跟我说说？"

他把眼睛转向别处，故意避开我的目光。

他小女儿说"：医生，我爸爸后悔了，他后悔没听你的话，后悔没吃降压药……他突然得了这个病，我们把他送到医院时，血压都升到了两百多，那里的医生说他就是因为血压没控制好才变成了这样子……"说着便流出了泪。

郑长虹坐在轮椅上，弯着腰直不起身子，口角不停地流口水。我让他抬一下胳膊，但无论他怎么用力，那条胳膊就像有千斤重，根本抬不起来。他努力挣扎数次，但全无用处，就沮丧地低下头。

两个女儿看到这幅景象，不停地叹气，妻子李月兰则一边叹息一边抱怨："都怪你平时不吃药，现在变成这个样子，活不活死不死的，可叫我怎么活呀！"说着，大哭起来。

这个女人一哭，我就想起来她也是慢病病人，平时血糖控制也很差。为了不让悲剧在他的家人身上重新上演，我建议李月兰注射胰岛素，丈夫已经这样了，她不能再蹈丈夫的覆辙。我说："老爷子已经这样了，现在做什么都有些太晚。但你不一样，你的血糖虽然很高，但还没有出现最严重的并发症，我建议你打胰岛素，如果血糖控制不好，变成老爷子这样，那就为时太晚了。"

李月兰听我说完，马上变了脸色，大声道："陈医生，你是我的家庭医生，我知道你关心我、常常给我打电话，你们有任务，这我也知道，所以我都很配合。但现在老头子残废了，就算他以前没听你的话，现在你也不能这样诅咒我吧！"她情绪很激动，"老头子成这样，是因为平时从来不吃药。但我和他不一样，我又不是没吃药，我只不过是没有完全按照你说的来，但不管怎么样，我还是听你话的吧，你怎么能这样咒我呢！"

她越说越激动，我怕她情绪失控，就劝解道："你也不要太激动，我只是给你提个建议，我的意思是你吃这么多药，血糖还没控制下来，所以得调药。"

李月兰反驳道："你这样说我就不爱听了，打胰岛素有啥好处？我们家门口有一个女的，也是糖尿病，原本还好好的，但她就是因为听了你们的话，每天打胰岛素，上瘾了，就再也甩不掉了。没过几年，肾脏就坏了，眼睛也瞎了，然后就死了。"

我哭笑不得，她的思维又回到了她丈夫以前的老路上。肾脏坏了，眼睛瞎了，这都是糖尿病的慢性并发症，至于到底是死于何病，也未必就是死于糖尿病。可是，我该怎么说才能让她明白呢？我对她的理解偏差有些遗憾，但还是想尽最大的努力去帮助她，便说："肾脏坏了，眼睛瞎了，那不是打胰岛素的原因，我们身体内本身就会分泌胰岛素，每天打胰岛素，是因为体内缺乏。就像我们饿了要吃饭、渴了要喝水一样，身体需要胰岛素，所以得注射，而不是像抽了大烟或者吸了毒上瘾才注射……"

"我不管！"她打断我，"你说的这些我都听不懂，反正我就是不打胰岛素！这几年你一直吓唬我，说我的血糖太高会怎样怎样，但现在你看我还不是照样好好的！"

我知道自己说再多也是徒劳，不再劝她了。郑长虹歪着头一动不动地听我说话，他比以前任何时候都安静。我希望李月兰能从丈夫身上得到一点启发，但很可惜，她坚信倒霉事不会落到自己身上，这种执念，和她丈夫之前的认识一模一样。

她听不进我的任何建议，我只好跟她女儿说："你爸爸已经这样了，你们就好好劝劝妈妈吧……"

　　两个女儿为难地看看我，又看看她们的母亲，小女儿叹了口气："唉……她不愿意那就随她吧，我们这次来，主要还是想让你看看我爸爸，你看这些药……"她掏出一堆药盒子，"他还要不要继续吃，平时在家里，都是妈妈做主……"

　　李月兰又叹着气哭起来："唉，我这辈子作了什么孽了，怎么这么倒霉……"她一边哭，一边为丈夫擦口水，"你说你，好端端的，怎么一觉醒来就变成这样了呢！这半个月来为了你，我成夜成夜地伺候，吃不下、睡不着，而你却死不死、活不活的，连句话都不会说了……"她哭着说不下去了。

　　小女儿也擦了一下发红的眼眶，然后拍拍母亲的肩膀："妈妈，你也不要难过了，爸爸已经这样了，你就不要再说了……"

　　李月兰哭得更厉害了："我怎么这么命苦啊，还是我死了算了吧！老天爷啊，我为什么还活着，我为什么还不死啊，你让我死了算了吧！"

　　小女儿搂着母亲也大哭起来："妈妈，我求你不要再说了！"

　　诊室里哭成一团。

　　我画出出院小结上的几个药，跟郑长虹的大女儿说："这几个药，如果没有特殊情况，要一直服用。"

　　她大女儿弯着腰，站在我身旁，虚心地说："好，医生我们听你的。你说怎么吃就怎么吃，你开吧，开好了我就去交钱拿药。"

　　郑长虹一直低着头看地上，有时候也偷偷地看我。但当我去看他时，他就连忙避开我的目光。他不仅失语不能说话，还存在着严重的吞咽障碍，我跟母女三人交代进食进水时一定要格外小心，不然发生呛咳就有可能得吸入性肺炎，更严重时食物掉进气管里，还有窒息的可能。母女三人表示她们一定注意，说上级医院的医生也跟她们这么交代过。

随后，一家人推着轮椅离开了。

我料想他们可能会到下一个月才来开药，可谁知才过了两天，郑长虹小女儿就在微信朋友圈里发医院的急诊监护室照片，并配文：祈求保佑妈妈！难道监护室里的人不是瘫痪的郑长虹，而是伺候丈夫的李月兰？我小心翼翼地发了条微信问她："你爸爸又怎么了？"

她很快回复："不是爸爸，是妈妈！"

我很意外："你妈妈怎么了？"

"她昏迷了，正在抢救。"

虽然我知道李月兰血糖很高，迟早会出大事，但我没想到会来得这么快。

"前天回去后，我妈妈受凉感冒了。昨天呕吐拉肚子，我们早上去你们医院，你不在，就找了另一位医生，那位医生给妈妈挂了两瓶水，建议我们住院，我妈妈觉得没事就回来了。但到了晚上，她突然昏迷了，现在还没醒来……"

我判断她母亲可能是糖尿病酮症酸中毒了，便问她医生怎么说。

小女儿说："他们说我妈妈是血糖太高中毒了，您知道，她一直不愿意打胰岛素……现在，她正在监护室里挂胰岛素，人还昏迷着，我们签了病危通知书，医生说人随时都有生命危险。"

我不知道说什么才好，便关了手机，躺在黑暗里久久不能入睡。我辖区的慢病病人，有许多像郑长虹和李月兰一样，无论你跟他们说什么，他们都坚信自己是正确的，无论你如何苦口婆心，他们都觉得你讲的那些可怕事离自己太遥远，或者压根都不可能发生在自己身上。但是，灾难降临时，从来不会因为谁心存侥幸就绕过谁。

那天夜里，我睡得极不踏实，第二天到了医院，处理完手头的工作后，赶快给我辖区的几个"老大难"打电话。有的人接了，说了几句客套话后挂了；有的人一直不接电话；有的人则干脆直接挂断。我想把这个惨痛的案例分享给他们，让他们能从中得到警示，但很可惜，能完整听我把话说完的"老大难"太少了。我打了近一个小时电话，只有六七个人勉强同意到慢病门诊来面对面随访。

中午饭后，我再次刷朋友圈，想看看郑长虹小女儿有没有更新消息，但我点进去发现信息仍停留在前一夜。

我犹豫了一会儿后问她："你妈妈怎么样了？"

过了好久，她才回复："昨天夜里，她已经走了！"

金婚老人温老师

时光匆匆，有些人也匆匆走了。

要离开的人，无论你花费多大的力气，终究都留不住的。而另有一些人，也许你平时很少关注，只是在某个瞬间和他随口说了句话，但他却会深深记在心里。

又是新的一周。

雨后天晴，水杉的叶子落了一地，河岸两边的垂柳黄绿相间，清晨的阳光穿过枝头，新的一天开始了。

也许是因为天冷，十点半过后，门诊的病人就变得稀少。不知从什么时候开始，洒满阳光的天空又变得阴沉了。

下午三点多，来了一位老先生，站在玻璃门前敲了几下，问道："请问陈医生在吗？"

我回过头，看到他戴着一顶鸭舌帽，穿着深蓝色的棉袄，正在朝里推门。门把手有点不太灵便，他推了好几次无果，我赶紧过去帮忙。他没看到我，以为里面没人，想转身离开。

我拉开门，说："进来。"

他听到身后有声音，又回过头。

我说："我就是陈医生，请进来。"

老先生认出了我，高兴地说："太好了，我就知道你在，今天是星期四，你坐门诊，所以我专程来向你道歉……"老先生八十多岁，说话有些吃力。

他的外貌我很熟悉，却一时想不起来名字。

"您先进来……"我把板凳放到他跟前。他很客气，边坐边道谢："我是专程来给您道歉的。"

我不记得和他有过任何冲突，不明白谈何道歉。

周四来找我的病人，大都是我辖区的慢病病人，我得先给他测量血压。老先生坐下后，知道我要给他测血压，主动脱袖子。

我说："您先别急，才进来还喘着气，这样测血压，会不太准。"他又把袖子穿上去。

"我现在血压很稳定，前几天才开过药，这次来不测也可以，我今天主要是来道歉的：前几天，我本和你约好时间说来找你，但临时因为老太婆心脏不舒服，就去了鼓楼医院，所以时间上冲突了。当时，我想给你打电话，但不知道怎么回事，电话本找不到了，所以我今天特意来给你道歉，是我失约了，让你白等了，对不起。"

我分管的辖区有六百多位高血压病人和两百多位糖尿病病人，我常常会给他们打电话，也常常会分发我的名片，嘱咐他们有事可以随时联系我。但通完电话，时间久了，有可能就忘了。所以当这位老先生和我说这些时，我觉得很惭愧，我已经不记得他是谁了。我怕跟老先生说我忘记了他是谁，会让他失望，就婉转地问："您带医保卡了吗？"

他不知道我要医保卡做什么，连忙在帆布挎包里找，其实我只是想看看他的名字。老先生找出医保卡，放到我面前。

我把他的名字输入电脑的慢病系统，他的健康档案一览无余。看到病案，我一下子想起了他是谁。他叫温金，八十三岁，退休前在一家中学当老师，退休后回岛上的老房子养老。

病人来看医生，只面对医生一人，但医生看病人，却是面对很多人。对于温老师这样的慢病病人，记不住他的名字，对我来说，是件很遗憾的事。为了解决这个问题，我做了一个尝试：在病人来时，征得同意后，我会给他拍张照片，在空白处写上病人的名字、年龄和所患疾病。如果他的家人也患有慢病，并且一同前来，我会给他们合张影，并且标记上他们的关系。这样，我可以通过随时浏览照片而熟记他们的病案资料，当他们再来时，就方便多了。

我查询完温老师的档案后，问他："我能给您拍张照片吗？"

温老师愣了一下，不明白我为什么会提这个要求。我便跟他解释了一遍，他听后十分欣喜，连连说好。

他站起身，走到雪白的墙壁跟前，摘下帽子，整理了一下衣服，站稳后就让我拍照。平时他一直戴着帽子，脱下后，稀疏花白的头发让他看起来和平时不太一样，我觉得还是按平时的样子拍更真实，又让他把帽子戴上了。拍完照后，他凑过来看，觉得很满意。我为他测了血压，收缩压和舒张压都控制得很好。我记得他妻子也有慢性病，便问："家里老太太也有高血压吧？"

温老师说："是的，她就是血压控制得不好，才得了冠心病，但她不听话，总是不愿意来医院！"

我说："那下次您带她一起来。"

"她不愿意来呀，要是她肯来医院就好了。"说着，突然眼眶红了。"今天我来这里，也是特意抽了时间出来，她现在胸口痛，连路都不敢多走，吃饭也会胸痛，饱一点、饿一点都不行。热了不行、冷了也不行，我不让她下地，做了饭端给她，看着她吃，还得跟她说：'慢一点啊、不要烫着了、不要噎着了……'我生怕她有个三长两短。她洗脸刷牙我都不让她下床，我给她打热水，帮她在床头擦脸，我什么都不敢让她做……我这会儿是给她倒好热水、放在床头才出来的……"

窗外阴沉沉的，天色越来越暗，拖地的阿姨进来，温老师停下话音看了看时间，准备要走。但拖地阿姨出去后，他犹豫片刻，又坐下来继续说："我担心她、同情她啊，我想给她把身体治得好好的，可是她不肯听我的话，不肯来医院啊……"他无奈地叹息："要是你能帮我劝劝她，让她也来医院看看，那就好了。"

"您对她真好！"我感叹道。

"她苦啊！"他接着说了一些往事。以前，他在岛外当老师，一个月才能回家一次。妻子一个人在家带着两个孩子，不但要种地，而且还要照顾公婆。那时候，二桥还没有建成，出行只能靠轮渡。"我们整整分居二十年，二十年啊，换了现在的人，早都离婚了……"他有些哽咽，停顿了一下接着说，"现在终于过上了好日子，可是她却病了，我同情她啊……"他说不下去了，用袖子擦眼泪。

我默默听着，没有安慰他，也没有说任何话。他擦完眼泪后接着说："她心脏不好，有高血压，还有脑梗死，前几天说胸口疼，把她带去鼓楼医院，想让她住院看看，可她死活不肯，认为自己快八十岁了，根本没必要折腾，她就是不肯去医院啊……"说到这里，他又停下来擦眼泪。

我被他感动，八十岁的老人，疼惜老伴儿时的样子让人很动容。我问他们有没有吵过架，他摇头说："没有。"他说妻子养家种地，毫无怨言。她十六岁就没有了爹妈，嫁到他家来，也是吃尽了苦头。她婆婆——也就是他后母——很不待见她，处处嫌弃她，他也不敢替她说话，怕落个不孝顺的名声。两人每次见面，都要大哭一场。他住过几次医院，都是她寸步不离在照顾。

"我俩是患难之交，在这个世界上，再没有任何人能像她那样照顾我……"他说孩子长大后，有了各自的生活，都不和他们住一起。前年是他们结婚五十周年的金婚纪念，全省共选了99对金婚夫妻共同走红毯，他从未见她那么高兴过。他笑起来，用手比画："那红毯，那酒店的豪华和气派，那场面的壮观和宏大……她高兴坏了，我也是觉得何等的荣幸，我居然也可以和毛主席接见过的人一起参加金婚派对……"他激动地描述着，似乎又回到了当初派对的现场。我听得认真，也为他鼓起掌来，也分享着他的快乐。正在这时，进来一位病人，我们的谈话戛然而止。他意识到聊得太久了，就说了声"对不起"，赶紧起身离去。

温老师起身时不小心将挎包掉在了地上，我帮他捡起，他又一连道了几句谢。我给了他一张名片，他收好装进钱包说："这次可不能再丢了。"

他离开医院回家了。

那天之后，他一直记得我的电话号码。此后多年，他看病或者开药，只会挑我在的时候来医院。他和妻子每年都会去鼓楼医院复诊，但每次回来，也总会让我再看看。

意 外 的 礼 物

一天下午，突然接到肖护士的电话，问我人在哪里，说有病人找我，要给我送锦旗。当时我刚下夜班，正在家里洗衣服，心想：会是哪位病人呢？肖护士说我是不是在门诊帮一位鼻出血的病人做过填塞。我这才想起曾经看过一位流鼻血的老太太，但那已经是很久之前的事了。

如果不是肖护士提起，我早已忘记了。平日，门诊的工作既繁杂又琐碎，忙碌的时候，一天下来要接诊上百位病人。有些每天来复诊的病人，如果病情不是太重或者没什么大的变化，就赶快处理，然后接诊下一位。即便这样匆匆忙忙一个接一个，到了下班时间，常常还是有病人在等。所以，在一个病人众多的忙碌的上午，偶尔穿插进来的一位流鼻血的病人，要不是被人特别提起，还真会忘了。

我记得那天天气特别冷，门诊挤满了咳嗽发热的病人，挂号处的大厅排着几条长长的队，全科诊室门口的显示屏不停地喊号，病人一个接一个从诊室里进进出出。时不时有焦躁不安的病人冲进去，对着正在看病的医生喊："怎么还没喊到我，我要看看你们到底在干什么！"

一位老爷子冲进来站在门口大喊救命时，我正在给一位高热的病人看病。他看到每个诊室都挤满了人，便站在门口对着里面大声喊："医生，救命呀，救命呀！"

你的苦痛，与我相关

我抬起头，看到门口的人满脸慌张，"有人出血了，已经流一路了，快救命呀！"老爷子吓得声音都变了调。我不知道发生了什么，但看到老人那么慌张，料想肯定是发生了大事。正在就诊的病人也被他慌张的神态吓到。我停下手头的工作，交代了两句，赶紧跟着门口的老爷子出去了。

门口的椅子上歪歪斜斜地躺着一位老太太，穿着暗红色的棉袄，顶着一头乱蓬蓬的花白头发，两手捂着鼻子，鲜血正从她那干瘦如柴的指头的缝里流出来，她全身都是血。鼻血流这么多，有些瘆人，一旁的病人吓得捂住了半边脸。我和老爷子把她扶到换药间。我用冷水打湿纱布后，以最快的速度为她做了鼻腔填塞。病人扬起头，鼻血立马止住了，但很快，鲜血又从口腔里涌出。我让她低头，稍稍含着下巴，用拇指和食指夹住鼻梁骨，用力压下去。老太太听话照办了，我又打湿两三条纱布，更换了方才的填塞。这样换了三四次之后，汹涌的血流终于止住了，但细微的淡红色液体还在往外渗。

老太太终于喘息了一口气，但她面色苍白，有气无力，坐立不稳，已经处在休克的边缘。她出血过多，还没有完全止住，需要进一步治疗，也许得输血，我建议马上转去上级医院看急诊。老爷子听这话，腿都软了："医生，你救救她，她不能死……她流血……从车站过来，就没止住……你要多少钱，我都给你，只要你把她救活……"

我说："你也别太着急，大出血已经止住了，现在你们马上转院，到了大医院，他们会有更好的办法帮你治疗，比如用电笔止血或者输血，这些治疗手段我们这里都是做不到的。"

老爷子掏出手机，紧张得拿不稳，要我帮他打 120，我帮他拨了电话。十分钟后救护车到了，他们走了，在众多病人惊恐的目光中，跟来救护的人员也走了。

我目送老太太被接走后，重新回了诊室。

我接完肖护士的电话后，努力把上述情节回顾了一遍，事件的过程，仍然历历在目，但病人的模样，我却一点儿都想不起来了。肖护士说，她来送锦旗，已经来了两趟，这是第三趟，听说我不在，就要一直等。

我再次看到那位老太太时，她站在二楼的大厅里，穿着暗红色的棉衣，正在和肖护士说话。肖护士指着我说："这就是陈医生。"

她老远迎上来。老人面色红润，头发整洁，容光焕发，完全不是我记忆中的模样。要不是肖护士介绍，她也认不出我了。

她向我细说了来找我的经过，以及那天来看病的经历，还告诉我为什么要送锦旗。

她是专程从城南赶来的。城南的市区到城北的小岛，花两个半小时转四趟车。她是徐州人，两个孩子在南京上大学，毕业后留在了南京，她帮忙带孙子。老伴在岛上承包了几十亩桃园，周末孩子在家时，她就会上岛。

流鼻血那天，是星期一。早晨，她要赶去儿子家，老伴儿送她到车站，刚要上车，突然开始流鼻血。她压了几下鼻梁，出血止不住，便赶快往医院跑。她从车站到医院，血流了一路。等赶到医院时，她已经有些送迷糊糊。她不知道我姓什么，叫什么。转院后，那大医院用电笔给她止了血，而后输了血。下午，她的身体就恢复了。

她把锦旗交到我手上，说："回家后，我一直想着这个事，是你第一时间救了我，我应该来感谢你。但我不知道怎么感谢好，老头子说，买点水果或者礼物吧。我想，我是党员，你是医生，水果和礼物对你来说也没什么意义，于是我就想给你送幅锦旗挂起来，让别人都知道你是一个好医生。"

但她不知道我叫什么，也不记得我长什么样，所以仅仅是找到我，就费了众多周折。她先后来了三趟，先是在门诊找，又一层楼一层楼往上找，一直找到四楼院长办公室。听她已经来过两三趟，工作人员就把楼下女医生的照片全都翻出来，一个一个指给她看，让她辨认是哪位，这才找到我。

她说了很多感激的话，临走时，再次说："见到你，亲口说一声谢谢，今年过年，我也就踏实了。"

老太太走了，我回到办公室，看着室外阳光倾城，忍不住感叹：这真是一位有心的老人啊！哪怕我只是为她止住了鼻血，只是为她叫了救护车，只是安慰了她几句，她便如此记挂，如此不辞辛劳。表面上，她是来道谢的，但在我看来，这分明是来提醒我的，提醒我应该时刻不忘从医的初衷，提醒我应该如何做一个真正的医生。

社 区 康 复

轮椅上的女人

张婷住在二楼康复病区的 10 号病床，窗外是条马路，汽车从路上驶过，碾过下水道的井盖就发出"轰隆轰隆"的响声。张婷说车声太吵，夜里听到会失眠。

她的病房靠近西侧，门外的过道前是个大天井。冬天的清晨，太阳被宽宽的天井阻隔，只能照到东边的病房里。张婷住在西边，上午室内有些阴暗，做完治疗后她就自己划着轮椅，去东边过道的窗户前晒太阳。她平时住在养老院，饮食起居由养老院的护工照料，日常生活费由政府担负。这次住院，送她来的人是养老院的老陈，也是一位由政府担负日常生活费的残疾人。

冬天的上午，老陈拖着一条腿推着张婷，替她办理好住院手续后，回养老院帮她准备午餐。这是张婷第二次住院，第一次是两个月前。养老院就在医院的家属楼后面，离住院楼只有两百米左右的距离，里面的老人有好多都有慢性病，工作人员每个月会定期给那些老人来拿药。有些老人生了急性病，工作人员会送他们来门诊就诊或者住院。老人们来来往往，知道我们新开了康复科，回去后告诉了张婷。张婷听说我们可以给残疾人做康复，就抱着极大的幻想来了我们这。

她没有亲人，入院后的首次谈话沟通，我问她对自己的康复治疗有什么样的希望和目标。她坐在过道的阳光下，在轮椅上晃了晃，笑着说："我也没什么大的要求，就是希望能把轮椅扔掉，可以自己走路。再有就是，我经常憋不住小便，会尿裤子，所以你能帮我解决这两个问题就行。"

张婷是脊髓损伤的病人，双下肢瘫痪已经两年了。脊髓损伤是永久性的疾病，想恢复到从前基本上是不可能的。她的要求听上去很简单，对于没有医学常识的普通人来说，这真不是什么过分的要求。若人是一个机器，如果出现了运转障碍，只要不是老化得无可修复，通过检修、更换零件或者别的什么法子，总能让它重新运转起来。但残酷的现实是：人不像机器，医生也不是修理工，很多时候，即便全世界最优秀的医生用遍全世界最管用的法子，也仍然满足不了病人最朴素的要求。脊髓完全损伤的病人，能像正常人一样走路，这比登天还难，我料想张婷是知道这个道理的。

我听她说完自己的希望和目标后，也笑了："你这个要求可不低呀，若是我能帮你实现这个愿望，我就可以去申请诺贝尔医学奖了。"

张婷大笑着说："我知道跟以前一模一样是不可能了，但你只要让我现在好点就行。"她把要求降低了一些："要是能扶着人走路也可以。"

看来，她对自己的疾病还没了解透彻。我再一次把脊髓损伤跟她含蓄地谈了一遍，她似懂非懂地点点头，最后明白了我的意思。她知道自己永远都不可能回到以前，像个正常人一样去生活，这让她变得有些沮丧。正在这时，老陈来给她送饭了，便把她推回了病房。

下班前，我再去看她时，她的情绪已经恢复了。我走到病房门口，老远听到她在房间里一边打电话一边大笑。

张婷四十多岁，离异多年，有个儿子跟着前夫，已经快十八岁了，但很少来看她。周二，省人民医院康复科的曾主任来查房。我们区政府与医科大学附属医院建立了院府合作，康复科是院府合作的重点项目，专家会定期来社区帮扶。曾主任是脊髓损伤方面的康复治疗专家，他给张婷做完检查后说："你这些问题，其实也算不了什么，你完全可以像正常人一样，找一个男朋友或者再结婚，甚至生孩子。"

张婷听曾主任这样说，突然红了脸，连忙打断他："我这个样子，人不人鬼不鬼的，还找男朋友呢……您真会开玩笑！"她捂着嘴巴笑起来。

"我可不是开玩笑。"曾主任严肃地说，"这完全有可能。有很多病人，比你情况严重多了，但照样结婚生孩子。依我看，你现在的状态，已经不太需要专门来医院做康复了，你完全可以像正常人一样生活。比如你可以开个网店、做点手工艺，或者做个理发师、糕点师等等。这些事情，只要你愿意，完全可以做得到。"

张婷不再笑了，脸色变得严肃，她开始认真思考曾主任的话。接下来的几天，她比之前训练得更加勤奋。中午休息时，她也会独自推着轮椅去治疗室大厅的镜子前练走路。

老陈一如既往给她送早餐、中餐和晚餐，在晴朗的日子里，推着她去过道的窗户下晒太阳。我每次问张婷她是怎么受伤的，她总是支支吾吾不肯说。有次老陈给她送完午餐离开前，从我的办公室门前经过，顺便进来打听张婷康复的情况。我跟他聊了会，他对张婷的境况表示很关心，但说到她受伤的原因时，忽然叹了口气。我问他："张婷到底是怎么变成这样的？"他犹豫了一下，还是告诉了我："是她自己从楼上跳下来摔的。"她为什么会跳楼，没有人知道原因。

有一天我给她贴电极片，一边贴一边说："曾主任那天说的话，我觉得可行，我看老陈对你挺好的……"

张婷躺在床上，挪动了一下身子，听到我说老陈，突然像触了电似的大声笑起来："老陈？算了吧，养老院的人也会这样开玩笑，但怎么可能，他都那么老了，还是个残疾人……"

"但他对你挺好的……"

"对我好又能怎么样，难道因为他对我好，我就应该跟他好？那绝对不可能！"

我还想说点什么，但很显然，她根本看不上老陈。虽然她自己也是一个残疾人，但谁说残疾人一定就只能找残疾人呢！我对她敢于追求幸福的勇气，表示敬佩。她皮肤雪白，纹过眉毛，年轻的时候，肯定很漂亮，现在坐在轮椅上，也仍旧有几分姿色。我想知道她到底是因为什么才跳楼，这两年坐在轮椅上，不知她有没有后悔过。我小心翼翼地说："听说你是从楼上掉下去的，好端端的，怎么会从楼上掉下去呢！"

张婷陷入了沉思，过了好久，才说："那天……有点晚，我喝了点酒，喝得有些多。天黑，在阳台上，不小心就掉下去了……"她似乎有些惆怅，轻描淡写，将受伤的过程就这样一带而过。很显然，对于已经结痂的伤口，她已经不愿意去碰了。

"你看不上老陈，那有没有你能看得上的其他人？"

她突然笑了："其实我一直在等一个人！"

"哦，是谁？"我贴好电极片，调试好仪器后问她："可不可以给我看看？"

她从枕头边摸出手机："是我老公，我一直在等他，他是我见过的长得最帅的男人！"

"你不是已经离婚了吗？"我有些愕然。

"是离婚了，不错！在儿子三岁的时候，我们离婚了。"她平静地说，"他太花心，隔三岔五带别的女人来家里，我实在忍受不了，就主动和他离婚了。现在，我儿子已经快十八岁了。我想他也应该收收心了。其实这么多年来，我一直在等他！"

"那他呢，他再婚了吗？"我对她这么多年的等待感到不值。

"没有，他是个活老鬼，满身都是文身，身高一米八，身材魁梧，体魄强壮，又那么花心多情，哪个女人敢跟他！"

她想给我看他的照片，但在手机上翻找了好大一会儿，都没找到。

"老陈知道你一直在等他吗？"不知道怎么的，我又提到了老陈。

　　"他怎么可能会知道，老陈在养老院，只不过是帮助我一下，你是不是听养老院的其他人说什么了？他们会造谣，我和他能有什么。他的一条腿都是假的！"

　　我正在给她放沙袋，听到她说老陈的一条跛腿是假的时，惊得差点把沙袋掉下来。我认识老陈已经有三四年了，他常常来开降压药，我只看到他走路是跛的，但从来没想到那条跛腿竟然是假肢。也许，我看到的很多事情也都浮于表面，就像老陈的那条假腿。

　　张婷和大多数瘫痪的病人不一样，她很乐观，大家隔老远就能听到她的笑声，和她一起做治疗的患者都比较喜欢她，别人的护工也常常会帮助她，她在我们这里很快乐。可是有一天，30床老爷子的护工突然被主人辞退了，他背着行李下楼时，我正好碰到。我看他行色匆匆，便问他去哪里。他低着头，满脸通红，没有回答我，像个逃犯似的，风一般从我身边过去了。

　　我回到办公室，纳闷地问齐医生："你那个30床的护工怎么突然走了，我问他话，他都不理我。"

　　齐医生正在换白大衣，望了我一眼，轻蔑地说："他好意思跟你说话啊！"我问他到底发生了什么事，齐医生将白大衣挂在门后的挂钩上，不屑地说："人家花钱请他来，他不好好照顾，却跑去给你那个10床的张婷献殷勤，每天训练时，他扔下自己的主雇不管，却给张婷提鞋、系鞋带、推轮椅，被人家儿子看到了，就把他辞退了。"

　　何医生笑起来："真没看出来啊，张婷魅力还挺大，我看那个养老院的老陈也在追她，追得挺紧的……"

30 床的护工走了后，张婷的笑声，似乎比原来少了很多。

也许对于张婷和 30 床护工的事，大家都有些看不顺眼，所以在护工走后，护士也常常跟我抱怨她，说她的不好。比如，她上厕所把尿液弄到了马桶盖上，同病房的病友都嫌弃她；别人休息的时候，她要去治疗室训练，还开着手机音乐；晚上别人睡了，她还在玩手机……大家都希望我去管管她。我觉得，她们跟我反映的那些问题，都只不过是些鸡毛蒜皮的小事罢了，不说也罢。但大家对她和异性有交往这件事都比较感兴趣。有天，一位护士和我说夜班时来了一位男士，替张婷揉身子，那人不是老陈，看背影比老陈年轻，也比老陈精神，是个身体健全的人。

一个雨夹雪的夜晚，我值夜班。九点多，那位男子来了：清瘦的背影，穿一件深蓝色的雨披，提着一个保温桶，进了张婷的病房。我料想，他应该就是那位护士提起的人。

第二天，我去查房。张婷气色很好，床头的柜子上放着前一天晚上我看到的保温桶，我笑道："男朋友送来的？"

她的脸唰地红了："你都看到了？"

"是的，昨晚我夜班。"

张婷跟我聊了聊那个男人的情况。他也住在养老院。我为她感到高兴，希望她能一直快乐下去。她把我当成了可以谈心的朋友，出院前，记下了我的电话，加了我的微信，希望我能去养老院看她。我答应了她："我会抽空去看你的。"

你 的 苦 痛 ， 与 我 相 关

养老院与家属楼步行不过十分钟，但我从未去过，我无法想象
里面的人都是什么样的生活状态。养老院的工作人员经常来替老人
买药，有时候，我会跟他们问起张婷的情况，他们都说她还是老样
子。老陈有时候也来买药，我也会跟他聊聊，每当他说起张婷，仍
旧充满了怜悯之情和关爱之心。我一直记着答应张婷去养老院看她
的事，但却因为各种原因，一拖再拖，直到时间过去了两个多月，
我才兑现承诺。

在一个狂风暴雨的夜晚，我去了养老院。

下了一整天的雨，水杉的叶子落了一地。冬天，天气突然变冷
后，住院的病人倍增，我手头的活白天没有干完，加班到很晚，看
着空荡荡的办公室和苍白的灯，我顿生诸多烦闷，于是关机熄灯下
班。路上，风雨飘过，落在伞上，我踩在枯黄松软的叶子上，想起
一些事，情绪低落。狂风吹进衣领，我冷得哆嗦，猛然意识到我不
能带着这样的情绪回家。于是经过医院家属楼后，我继续往前走，
一直走到养老院门口，我决定去看看。

天色已经暗了，养老院的大铁门紧锁。我站在门口往里面看。
对面的门廊里站着一个人，看到门口有人，大声问道："你找谁？"
我听出了那个声音，也认出了那个人，是老陈，他正站在那里往外
望。我连忙放下雨伞，朝他喊："我是陈医生，我来看看张婷。"

老陈认出了我，拖着那条假腿连忙出来给我开门："陈医生，
天这么冷，你怎么来了？"他激动得声音都变了。

"我来看看张婷，你们都好吗？"

老陈开了门，带我进去，碰到路过的人，不等别人问，他就主动介绍："这是医院的陈医生，来看张婷。"别人停下来和我们打招呼，有些人是认得我的。老陈带着我，穿过一条长廊，从食堂门口过去，到了对面一楼的一间房门口，停下来，敲门。

门开了，一位穿蓝色长袍的护工出来看着我问道："你是？"

老陈连忙走上去说："这是陈医生。"他冲着里面说，"张婷，陈医生来看你了！"

张婷正在吃晚餐，她刚刚洗过澡，头上蒙着薄薄的塑料膜，正在染头发。她坐在轮椅上，转过头看到是我，拿着筷子的手惊讶地停在半空中，盯着我看了好大一会儿，才回过神来尖声叫道："陈医生，怎么会是你？"

我说："我答应过你，等你出院了，会来养老院看你的。"

"可是……"她望了一眼窗外，"外面这么黑，又是风，还雨雪交加的，你怎么会来？"

我说："什么时候来，不都一样吗？"

她连忙问我："你吃饭了吗，要不要吃点儿……"

她的房间里有两张床，有卫生间，有阳台，有柜子，有梳妆台。

老陈看到我们聊得开心，轻轻关上门出去了。

窗外下着雨和雪，天越来越黑了。张婷和我聊了很多出院后的事，那位用保温桶给她送过晚餐的男子，已经离开了养老院，不住这里了。"他儿子不让他和我说话，所以现在我们已经不联系了。"她淡淡地说着，看不出悲喜。

张婷吃完饭后，护工把她的碗筷收走了。我想跟她说点什么，却不知从何说起。这时，我又听到老陈在门外和人大声说："是张婷的主治医生来看张婷。"大概有人不断过来问张婷房间里来了什么人，老陈才一遍一遍这样回答。

妈妈

二〇二一年。

三月上旬的一天，下午六点半，南京已经夜幕降临了。这晚，又是夜班。白天收了五位病人，有两位是我一直负责的老病人，昨天做了核酸，结果是阴性，便约了这天来住院。

春节过后上班的第三天，医院收治了几位病人。其中有一位病人，二十九岁，偏瘫，失语，是卵圆孔未闭导致的脑栓塞，大半个左脑都被堵塞了，不幸中的万幸是发现得比较及时，放了支架，做了修补，肢体偏瘫恢复了一大半，可以走路，只是右手失去了功能，不能分指，不能抓握，更不能书写。他最严重的问题是失语。第一次去见他，是街道的领导带我和院长上门探望的。那天下午，天空晴朗，但气候微冷，离过年只有不到一周的时间了。

在去他家的路上，开车带我们去的两位街道领导说："这个男孩，是街道一把手领导亲自上门探望过的，因为太年轻，飞来横祸，着实让人惋惜。他手术出院后，一直在家，若是我们能为他提供一些康复治疗，能让他开口说话，那将是一件多么好的事。"

我们沿着窄窄的马路，一路走，一路聊。拐了几个弯后，沿着河边的路，我们到了他家。领导下车喊人，从院子里出来一个女人，近中年的样子，穿着朴素，但看上去令人很舒服。有一个八九岁的女孩在院子里玩。我问她："你们家什么人生病了？"女人用目光指指孩子说："是她爸爸。"她让孩子去喊爸爸，孩子蹦蹦跳跳地进屋了。

我和院长来之前听他们说，这位病人是个孩子，但走在路上时，他们又解释说：也不能算孩子，都快三十岁了，是成年人。只不过现在的人生活好了，所以二十多岁的人看起来也像孩子，其实已经当爸爸了。

我们来到他家，看到刚刚那个女人，以为是病人的妻子。她拿来了 CT 片子和出院小结。我举起片子，在阳光下看了看，那是整个左半球的暗影，这么大面积的脑梗死，平常很少见到，料想他肯定是躺在床上或者坐在轮椅上。

孩子出来了，说："我爸爸不在。"

女人带我们出了院子，说他有可能去河岸边散步了。一个大脑里阴影面积那么大的患者，居然能独自散步，我有些想象不到——也许坐着电动轮椅，也许扶着助行器。孩子跑出去，沿着我们来时的路往前跑，一边跑，一边喊爸爸。

我们几个人，就在他家的门前一边等待，一边说话。我想了解一下他家的大概情况，便问他生病之后，经济来源哪里来，家里还有什么人。女人说："他爸爸在外面打工，孩子的妈妈也在外面。"

"孩子的妈妈？"我愣了一下，有点纳闷，难道眼前的这个女人不是孩子的妈妈？女人说："是的，她妈妈也在外面打工。"

"那你是？"

女人说："我是孩子的奶奶，生病的是我儿子。"

我暗自佩服，这位奶奶真是太年轻了。我和女人的对话，院长没有听到。她朝河边孩子跑远的方向看。孩子回来了，身后跟着一个小伙子。女人说："他们来了。"

我说："后面这个小伙子就是你儿子吗？"

院长听到了，连忙拍了我一下，以为我说错了话。她没听到我们方才的对话，以为眼前的这三人，就是三口之家。旁边带我们来的两位街道领导解释道："她就是他妈妈。"院长不好意思地笑了："你真年轻，那是我弄错了。"近三十岁的男子，有这么年轻的妈妈，很容易让人误会。

病人走过来时，我和院长都很吃惊，他看上去根本不像快三十岁，而像一个才成年的男孩子。

我说："你好，我们来看看你。"

他做了个手势，但发不出声音。他可以独立步行，不用借助任何辅助用具，这超出了我的预料：脑袋里左半球有一大半堵塞，能有这样的预后。多亏医联体，走了绿色通道介入治疗，做得及时。

我让他伸出右手，他努力了一下，但没有完成，我让他试着指指鼻尖，他弯下腰，低头用鼻尖去碰手指，但胳膊僵硬，抬不上去。我说的话，他全都理解，也全都明白，我给的指令，他全都配合，但就是怎么都完成不了。

我说："你说句话，让我听听。"他皱起眉头，笑着摇了摇头。他的意思是他说不出来。他母亲在一旁说："他不能说话。"我说："要不你就先说一个字，说——我。"他摇了摇头，还是没有发出声音。

我摘下口罩，走到他跟前："你看着我的口型，学我。"他看着我。我缩了缩嘴唇，缓慢地说："我——"，他看着我的口型，学着我的样子说："我——"。这次他居然说出来了，并且说得很清楚，大家都很受鼓舞。我又试着教了他几个字，他照着学，但有点遗憾，发音不太清楚。但我还是给他鼓了鼓掌，夸他做得很棒。我说："你读的很好，你看——"，我指着他的孩子说："你现在的状况，就像孩子，孩子小时候怎么学说话，我们就怎么教你学说话，孩子能学会的，你就能重新学会！"他和他母亲眼睛里都有了光。

其实，他出院在家已经待了四个多月，能恢复到什么程度，还真不好提前下结论。我之所以会那样说，是因为我想尽量让这家人看到希望。回医院的路上，我是忐忑的。我对带着我们入户去探望的领导说："我们会尽全力，但他能恢复成什么样，我真没法做任何保证。"领导说："只要能稍微好一点，能与人交流就可以了。"

能与人交流，对于大半个脑半球梗死的患者来说，这并不是一个小目标，但我们都愿意试一试。

这位患者太年轻了，面对突如其来的横祸，好好的一个家庭陷入了泥沼。街道政府伸出了精准的援助之手，领导亲自过问，希望我们能尽最大的努力，去帮帮这个家庭。

春节过后，他来住院了。

我给他布置了作业，他可以用左手打字。他的记忆力有些受损，常常记不起来怎么拼写，左手操作起来也不灵便，但稍微提示或者矫正，他还是能想起一些。第一天，我让他写一段话，共五十个字。他没有完成，只写了二十个。第二天，我让他接着写，他还是没有完成，仍旧只写了二十几个字。

又过了一天，一大早，我听到他在过道里练声，他在读墙壁贴着的宣传板上的字，一个字一个字地发音。查房前，我看到院长在楼道里和他说话，他微笑着，发出了几个简单的单音节字。院长教他用口型，他就学着院长的样子发音。

我把他的言语训练由一天一次，调整成一天两次。

晚上，我夜班。他在楼道里散步，经过我办公室的门口时，突然清晰地说了两个字："妈妈。"他从未这么清楚地讲出来过，这让我十分惊喜，连忙去门口喊他进来。

我让他坐下，问他感受如何，以及言语治疗师教了些什么。他发了几个简单的音节，有些模糊，但我还是分辨出了他在读什么。

我问他："今天学了几次？"他用手势回答："两次。"我又问："每次学了几分钟？"他一边回答，一边做手势，我猜了三遍才猜中，他的意思是每次学五十分钟。这时，他接了一个电话，嗯啊应了两声，挂断后，朝门口望去。我顺着他的目光转过头，看到门口出现了一位年轻漂亮的女子。

他站起身，示意她进来。那是他妻子，年轻，漂亮。我夸她好看，两人都笑起来。他妻子是来送饭的，两人牵着手回了病房。看着他们离去的背影，我由衷地祝福。

天色暗了，我去医院大门口的预检分诊处查看白天是否有发热的病人，如果有就得随访和上报。我把登记本看了一遍，没有发现发热病人。

这时，我再次听到身后有人喊："妈妈——"

我回过头：他和妻子微笑着正从门口走过，他们吃过晚饭在门口散步。他是在和我打招呼。我很高兴，回应了他们，而后上楼去查房了。

"妈妈"是他这两天学会的最清晰的话。

慢病随访和健康教育

家庭医生的困惑

休息日，上午十点多的时候，我看到医院群里发了一个通告，征集医疗人"最美瞬间"照片。同事上传了一些，但光线大都不太好，有些模糊，只有一两张看上去比较明亮感人。我翻了翻手机相册，想看看能不能也找出来几张。我浏览了一下，很多照片都是以前拍的，甚至有好多都是我在 F 医院工作时拍的。我想找找有没有近期的，翻了大半天，才找到几张做慢病随访的。那是病人和居民拍摄的，照片上光线有些暗，看上去仿佛年代久远。我盯着看了一会儿，当初那些事，全都出现在眼前了。

你 的 苦 痛 ， 与 我 相 关

　　我来这座岛上工作，已经六七年了，慢病随访工作是我众多工作中的一项。起先，我跟着组长做，后来组长调走了，我就成了其中一个片区的组长和家庭医生。

　　我定了计划：每周四专门做慢病随访。慢病随访的工作已经开展好多年了，但要把每一位慢性病病人的随访都落到实处，让他们从随访管理中真正获得帮助和益处，并非一蹴而就。

　　在社区医院工作，主要有两大块内容：一是基础医疗，也就是临床医学工作；二是公共卫生，也就是健康档案管理和慢病随访。我在外院进修的时候，遇到过一些实习生和规培生，他们一听我是社区医院来的，就会出现同一个反应："哦，那多轻松啊！"他们都认为社区医院里病人少、没风险，平时就是开药、写资料一类的工作。说实在的，来社区之前，我也是这样想的。但现实是，当我来了之后，才发现社区医院里的医生所要承担的远远不止外人看到的。

　　岛上的慢病病人大部分是老人，他们大都不识字，没有文化，不知道如何管理自己的疾病，就连服药，也十分不规律，想起一顿吃一顿，想不起来就罢了。有些人甚至拿到什么药就吃什么药，也不知道那些药具体都是什么用途，很少有人主动监测血压和血糖。他们来医院，很多时候都是拿着旧药盒，挂了号直接和医生说："你就照着这个盒子给我开药。"医生想多问几句，他们都顾不上回答，要急着回去干活，觉得和医生多说无益。在这种状态下，他们对血压和血糖的控制，可想而知。但要转变一群老年人几十年固有的观念，并非易事。

　　我定了一个计划，打算用半年到一年的时间来让我辖区的慢性病病人转变这种观念。我让组员给辖区的病人一个一个打电话，告知病人我每周上慢病门诊的日子，嘱咐他们在一个月之内，只要抽出一天时间，能在我上门诊的时间来一趟就可以。计划定好之后，接下来的事，就是坚持不懈地去执行。时间是个好东西，半年之后，事情发生了一些新变化。

　　我本是这座岛的陌生人，也是社区医院里的新医生。原本，很多病人都不认识我，但播撒的种子迟早会发芽，苗儿迟早会长大。渐渐地，我分管片区的居民认识了我，知道了我是他们的家庭医生。一些人开始自发宣传，告诉自己的熟人和邻居，说我是分管他们的家庭医生，让他们以后看病来找我。

　　有天，一个陌生人进来问道："请问陈医生在哪里？"

　　我说："我就是，您有什么事？"

　　那人说："我来看病，他们都说你是分管我们的医生，要看病就找你。"

　　我为之感动，觉得付出的努力算是没有白费。但是，居民的认可，并不意味着慢病随访的工作一定能一帆风顺。我们社区的医生太少，做基本医疗和慢病随访时，在时间分配方面常常不能兼顾并重，最终随访的效率和结果都有些不尽人意，因此年底考核、绩效发放等也就都有些不遂自己的心愿。我的同伴有些灰心，想打退堂鼓；我也有点怀疑之前制定的计划，质疑自己还有没有再坚持下去的必要。正当我处在情绪的漩涡里有些动摇时，发生了一件事，又把我拉回了原先既定的轨道上。

一天中午我去食堂，经过综合楼后面的停车场时，遇见一位老大爷，他看到我后，从停着的三轮车上下来，热情地喊我。那是我辖区的一位高血压病人，几乎每个月的一个星期四都会来找我看病。他从驾驶座上下来后，一边跟我打招呼，一边从三轮车的后车厢里提下来一大袋甜瓜。"陈医生，太好了，这么巧，我刚到这里就碰见你了。这是我自己家种的，专门给你送过来……"

那时，烈日当头，微风吹过水杉的枝头，枝叶在空中沙沙作响，阳光从树缝里照进来，闪烁着光芒。他穿着一件泛旧的宝蓝色工服，额头渗着晶莹的汗珠，把那一大袋香瓜塞到我手里："我不小心把你的电话号码弄丢了，生怕来了你会不在。"说完，没等我开口，他就跳上三轮车，一溜烟走了。

我提着一大袋香瓜，想要追他，可他很快就走远了。看着他的背影，我站在树底下，想起以前才认识他的那会儿，他来看病，听我是外地人口音，有些抵抗："你是外地人吧，我怎么从没见过你？"我说："是的，我是新来的。"他有些不太信我，不太想让我给他看。我给他测量完血压后，问了一些他的境况。他说话的时候，我十分认真地听着，随后又把他要表达的意思重复了一遍，问他："是不是这样？"他点点头说："是的。"就这样，我们渐渐熟络起来，再后来，他每个月都只会在我上慢病门诊的那天才来就诊。现在，离那时已经过去了好几年。

几年前，我是这座岛上的陌生人。现在，我走在路上，常常会遇见熟人。我看着老大爷渐行渐远的背影，挫败的情绪就消失了，我决定仍旧留在慢病管理团队，继续做自己负责片区的家庭医师。也许，在未来的考核中，我们的"数据"仍然不够漂亮，但我想：总有一天，我们会找到一个更加符合实际的契合点。

三月十五日义诊

三月十五日，阴转小雨。

这天是消费者权益日，原本这个日子和医疗好像没什么直接联系，但在一周前，我辖区的居委会打电话问我，能不能在这天做一场活动，和法律援助、政策咨询等相关单位一同下社区，为居民做点什么。下社区是我们在年初就定好的健康教育计划，但具体得看合适的时间。我没有立即答应对方，挂断电话，把情况与分管慢病和健康教育的同事做了汇报，得到明确支持和答复后，我答应了居委会。

这天一大早查完房，处理好病房事务后，我和同事一起去了目的地。那是一个小广场，坐落在河岸边，周围是红色木头的围栏。我们去时，那里已经摆好了几排皮革的软底椅子，有一些老人在健身，有一些年纪较轻的人扶在岸边的红色木头栏杆上欣赏风景。

负责政策咨询和法律援助的同志，早在我们之前就到了。但是居民一看到穿白大褂的来了，就都围了过来，让我们帮他们量血压、测血糖、听心脏。他们似乎都忘了，三月十五日是消费者维权日，也应该关注一下政策和法律。大概与维权相比，他们更加关心身体健康，这让我很欣喜。一方面，他们注重健康，让我们成了最被需要的人；另一方面，也可以说明如今的时代，人们的权益很有保障，没有什么政策或是法律上的烦恼。所以对他们来说，身体健康比什么都重要。

快到十点，突然下起雨来，户外的咨询和义诊就匆匆结束了。有一些居民是老慢病，最近几次来门诊，没见到我，还以为我不在医院了，义诊时看到我在这里，十分开心。他们的支持，让我很感动。

前几天，有位老病人找到病房来，说血压高了，想住院。当他看到我时，开心地拍了一下腿，大声叫起来："我终于找到你了。"那时候，我正好要去查房，但面对他突然的到访和惊喜，不忍心让他等待，就问他怎么找了来。他说自己来过几次，没见到我，就四处打听，但被问的人不太清楚我当天有没有上班。还有一次他问别人，那人说我不在，他就以为我离开了这里去了别处工作。"可是，我还是不死心，今天我来了，就问给我开药的医生，问你去了哪里，她告诉我你在病房，我便赶快到病房来找你。"

过去的这一年，疫情开始，我就一直固定在病房，很少去门诊了。没想到时隔一年多，他们还能这样惦念我，这让我觉得平时的工作没白做。

义诊结束后，已是中午。我去病房，那位老病人正睡在床上，半醒之间听到我进去，连忙翻起身，要从抽屉里拿东西。我看他找得认真，怕会脑供血不足，赶快让他慢下来："你这样猛翻不正确，得慢着点，要不会头晕。"

他有点轻微的耳背，没有理会我的话，而是直接从床上跳下来，说有东西要给我。我不知道他要给我看什么，以为是要拿以前吃的药，我看他光着脚丫，就让他赶快上床或者把鞋子穿上。我说："你要拿什么，我帮你，你赶快上去。"他不让，说得亲自拿。就这样，我看着他从柜子的深处拿出来一个玻璃瓶。他把瓶子交到我手上："这是芝麻，专门给你的。"

我以为他有什么重要的药物或者检查单要给我看，没想到他猛然翻起身光脚丫跳到地上，却是要给我一瓶芝麻。我说："你自己留着，我不要。"他有点生气了，非要塞给我。说就是怕我不要，才自己拿给我的。

我想着疫情这一年，因为情况特殊，没有做到每个季度都面对面随访，觉得有点受之有愧。但他似乎没有怪我，而是一如既往支持我的工作，这让我很吃惊，也很感动。

中午，我接到了温老师的电话。他说妻子最近又心慌了，去鼓楼医院做了心脏彩超，医生说没什么大问题，配了一点药，让他们带回来吃。可他还是不放心，想让我看看报告和药。

下午，他一手提着检查袋，一手提着蔬菜。他把那一大袋蔬菜放到我脚跟前，然后又拿出检查单说他才从鼓楼医院取回来，医生虽然说没事，但还是想听听我怎么说……

他说起外出就诊的经历时，窗外又开始下起雨来，噼里啪啦拍打在玻璃上。我一边看检查报告，一边听他说话，手边还不时响起辖区慢病病人打来的电话。

你的苦痛，与我相关

疫情时期

二○二○年疫情初始

"这不是一个人的殊死抗战，而是一群人的休戚与共。你所需要的，不是逃离，而是直面它的勇气。"

上面这句话写在《鼠疫》这本书的封面上。书里有句名言：要了解一座城市，简便的办法就是探索居民如何劳动，如何爱并如何死亡。

疫情蔓延之际，关于武汉的一切，像极了《鼠疫》里的描述：善与恶，美与丑，诚实与谎言，恐慌与冷静，崩溃与理智，绝望与失望，统统都像照镜子一样，印在了每个人的心里。有人责问武汉的领导，有人怒斥哄抬物价的奸商，有人指责逃离的旅客，有人责备不戴口罩的老人。有人感动医务人员的付出，有人面临大灾逆行而上，有人募捐，有人倾囊相助。大多数人，都在积极地响应政府的决策，以自己的方式默默地为疫情的控制做着努力。

也许有人会说，这些都只不过是朋友圈里的"表演"，至于我们的城市，具体怎样，一言难尽。的确，想要全面准确地描述一段时光、描述一座城市或是城里的大部分人，确实是一件很难的事。但是，如果将范围缩小到只描述一个生活在城市里的人的所见所闻，难度就会小很多……

除夕的前晚，我下班后，七点钟不到，就早早睡了。孩子在客厅玩，孩爸在卧室里读佛经，母亲在厨房里准备过年的菜肴。过了一会儿，孩子推门进来说："妈妈，你怎么睡这么早？"

她把灯打开，我从被窝里伸出脑袋回应："妈妈明天要上班，只有两个医生，会很忙。妈妈要养精蓄锐。"

孩子过来，抱着我的头，用脸颊蹭我："可是妈妈，我想让你陪我！"

我有些疲惫，在她的小脸上亲了几下："乖，听妈妈的话，妈妈累了，今晚要早点休息，要不然明天就没力气了。"

"可是妈妈，我真的想让你在客厅里陪我玩一会儿！"

我很累，不想下床："你听妈妈说话的声音，是不是哑了？"

孩子顿了一下，点点头，说："是的。"

"要不你跟妈妈一起早点儿睡觉吧。"

孩子将头埋在我脸上，过了一会儿，就乖乖地上床换了衣服，拿着 ipad 躺到了我旁边。

睡前听故事，是孩子每晚的必修课。往常，她听的都是《熊爸爸讲故事》《一千零一夜》《西游记》《宝宝巴士》《猴子警长》《晚安妈妈睡前故事》……可是，不知道从哪天起，她听的更多的变成了新冠肺炎。"妈妈，我告诉你一件事情，你在医院里见过吗？有一种病叫新型冠状病毒性肺炎，是从野生动物身上来的，会传染。你一定要戴口罩，尽量待在家里不要出门，不要到人多的地方去……"

我吃惊地问她怎么会知道这些。

她愉快地笑起来："我是听故事的时候知道的！"

第二天，除夕。

我早晨七点醒来，睡了整整12个小时后，嗓子肿痛症状减轻了，全身的酸痛也全都不见了。母亲煮了荷包蛋，摊了煎饼，我吃完后，神清气爽地去了单位。自从十二月以来，我好久都没有这样精神焕发。天冷后，病人倍增，医院每天都像打仗似的，一整天忙碌下来，我累得筋疲力尽。

虽然已经到了除夕，但医院全年无休。南京并不是疫区，我所在的地方也不是市中心，我工作的地方只是一家小医院，但是小医院也有小医院的忙碌。

清早，天空阴沉，落着毛毛细雨。大厅七点就有人开始排队。我知道这将会是十分忙碌的一天，必须将有限的时间全都花在刀刃上：不喝水，不上卫生间，说话快速，走路小跑……前一晚充足的睡眠给了我极大的好处，我整个上午都精力充沛。

十一点半下班时，上午的病人全都看完了。我查看电脑，这一早总共接诊了五十一个人，平均四分钟看一个病人。

期间，区卫健委来了人，在大厅的预检分诊处停留了一会儿后，来了诊室。我正在给一位咳嗽的老太太听肺脏，那人站在门口。我抬头看了一下，一位是谭科长，一位是金主任，金主任在前面。她们都戴着口罩，等待病人就诊。病人走后，金主任过来问了我一些关于发热病人的情况，我汇报完毕后，她向我提了一些注意事项，然后再三嘱咐一定要戴好口罩，一定要注意手部卫生，一定要保护好自己。她走后，我们将发热病人的就诊流程重新做了一些调整：预检分诊台从大厅深处的柱子旁移到了大厅门口的靠墙处，并放了展板，展板上重新张贴了发热病人的就诊流程；预检分诊登记处新放了全市配有发热门诊的医院名单，并增加了告病人及家属书。对于新的调整，大家都觉得要比以前的更合理、更规范。

下午，后勤的郑科长拿来了一盒坚果、半袋水果，那是除夕日给值班人员的慰问品，同事艾迪分给我一半，让我拿回家给孩子吃。

下班路上，我用手机刷了一下朋友圈：武汉的医用物资告急，感染人数成倍上升，医护人力资源也供不应求。全国各地纷纷启动卫生应急一级响应，各地派出了医疗支援队，在阖家团圆之时，逆行而上，远赴武汉。

有人打电话问我医院卖不卖口罩，说外面的药店已经买不到了。我跟病人说医院里口罩供不应求，不卖。他有些半信半疑："形势真的已经这么严峻了？"我不知道院外情况怎么样，但我告诉他，感冒发热的病人最近是增加了不少。

武汉封城那天，艾迪领了一百只外科口罩，供应处在群里再三强调："物资紧张，近期进不到货，各位医生护士一定要节约口罩。"接班的人每天都在清点数字，每个人能省则省，但口罩减少的速度还是比预期快得多。

你 的 苦痛， 与 我 相关

除夕过去了，有惊无险，我白天看了一百多位门诊病人，晚上回到家时，已经筋疲力尽。吃完饭后家人看春晚，我却只想早早睡觉。我已多年不看春晚，也已不太在意春节的仪式感了，但孩子才六岁，应该多了解民俗与传统。于是，我准备了三个红包，给父母和孩子一人一个。

疫情才开始时，只有武汉封城，其他地方，交通还是畅通的。姐姐要从新疆来这里过年，年前出发时，疫情防控还未倡导就地过年。但只两三天的时间，防控措施就在全国范围内升了级，部分道路开始封闭，公共旅游场所也陆续关闭。

大年初一早晨，姐姐到了南京，父亲去接他们，我发信息再三嘱咐，一定要戴好口罩。父亲出门前，我也让他戴上口罩，并告诉他最新的疫情情况。父亲拿出一包 3m 专业防护 口罩，那是他在门口贴春联时邻居送他的。原本，父亲对我说的这些话并不在意，他觉得疫情离我们很远。"不会那么严重的，就算是一千多人，那也是全国范围内，江苏没几起，南京更没有，不会那么凑巧就碰上。"他的这种观念，和我平时遇到的病人没什么两样。病人不听劝，我只能随他，但父亲不听劝，我必须得把理由讲得更清楚："网上也说了，任何人都不能心存侥幸！"父亲听我上纲上线，就打断我，连忙一边说好一边戴上口罩。

半小时后，姐姐和姐夫来了。他们戴着口罩，有防范意识；但口罩戴得不太正确，鼻梁上的铝条没有压下去。我让他们换下衣服，去洗洗。姐姐犹豫了一下，父亲站在客厅里看着我。我知道他们心里在想什么，他们一定认为我这是过于矫情，或者认为我是在嫌弃他们。换作平常，一进门就让人换衣服，的确有些不太礼貌，但特殊时期，守护好家人的健康和平安，高于一切礼仪。

姐姐换洗完毕，去厨房里做菜，小时候的年饭，都是她和母亲一起做。这些年，母亲年龄大了，行动有些迟缓，也已经做不出来一顿赏心悦目的年饭了。我和妹妹常年忙于临床一线，不是加班就是在加班的路上，根本无暇顾及做饭，厨艺更是全无。姐姐一来，厨房顿时飘香，家里一下有了年味。姐夫的厨艺比我想象得要好，香喷喷的菜，家人做了一桌。

吃完午饭，大家都想出去看看，但天空一直在下毛毛雨，姐姐就带着姐夫去河岸边走了一圈。我有点瞌睡，迷迷糊糊浏览了一下朋友圈：各处的疫情防控又上升了一个级别，政府倡导过年期间尽量不要聚会，朋友圈里一呼百应，大家都在发"宅在家就是为国家做贡献"。

姐姐和姐夫出去后，不到一刻钟就回来了。"刚出门手机上就来了短信，说尽量不要出门，我们在河边转了转，没有看到一个人，雨又突然下大了，我们就赶快回来了。"

大年初二，我去上班，起床时，看到姐夫已经把客厅的地拖好了。原本姐姐和姐夫还想去外面转转，但雨不见停，只好作罢。我到了医院，和往常一样坐在门诊，那天来看病的人很少。下午三点多，车院长突然从外面进来，一边戴口罩，一边匆匆忙忙问："今天谁值班？"

钱医生说："是我，怎么了？"

车院长问哪台电脑可以联外网，有一份资料要马上打印出来。二楼康复科的电脑，外网速度比较快。他俩便匆忙出去。几分钟后，我突然听到警报响了。半小时后，钱医生回来了，我问他发生了什么事。

钱医生说："你看群里。"

我这才看到他发的信息，在他的辖区，出现了一例与已确诊新冠肺炎患者的密切接触者，车院长被卫健委临时召回来上门做流调。但在他们出门前联系那位接触者时，却被告知那人不在岛上，而是在别的辖区，因此临时又转调了，所以刚才的警报就又消除了。

晚上八点，以前的同事 S 医生打来电话，问我最近怎样，过年有没有回老家。我告诉他除夕和过年都在上班。那时，他正走在下班路上，说自己每天也要加班，有时候夜里会到两点。末了，他嘱咐我："一定要戴好口罩，尽量不要出门，要注意手部卫生，保护好自己和家人。"

说到这里，似乎都只是记了些生活中的流水账，无关爱，无关生死。但节日的盛典、人类的意志，全都挡不住生老病死的自然选择。过年几天，医院里仍然每天都要来几个开死亡证明的家属，家里正躺着等待火化的尸体。我刷看微信朋友圈，疫情死亡的人数仍在持续增加。

空荡荡的街道上，车辆十分稀少，每天凌晨，小区里都会喷洒消毒水。

　　初三，我休息，陪姐姐一家坐船出岛，来我的新居看看。姐夫第一次来南京，本想带他们去玄武湖或者燕子矶，但那里都封闭了。于是我们步行绕了一大圈，就回到家里。路上行人稀少，年轻人全都戴着口罩。有一位老爷子，骑着电动车，不停地咳嗽，并且往地上吐痰。在这次病毒蔓延之际，老年人对疫情的防范意识其实还没有年轻人强烈。

　　往常出岛，我都是坐经过二桥的大巴，但这次，为了带姐姐姐夫看长江，也为了避免人多，空气传播病毒，我们坐了免费的大船。轮船驶过江面，船下波涛滚滚，远处烟雨迷蒙。姐姐和姐夫站在船头拍照。

　　我望着不远处的长江二桥，拍了一张全景图。二桥上设了医疗点，兄弟单位负责给进入南京的车辆登记和测体温。我认识的葛医生是这次疫情爆发后第一批来守护二桥的医疗工作人员，他穿着白色的隔离服，戴着眼镜，出现在我朋友圈的新闻采访里。

　　这天的雨十分细小。我和姐姐带了伞，但都没有撑起来。我们一路走着，说起很多小时候熟悉的人和事。我们沿着南京空旷的街道步行了一个多小时，才到了我的新寓所，我招呼他们进来坐。

　　姐姐看客厅摆着一架古筝，便说："你也学起了这个，会弹吗？"我便弹了一曲《高山流水》。这首曲子我断断续续学了几个月，仍旧不太熟练，但姐姐还是觉得很惊喜。房间里有些冷，她让我把空调打开，说姐夫在北方的暖气房里待惯了，南京有些湿冷，不太适应。我去门口开空调。姐姐跟了过来，看到门口的柜台上放着红酒，又说："你姐夫喜欢喝酒，你把杯子拿过来吧。"

开了空调倒好酒后，我去厨房准备了几个下酒菜。冰箱里塞得满满的，父亲年前买的食品有一部分长了毛，我扔掉后，姐姐又把厨房地上新鲜的蔬菜放进去，说："东西这么多，妈妈怎么还说你什么都没有！"

我一边切肉，一边说："妈妈最近没过来，她不知道。年货都是陈一天买的。"我们就着小菜，喝了几杯红酒，听了音乐，半天时间很快过去了。姐姐说，晚上想去母亲那边吃饭，所以趁着天还没黑，我们就回到了岛上。

初四，我先生陈一天来了。因为疫情防控的需要，过年时间，他经常加班。我准备了菜、酒，还有茶。但是，陈一天除了喝茶，其他一切都顾不上，他说："飞机上有批从武汉来的旅客，连同机上所有的人，全都隔离在附近的一个酒店里，你知道吗？"

"我知道，早上就看新闻了。"

"这段时间，还是要格外注意的。"

"你也一样。"

过年期间，总是在下雨。初四也不例外，上午开始，天空就飘起了蒙蒙细雨，像烟又像雾，轻轻地笼罩在建筑上。我们走到阳台，看外面的景色。陈一天说："你在一线接触病人，要保护好自己。晚上要早睡，要不白天工作太繁重，体力会跟不上。"

"我知道！"

他在洗衣机旁的水池洗了洗手，又说："你一定要好好的……"

我说："你也一样。"

他看着屋内，用架子上的干毛巾擦手："不知你记不记得，有天晚上，月亮很圆，你说十五的月亮十六圆。"

我说："记得。"

手机响了，是催他去处理事情的工作电话。临出门，我教了他一遍医务人员洗手的方法：掌心、手背、指缝、关节、手指、指甲、手腕，全都要清洗到。

陈一天说："好！"他按照我教的方法洗手，并说："我学会了……你一定要记得按时吃饭，按时休息。"

他出门了，我再次拿起《鼠疫》，翻到第一章。

初六，姐姐回新疆了。

他们坐了三十几个小时的火车后，终于到了自己居住的城市。下午三点，她在家庭群说："我们到新疆了，但没有回家，我们被隔离了。这一站，一共下来了 22 人，隔离 16 人，江浙一带过来的全都被隔离了。"那时候，新疆还未出现一例新冠肺炎感染者，相对来说，江浙一带是疫情高风险区。

我们很关心他们在路上的情况，希望她多说点什么，但她发完这条信息后说了声"过会儿见"，就没了踪影。当她再次出现在群里时，已是晚上八点。

"我们被安置在哈密最好的酒店，食宿全部由政府承担。"姐姐发了视频，让我们看住处和工作人员送来的晚餐。一个标准间，晚餐是盒饭，还配有水果和酸奶。

在姐姐被隔离前，我看过很多与隔离相关的帖子。在那些帖子里，被隔离的人不能团聚、不能回家，他们沮丧、崩溃，失去自由。但是姐姐发来的视频和信息，和网上的那些描述相差甚远：姐姐靠在柔软的靠枕上，微笑着说自己的隔离现状，我看饭菜是两素一荤，很可口。

我问："隔离居然这么好的待遇啊？"

姐姐说："是啊，有专门的人来帮我们送饭送水，帮我们测量体温，真不知这样下去，得花政府多少钱！"

原本他们到了新疆不能及时回家，我们都有些担忧，但当我们看到被隔离后的生活是这样的，便都安心了。政府的力量无比强大，姐姐一家途经周折，一路遇人无数，没有任何一种措施会比这种方式更让他们自己和周围的人安全了。

姐姐说："我们享受这样的待遇，真是要感谢政府、感谢党啊！"她话还没说完，眼眶里就浸满了泪水。爸爸和妹妹也说了同样的话。要是换作平时，有谁说这些，定会被认为是唱高调。但在这样的特殊情况下，大家都一致认为：我们有个强大的祖国，我们应该心怀感恩。

姐姐被隔离的日子，我在南京的其他家人都住在岛上的医院家属公寓里。春节长假结束后，进出小岛开始需要通行证，外来车辆一律不许进岛，送家属上班的私家车在服务区也会被劝返。岛上的服务区设了卡点，同事在网点蹲驻。在岛上上班的人，进出小岛时也需要查看复工证明。

一天上午，领导在医师群里说："岛上可能要设立三个隔离点，在隔离点上班，白天晚上都要在那里，轮一次班需要十四天。原本想安排固定人员去，但经过考虑，还是决定由各位医师自愿报名。"

群里沉默了十几分钟后，医生都相继报了名。领导很欣慰，隔离点设定好了，说谁先去谁后去，到时候再具体安排。但后来，因为发热的病人没有预想得多，在岛上设立隔离点的事便就此搁置，我们所有报了名的医生也就都没有出去。

疫情播报的确诊人数每天都在翻倍，有很多医务人员被感染，也有一些同行不幸牺牲。我们社区自从关闭发热门诊以来，基本就不再接诊发热病人了，所以反倒比以前安全。上级部门经常来督导，领导也会来慰问，有陌生人为我们捐了口罩，放在门口的预检分诊处。

半个月后，姐姐在新疆的隔离解除了，他们那批被隔离的人平安无事，统一被大巴车送回了家。我所在的省市，感染人数的增长速度也渐渐放缓，但是常态化的疫情防控才刚刚开始……

至暗时刻：疫情下的梧桐

三月早春的晚上，窗外一片漆黑，夜幕早就降临了。

医院里空荡荡的，整栋大楼只剩下我一人。和我搭班的京津护士此刻正在医院大门口的铁皮房里守夜，那间铁皮房，是新冠疫情后临时搭建的预检分诊点。自从强化了预检分诊，不再接收发热病人后，门诊的工作量比以前明显少了，夜间来看急诊的病人也比以往少了很多。我打扫完诊室的卫生后，用消毒水喷洒了地面。含氯的液体遇到电脑，容易腐蚀，显示器、键盘上残留着白色的斑点，我用抹布又擦了一遍，但仍残留着腐蚀过的痕迹。

诊室消完毒后，我开始随访白天在预检分诊转走的发热病人。我按照登记本上的电话，一个一个打过去，他们大都情况良好，在上级医院发热门诊做了核酸，都是阴性，基本上都不考虑新冠病毒感染。我将随访的情况编辑成文字，在工作群里汇报。自从我院常态化防控管理以来，值班医师每天在别人都下班后，会做这些每日的必做事项——消毒、随访、汇报。

春节过后，我们关闭了病房，门诊病人数量较前锐减，夜间，来看急诊的病人也寥寥无几，一整夜，我在值班室"安然无恙"。

第二天，我从睡梦中醒来，看了一眼窗外，晨曦的光亮已经从缝隙里透了进来。晴天，天气大好。一夜安稳，我神清气爽，看看时间，才六点半，离上班的时间还早，便在被窝里刷了一下微信朋友圈：

江苏省新型冠状病毒肺炎连续 30 天新增病例数为零，全国各地支援武汉的医疗人员已陆续返程；甘肃的医疗救援队回到兰州时警车为其开道，两边道路警察敬礼欢迎——英雄回家，享受了最高规格的欢迎待遇；江苏驰援武汉首批医疗队员凯旋，为庆祝这次胜利，南京各区域 80 块 LED 屏持续亮了一星期；关于群众反映的有关李文亮医生的调查报告也已传遍全网；疫情的震中已经从武汉、从中国转移到了欧洲——意大利封国，巴黎封城，美加边境 200 年来头一次宣布关闭；"特鲁多的外套"冲上了热搜，海外的疫情数字也已翻倍，超越国内。

刷着朋友圈，点了几个赞，也转发了两三篇帖子，最后浏览的一篇是《疫情期间，你想明白了什么事》，这个标题有点意思，评论很精彩。看了看时间，还不到七点，往常睡八九个小时都觉得不够，这晚只睡了6小时倒也不觉得困。洗漱后，顺手洗了前一天已经浸泡好的白大褂，七点半就完成了交班前的所有准备工作。

八点钟，回住院部交班。前一天入院的患者中，有一位偏瘫的老爷子发热了，考虑是由进食呛咳引起的吸入性肺炎，已经用了抗生素，但是主任说，疫情期间，要格外慎重，需要找家属谈话，建议他们做核酸检测。交完班、查完房后，24小时的值班结束了。我从医院出来，看到金灿灿的阳光照在地上，顿觉自己像飞出笼子的鸟儿。

医院门口的预检分诊处排着长长的队伍，分诊台旁立着"请排队间隔1米"的牌子，地上新贴了红色的1米距离标记点，但排队的人还是紧挨着。志愿者喊话，让他们彼此离得远一点，但大家都像没听见，当成耳旁风，只有极少数人挪动了一下。

回家路上，路过一片空地，地里是金黄色的油菜花，微风吹过，油菜花的香味从空中飘过来。疫情管控正严时，遇上风和日丽的天气，看到路边的美景，会忍不住想出去看看。但疫情稳定、管控宽松了之后，反倒又不想出去了。

我回到家里，母亲端来早餐：一碗稀饭，两个煮鸡蛋。孩子听到我回来，故意藏在被窝里，我装作没看见，一边问"人呢？"一边到处找。她藏了一会儿，见我一直找不到，大笑着自己从被窝里钻出来，两人一阵亲热后，我便去吃早餐了。

我像往常一样，一边吃早餐，一边浏览手机网页。这时，手机响了，是梧桐发来的信息。他说交警找他，要他出具一份书面文件，证明他们想积极治疗，但因疫情原因医院拒收，从而耽误了病情。他想去和二院沟通一下，问我会不会受到牵连。

梧桐是我女儿同学的爸爸，他父亲在半年前的秋天因肝癌去世了。在他父亲去世前的半个月里，他常常问我："我爸爸肚子胀得厉害，里面全是水，你有没有办法能让他舒服一点？"他们辗转了好几家大医院，已经无药可救，回到家里，苦熬最后的时光。对于所有的医院都无法解决的问题，我自然也是毫无办法。面对他的求助，我爱莫能助，总觉得有些遗憾。

春节前，也就是在梧桐父亲去世后那两三个月，梧桐母亲遭遇了一场车祸：她右下肢骨折，在医院里住了半个月，做了手术，打了石膏，出院后，一直坐在轮椅上。住院期间，梧桐家里花了很多钱，肇事的车辆负全责，但前期的治疗费得他们自己先垫付。梧桐原本以为他母亲两三个月后会好起来，但没想到，到了冬天，身体恢复得特别慢，又遇到了流感高发季节，就又开始咳嗽起来。

那时，疫情还没有扩散到全国，发热、咳嗽的患者还可以看普通门诊。梧桐带着他母亲来我们这里看咳嗽，郑医生查了她的血象和胸部 CT，血象感染指标高，就先给她输了抗生素，但等到胸部

CT片子出来后，发现情况有点复杂，不是单纯的肺部感染，便建议他们去上级医院的呼吸科看看。

正巧就在那几天，钟南山院士在电视上明确告知国人：有证据表明新冠肺炎可以人传人。于是，武汉封城了，全国各地相继进入一级预警状态。岛上开始实施交通管制，发热患者必须去指定的发热门诊就诊。

梧桐没有车，他母亲坐着轮椅上不了公交车，他们便租了一辆小面包，去了最近的一家三甲医院。那家医院门诊大厅里挤得水泄不通，排了四五个小时的队后，才终于轮到他们。时间过去了一两天，梧桐母亲的病情突然加重了，必须得住院治疗。那时正好是呼吸道疾病的暴发期，每家医院的呼吸科都一床难求。他们在门诊等了整整一天，却被告知"没有床位，回去等待"。梧桐推着母亲无望地站在医院门口，不知道去哪里。他看看拥挤的人群，再看看轮椅上的母亲，不忍心就那样一无所获离开医院。这时，他突然想起了我，于是打电话给我，问我有没有熟悉的医生，能不能帮帮忙。

他去的那家医院我认识的医生很少，唯一认识的两位医生还在普外科。但在那家医院附近，还有另一家三甲医院，我认识的医生比较多，便问他们想不想去，若是想去，我马上就可以帮忙问问。梧桐说："现在哪还能轮到挑医院，只要人家肯收，哪里我们都愿意去。"

那两家医院离得很近，步行不过十分钟。我拨打了一位临床带教老师的电话，把梧桐母亲的情况交代了一下，带教老师听完后，答应我可以安排他们先去门诊挂号,而后按程序办住院手续。当天晚上,梧桐母亲就住进了那家医院的呼吸科。

住进去后,我们都想,这下他母亲的治疗有了保障。可谁料第三天早晨,梧桐突然说:"姐,真是尴尬,我们出院了,现在哪里都去不了。"我问他怎么回事。梧桐说:"昨天,医生查出来我母亲有下肢深静脉血栓,建议我们马上转去二院的心血管科做手术,还帮忙联系好了床位。我们在这边办好出院手续,等到二院办住院手续时,他们却突然不收了。原因是必须先做核酸检测,先排除新冠肺炎,然后才能住院。我们没有核酸报告,所以不能入院。"

如今,核酸检测已经是十分成熟的技术,社区里就可以采样,大医院更是两小时不到就能出结果。但当时,核酸监测的技术和资源都很匮乏,偌大一个城市,只有三五家医院可以做。梧桐带着母亲都跑去问了,但是没有一家医院同意帮他们做,因为试剂太少了,只能留给那些隔离的和疑似的人。对于没有接触史和非疑似病例的患者,暂时不给监测,如果因为某种原因需要的话,得先按程序集体隔离 36 小时。

"现在,我母亲怎么都住不进医院,能做手术的医院做不了核酸;没有核酸报告,他们就不敢收我们,怕我们是新冠肺炎。但能做核酸检测的医院,说我母亲不是疑似患者,也没有流行病学接触史,所以不符合检测条件。刚住过的医院,也回不去了,我们一出院,病床就被新来的病人占了。你说我们现在该怎么办呢?"梧桐说这话的时候,他已经跑了三家医院,结果都是一样的。

　　我有一位同事，在疫情期间被临时抽调到了区里的卫健委。我把梧桐母亲的情况跟他说了一下，看他能不能在区里问问，帮他们协调一下做核酸检测的事。同事随后回复：目前核酸试剂十分稀缺，只有高度疑似并有明确接触史的发热患者，通过专家组鉴定之后，才会指派疾控中心的专业人员去做检测，并且需要将其送到固定的地点集中隔离。其他病人，目前都没有足够的试剂来做普查。很显然，梧桐母亲不属于可以做核酸检测的对象。

　　我告诉梧桐，我没有能力帮助他们了。可病情不等人，梧桐母亲必须赶快接受治疗，否则血栓脱落可能猝死。他们又在外面辗转了两天，毫无结果。最后梧桐又试了一次，去了三院急诊科，接诊医生告诉他："你母亲的情况不像新冠肺炎，如果非要做核酸检测，就得按程序隔离 36 小时，但是隔离也有风险，在隔离区域，若有携带者，就有可能被传染。"梧桐觉得医生的话很有道理。患咳嗽之前，他母亲从未出过岛，全家人也从未接触过外来人员，没有被病毒感染的可能性；若是送去集中隔离，会不会被感染，就真成了未知数。

　　新冠肺炎是特殊时期的新发病，充满未知。人们对未知世界的畏惧胜过了一切，在未知面前，癌症、车祸、血栓、残疾这些平时让人闻风丧胆的名词，突然变得没那么可怕了。梧桐反复权衡后，决定先不送母亲去隔离点。"现在，我母亲哪里都去不了了，能不能到你们社区医院来输液？"

　　我告诉梧桐，这个办法解决不了根本问题，若是血栓脱落引起栓塞，社区没有抢救能力，后果可想而知。但最终，梧桐还是带着他母亲来了，"我不能眼睁睁看着她就这样下去"。

　　天气越来越冷，全国确诊新冠肺炎患者的数量每天都在增加，武汉进入了至暗时刻。全国各地的医护人员前仆后继，奔赴武汉和湖北各地。

　　我休息了一天后，又和往常一样，开始了打仗似的门诊诊疗工作。我对面的格子间里，郑医生跟一位患者说话，开始是商量的语气，但说着说着，声音就越来越大，我听到另一个说话的人是梧桐。郑医生不了解他们之前的就医经历，建议转诊。梧桐不愿意走，两人有些僵持。我怕他们再争下去会吵架，接诊完手头的病人后，赶快过去看。梧桐看到我，焦虑烦躁的情绪立即缓和了。

　　郑医生看我认识梧桐，连忙把病历给我。他不敢接诊，情理之中：一个患有骨折、深静脉血栓和肺部感染的患者，在不能解决根本问题的情况下，随时都有猝死的风险，何况又是在疫情的特殊时期。换作其他任何病人，这种情况下，我也会马上让他们转诊，但梧桐和他母亲的就医过程，我全都了解，他们除了来我们这里，已经无路可走。如果我也拒诊，那他们就只能回家等死。

　　梧桐母亲坐在诊室外面的轮椅上，我出去看她，和她说了一些话。重新回到诊室后，我把最大的风险告诉梧桐，他听后只是淡淡地点了点头，说："那又能怎么办呢，没有医院收我们，我也不敢把她送去集中点隔离。"我怕他没听明白，没有理解我的意思，于是又用力说了一遍："现在，她看上去状态是好的，可一旦血栓脱落，堵到大脑里，就是脑栓塞；堵到心脏，就是心肌梗死；堵到肺部，就是肺栓塞……一旦发生这些，都会致命，并且我们这里没有抢救的能力，这些情况随时有可能发生。"梧桐毫无表情地点头："我知道了，你尽力帮我们了，如果母亲有什么意外，我是不会怪你的。"虽然因为孩子们的关系，我和梧桐认识已经有三年了，但我还是把谈话内容全都记录在了门诊病历上。

他们走后，郑医生和隔壁诊间的林医生一起过来和我说："你太伟大了！"我听得懂他们的意思，他们觉得我这纯粹是没事找事，引火上身。毕竟，大家都知道医生帮病人之后，被家属反咬一口的例子举不胜举。这件事，我没办法和他们详细解释。

林医生说："我觉得你还是应该和车院长汇报一下。"

我说："跟领导汇报，那是应该的。"于是我把上午的两个特殊病例和梧桐母亲的事，一同向车院长做了汇报。车院长说："特殊的患者，谈好话，签好字，写好病历。"

梧桐母亲在社区医院输液的时候，梧桐仍旧在外奔波，他希望有医院能够为他母亲做核酸，并接收她住院。但他跑了好几天，仍旧毫无结果。于是，他拨打了"12345 热线"，也拨打了市长热线，但很可惜，特殊时期，没人敢打破既定的政策，专为某一个人开绿灯，所以她母亲做核酸和住院的事，一直悬着没有得到解决。

输液两天后，梧桐母亲的病情没有好转，但也没有恶化。但第三天上午，她在床上做祷告时，突然去世了。

那天，我还没有起床，就收到了一条梧桐发来的短消息："姐，怎么办啊？我母亲没气了。"

我没明白，问他："没气了，是什么意思？"

梧桐说："我早晨出去了一趟，我妻子在做饭，我妈在房间里祷告，妻子做好早饭后去喊她，发现她已经没气了。"

他们进去时，梧桐母亲张着嘴巴，口唇乌青，半睁着眼睛，满身是汗，侧身躺在床边，一只手伸出床沿，像是刚挣扎过，看样子已经去世了。

岛上的交通管控越来越严，小路上设了关卡。梧桐母亲死了，突然不明原因地死了，村里人心惶惶，怕是新冠肺炎，让他们赶快把人葬了。当天下午，梧桐拿着大队的介绍信，来给母亲开死亡证明。那天是利医生值班，她看到介绍信上死亡原因那一栏空着，不敢给他们开证明。平时病死在家里的人，大队的工作人员都会在病因那一栏填写相应的疾病名称，但是梧桐母亲不明原因地死了，没有人敢写病因。

郑医生和林医生得知梧桐母亲突然去世的消息后，深深地叹了口气："她不该这么快就死的，这该死的疫情。"

利医生怕有纠纷，万一死亡病因推断得不准确，会惹麻烦。她让梧桐第二天再来，找另一位专门负责开具死亡证明的孙医生。梧桐脸色苍白，口唇结痂，头发也比平常凌乱了许多。他眼神空洞地问我："只能明天了吗？"我自告奋勇，和孙医生沟通后，给他母亲开具了死亡证明，在死亡病因那一栏填了死后推断"肺栓塞"。

从骨折到突发身亡，梧桐一家举债看病一个多月，最终落得人财两空。人没了，但车祸的纠纷终究是要解决的，得先做尸检。不做尸检就不知道死因，赔偿也就无从谈起。梧桐在经历了痛苦的内心斗争后，将母亲的尸体送了出去。可是，疫情期间，尸检也得排队。他们等了一个多月后，尸检报告终于出来了。

"法医说死因是肺栓塞，是车祸骨折后，下肢血栓脱落引起的肺栓塞。我们已经在走法律程序了，交警让我找二院出具一份因疫情拒收入院的证明，这不会牵连你吧？"

我说："只要客观公正，就不会有事，你自己多保重。"

这天，武汉连续两天确诊和疑似病例的新增都为零。

春天已经来了。

梧桐说："一不小心，我成孤儿了。"他母亲的事故纠纷正在走法律程序，得好长一段时间才会有结果，但是一切都渐渐向好的方向发展了。

"姐，谢谢你帮我们那么多。"在一个阳光明媚的上午，梧桐骑着摩托车，带着妻儿和一篮子草莓，敲开了我家的门。

我在书房，女儿开的门。"妈妈，是梧柚和他爸爸，给我们送来了草莓。"

我想请他们进来坐一坐，但当我出了书房时，他们已经走了。

半年后，法院判定：由保险公司和肇事司机一起赔付梧桐一百一十万元，梧桐母亲的故事至此也就结束了。

结束语

　　故事讲到这里，该和大家说再见了，有些不舍，似乎还有很多话要说，但一本书，总归得有结尾。

　　在我作这段结束语的时候，河南刚刚下了一场千年不遇的暴雨：1小时内降雨量达到了200毫米，多地被雨水淹没，有人死亡，有人失联，降雨仍在持续。此外，南京禄口机场的工作人员在核酸例行检测时发现了阳性标本，9例确诊病例，8例阳性携带者，疫情仍旧在持续。

　　自从二〇二一年三月以来，我院就开始大规模接种新冠疫苗。多数时间，接种点就在我们社区医院，但有时候，我们会被抽调去大学。我们社区新招了五位全科医生，人力资源紧缺的问题，应该有所缓解。但新人来了之后，又被分派到了几个不同的岗位上：有人去了"120"，有人去了隔离点，有人去打疫苗……留在原来岗位上的人，反倒比以前更少了。

在南京禄口机场核酸检测样本出现阳性的当天夜里，我的微信朋友圈和工作群里就有了"南京发布"的通报。

凌晨，领导在微信群里发了防控要求，防保部门的疫苗接种任务也重新做了调整。医院要求七月六日以后去过禄口机场的人员主动上报，我们医院总共有三个工作人员有接触。禄口机场在江宁区，南京本土出现阳性病例，政府要求全民核酸检测，完成第一批检测的区域便是江宁区。当天中午十二点，我们召开了全院会议，紧急部署采集核酸的事。

下午，我有五位同事被抽调去支援江宁，其他同事被分配到岛上的各个采集点。岛上人口大约四万多，我们的任务是三天之内全部采集完毕。

晚上九点多，去支援江宁的小鲁医生在微信群里发了一张照片：五位同事在昏暗的路灯下，坐在草地上吃面包、喝矿泉水。那条信息沉积了好久，直到凌晨十二点半，才有了回应："你们还有空吃饭呀！我们才结束，2 个人 1100 人次，饭还没吃呢。"这是留在岛上一个采集点的齐医生和冷医生，他们发了两张照片，是两只手：皮肤全都泡白了。三伏天，穿着隔离衣太热，有两位护士虚脱晕倒了。

第二天早晨，我们六点半就出发，去了各个采集点。

上班的路上，天空晴朗，阳光很足。我坐在大巴上翻看微信朋友圈，除了南京发生的新冠病毒核酸阳性需全民检测这件事外，还有一件最让人揪心的大新闻——河南的雨灾。我看到了几个视频：路面、商铺、车辆全都泡在水中，地铁也困了很多人；更令人揪心的是，一对父子被洪水冲散后，孩子在洪流中被淹没了；还有一个视频，一位母亲带着三个孩子陷在淤泥中，一位路过的小哥伸手援助，将母子三人一个一个从泥坑里拽出来……人民日报公众号的"新闻早班车"里播报了最新的消息：国家派了部队去河南救援，财政部紧急下发了一亿元的救灾补助资金，相继有七个省的救援队赶赴河南……

在大灾面前，看到这些，我由衷地感动，觉得自己生在了一个伟大的国家，成长在一个伟大的时代。我把这篇新闻播报和自己的感受一同发在了朋友圈。有人点赞，但也出现了另外一种声音："每一次灾难，最后都会成为一台庆功大会！今天说着揪心的人，过几天又会感动得热泪盈眶。"我默默地给那位朋友写了回复：揪心是有的，但那援助之手救民于危难之中，难道不应该被感动吗？

中午，我再次翻看手机，有位江宁的朋友发的朋友圈被多人截图转发，具体内容是：南京目前一切正常，我们都很好！外地的亲人和朋友请勿挂念！地铁依然拥挤，路上车水马龙。餐厅正常营业，影院人头攒动。南京南站，高铁组正常发车。南京并没有封城，携带48小时核酸阴性证明即可出城，只是政府建议不要离宁。这是不给别人添麻烦。商店、菜场正常营业，为市民提供服务，所需物品应有尽有。政府、企业依然上班，景区依然游客如织！今天江宁区192.6万人的核酸检测全部完毕！致敬很多奋战一线的医护人员和各类工作人员，你们辛苦啦！致南京速度！致团结、伟大、英雄的中国人民！

……

千千万万个病人，自有千千万万个故事。如今，有些病人与我相隔天涯再也没有见过，也有一些病人永远离开了这个世界。但他们的故事，

你 的 苦 痛 ， 与 我 相 关

将在这书中长久流传。只是，为了免于伤害，我将人名、地名全都虚化处理。《圣经》上说："日光之下，并无新事。"因此，你若觉得某个故事似曾相识，那也正常。

对于这本书的写作，我要感谢很多人。首先，我要感谢我的父亲和我的女儿。是父亲让我耳濡目染，从小懂得了什么是医生；也是父亲在我最艰难的时候，离开自己生活了六十多年的故土，放弃自己独立自由的生活，不远千里，从西北到江南，毫无怨言地帮我照顾孩子、教育孩子，才使我有时间与精力去工作和写作。女儿，让我对未来的人生充满希望，让我时刻记着自己肩负的责任和使命，也让我在写作的过程中时刻不忘初心的方向。

我曾经工作过的单位和现在正在供职的单位，为我提供了平台，保障了我生活的基础，也让我有更多机会参与到各项医疗事务中去，从而接触到各种各样的病人，使我与他们一起经历那些或悲或喜、令人难忘的岁月，正因如此，书中的故事才能得以呈现。

我也受惠于我认识的很多人，李医生介绍我了解叙事医学，把我推荐给南京医科大学的刘虹教授。刘虹教授研究叙事医学，又把我带进了叙事医学圈，让我了解到原来在医学和文学的交叉处，存在这样一个跨界却又融合的圈子。在这个圈子里，我认识了国内顶级的叙事医学专家，我几乎每天都能看到他们分享在微信群的前沿资料。

北京大学医学人文学院的副院长郭莉萍教授，是国内叙事医学的第一人，也是《叙事医学》（国家卫健委住院医师规范化培训教材）的主编，我有幸多次聆听教授讲座，为她严谨的治学态度和博学的才华所折服。我在讲台下仰慕教授，在视频中聆听教授，但隔着屏幕和远远的大礼堂，教授看不到我，也注意不到我。这是我写的第一部关于叙事医学的书，我希望能得到读者的认可，也希望能得到业界的支持。郭莉萍教授是国内叙事医学的领军人物，我希望得到她的点评，于是冒昧地在微信上联系她，希望教授能为我的书作序。教授说："现在正忙，等我暑假了……"我便将书稿发给教授，忐忑不安地等待。我怕教授对我写的故事不感兴趣，一直不敢去问。星期二晚上，我突然收到教授的信息："陈医生，我周一才放假，这两天在加紧看您的书，觉得写得特别好，马上看完了，我会尽快把序写好，从开头看到结尾，觉得您的文字特别好，思考得也特别深。"至此，我悬着的心终于落地，就像面试的学生，听到主考官的宣判：你通过了！教授发来序后，我一连看了好几遍。尤其是对她评论的这句话："本书另一个重要的意义在于，它记录了我国社区医疗卫生状况的改变……陈医生从侧面描绘了我国基层医疗发展的'社会史'。"我由衷感动，教授让我知道，我传达出了自己想要表达的东西。

清华大学博士毕业的陆夏医生，现为首都医科大学宣武医院神经外科医生，他把我的书稿推荐给了他所在科室的首席专家凌锋教授。凌锋教授带领的神经外科团队，是国内第一家践行叙事医学实践、书写平行病历的医院科室，2019 年，凌锋教授策划出版了《用心：神经外科医生沉思录》一书。我写这本书，也是受到了凌锋教授的启发。凌教授在 2017 年联合北京大学人民医院的胡大一教授发起成立了"中国志愿医生团队"，通过"义诊、扶贫、救灾、援外"等方式提供无偿志愿的医疗服务。她工作繁忙，日理万机，收到我的书稿后，在百忙中抽出时间进行审阅，并给予点评和推荐，这给了我极大的鼓励和信心，我由衷地感激。此后，在凌锋教授的倡议下，我也加入了"中国志愿医生团队"，目前，已经注册的医生已近5000人。

陆夏老师还介绍我认识了他的媒体朋友——双体实验室的主创团队，尤其是袁振，从写这本书的第一个故事开始，他便不知疲倦、不求回报地帮我编辑、校对、发布。双体实验室发布在今日头条和网易新闻上的故事，很多点击量都超过了10万+，这让我更加有了写下去的信心和动力。关于本书出版的诸多事宜，也是由双体实验室帮我代理的，他们帮我联络到了最合适的优秀出版社和出版人——广西师范大学出版社·新民说北京编辑室的刘汝怡老师，刘老师作为本书的责任编辑，给了我诸多建议，投入了大量心血，使得本书在出版的过程中少走了很多弯路，让我更加安心并坚持写我愿意写的内容。

吴月华老师是我这本书出版之前的最后一位审阅者，她是我现供职单位市级行政管理部门的二级调研员，也是江苏省作家协会会员。吴老师的作品常出现在各大主流媒体的版面上，有极高的关注度。她看了我书写的医疗故事后，给了我最直接、最中肯的评价和意见，并提供了很多有益的信息，使我免于偏离正确的轨道。

最后，感谢陈一天。书中的每一个故事和想法我们都一起讨论过，很多细节我都和他反复叙述过，他总是不厌其烦、不吝褒奖。他督促我学习，督促我看书，督促我写作，督促我教育孩子，并给予我鼓励和赞扬，使我有信心坚持下去。因此，本书也是献给他的。

二〇二一年七月